帝王熊

제왕연 14

ⓒ지에모 2021

초판1쇄 인쇄	2021년 4월 6일
초판1쇄 발행	2021년 4월 13일

지은이	지에모芥沫
옮긴이	이소정

펴낸이	박대일
편집	이문영 · 박지해 · 임유리 · 신지연 · 이지영
마케팅	임유미 · 손태석
일러스트	흑요석
디자인	박현주
교정	김미영

펴낸곳	파란미디어
출판등록	2004년 9월 14일 제313-2004-00214호

주소	03992 서울시 마포구 동교로23길 14 국제빌딩 6층
전화	02.3141.5589 영업부 070.4616.2012 편집부
팩스	02.6499.5589
전자우편	paranbook@gmail.com
카페	http://cafe.naver.com/paranmedia
인스타그램	@paranmedia

ISBN	978-89-6371-877-4(04820)
	978-89-6371-821-7(전21권)

제
왕
연

14

帝王燕

지에모 芥沫 지음─이소정 옮김

파란

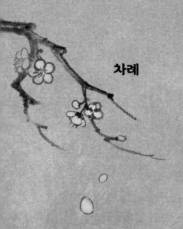

차례

당정의 기분이 중요하니까

노부인은, 여생에 남은 소망이라고는 가능한 한 빨리 손주를 안아 보는 것이었다. 그런데 정역비가 침묵할수록 임 노부인은 불안해졌다.

"설마…… 설마 무슨 일이 있었던 건 아니겠지?"

정역비는 어찌해야 할지 모르던 차에 이 말을 듣자 그만 고개를 끄덕여 버렸다. 그 모습을 본 임 노부인이 놀란 나머지 정역비의 손을 잡고 외쳤다.

"어떻게…… 그게 어찌 된 일이냐? 어서 말하려무나!"

정역비가 시선을 피했다.

"아이는…… 아이를 지키지 못했어요."

"뭐라고!"

임 노부인은 그야말로 혼절할 지경이 되었고, 정역비가 겨우 붙잡아 세웠다. 임 노부인은 제가 들은 말을 믿을 수 없어 다시 물었다.

"역비야, 너…… 네가 방금…… 뭐라고 했지?"

정역비는 이제 내릴 수 없는 호랑이 등에 올라타 버린 신세였다. 그는 머리마저 쭈뼛해 오는 걸 느끼면서도, 새로운 거짓말로 옛 거짓말을 덮을 수밖에 없었다.

"아이를, 지키지 못했어요."

임 노부인은 멍하니 굳었다가 곧 대성통곡하기 시작했다.

"아이고, 내 손주가! 불쌍한 내 손주……."

정역비는 재빨리 노부인을 일으켜 의자에 앉혔다. 그가 물을 떠 오자 임 노부인이 다급하게 그의 손을 잡고 물었다.

"언제 일이냐? 건강해 보였는데 어찌 그렇게 되었지? 이렇게 큰일을 어째서 이제야 알려 주는 거야? 설마…… 설마 당정이 아이를 원하지 않았던 건 아니겠지?"

정역비는 임 노부인의 마지막 말을 듣자 계속되었던 죄책감이 사라졌다. 그는 대답 없이 물을 한 잔 떠서 임 노부인 앞에 힘차게 내려놓았다.

임 노부인은 눈물을 닦으며 계속 질문을 하려다가 깜짝 놀라 멍한 표정을 지었다.

정역비가 말했다.

"당정은 생명을 아끼지 않는 사람이 아닙니다! 특히나 자신의 핏줄이라면!"

임 노부인은 울먹이기만 할 뿐 반박할 엄두를 내지 못했다.

정역비가 다시 말했다.

"아이를 제대로 돌보지 못했기 때문에 이런 일이 벌어진 것이니, 탓하시려면 아들을 탓하십시오! 당정은 이 일 때문에 한참 동안 우울해하며, 먹지도 마시지도 않고 말도 하지 않았을 뿐 아니라, 몇 번이나 자살할 마음도 먹었습니다. 제가 겨우 공을 들여 달래 놓았으니, 어머니께서는 앞으로 당정 앞에서 이 일에 대해 절대로 언급하지 않으시기를 바랍니다. 만약 그녀가 다시 상심한다면…….”

여기까지 들은 임 노부인은 이미 자신의 마음 따위는 중요하지 않았다. 그녀의 머릿속에 떠오르는 생각은 단 하나였다. 만약 당정이 자살한다면 그녀의 귀한 아들은 어떻게 될까?

이때 정역비가 다시 말했다.

“그리고 의원이 말하기를, 당정은 원래 몸이 좋지 않은데 지금 기분마저 우울하니 몸이 허하다고 합니다. 잘 보양하지 않으면 다시 임신하지 못하게 될 수도 있다고 합니다.”

이 말을 들은 임 노부인은 완전히 경악하고 말았다. 그녀는 정역비의 말이 끝나기를 기다리지도 않고 다급하게 말했다.

“어미가 알았다, 알았어. 얘야, 안심하거라. 이 어미는 아무 일도 없었던 것처럼, 당정 앞에서는 아무 말도 하지 않을 테니까. 그리고 이 일은 다른 사람들에게는 절대 말하지 마라. 괜히 구설에 오르지 않도록 말이다.”

정역비는 고개를 끄덕이며 하마터면 웃음을 터뜨릴 뻔했다. 그러나 다행히도 진중한 표정을 유지할 수 있었다.

임 노부인은 깊이 생각하다가 중얼거렸다.

“천 년 묵은 혈삼이 두 뿌리 있다. 그리고 얼마 전에 어약방에서 상등품의 아교를 두 꾸러미 보내왔어. 맞아, 맞아! 연초에 어미가 동해의 화교를 한 상자 얻었는데, 아직 열어 보지도 않았지. 그리고…….”

정역비는 곁에 앉아 아무 말도 하지 않았지만, 입꼬리가 올라가는 건 어쩔 수 없었다.

임 노부인이 말을 끝낸 후에야 그가 다시 입을 열었다.

"어머니, 어머니 곁에 있는 이 어멈을 매파로 삼지요. 어머니도 저와 함께 한번 다녀오셔도 좋고요. 다른 사람들은 다 필요 없고요."

임 노부인이 이해할 수 없다는 듯 엄숙하게 말했다.

"그 무슨 말이냐! 네 부친께서 안 계시니 당연히 가문의 어른이 나서야지, 어찌 이 어미가 직접 갈 수 있겠느냐?"

정역비가 상황을 설명하려 하자 임 노부인이 다시 말했다.

"예물 같은 건 걱정하지 마라. 이 어미가 네 체면이 상하지 않도록 준비해 줄 테니! 하하! 어미가 이번에는 반드시 당씨 가문의 그 말 많은 어르신의 기세를 눌러 버리겠다. 앞으로는 네 장인 되실 분이 우리 정씨 가문을 얕보지 못하도록!"

정역비의 표정은 그야말로 복잡 그 자체였다.

그는 잠시 생각하다가, 일부러 문을 닫고 와서 당씨 가문의 상황을 대강 설명했다. 임 노부인은 놀라고 또 놀란 나머지 마지막에는 숨조차 제대로 쉴 수 없을 지경이 되었다.

어쨌든 그녀는 구혼하러 가고 싶지 않다, 당씨 가문의 그 말 많은 사람을 다시 보고 싶지 않다고 말했으나, 결국은 당정의 기분이 중요하다는 이유로 설득당하고 말았다.

정역비는 당정의 신분을 함부로 다른 사람들에게 드러낼 수 없어 임 노부인, 이 어멈만 데리고 출발했다. 이 어멈은 임 노부인이 시집올 때 친정에서 데려온 측근으로, 이미 30여 년을 함께한 사이라 완벽하게 믿을 수 있는 사람이었다.

승 회장과 소 부인 모두 남경에 없었기 때문에, 정역비는 상관 부인을 찾아 겨우 설랑 꼬맹이를 불러내 빙해를 건널 수 있었는데, 이것은 물론 그 후의 이야기였다.

천염국과 백초국 국경에 작은 전투가 몇 번 있은 외에는, 현공대륙은 전체적으로 평온한 상태였다. 그러나 이것은 결국 폭풍우가 몰아치기 전의 평온함일 뿐이었다.

백리명천은 이미 빙해안에 도착해 있었다. 그는 며칠을 기다렸고, 마침내 입추 사흘 전 축운궁주를 만날 수 있었다.

축운궁주는 여전했다. 검은 가면을 쓰고 머리를 올린 채 눈보다도 흰옷을 입고 있었다. 그녀는 마치 공중에서 나타나는 것처럼 결계에서 나와, 한 걸음 한 걸음 백리명천에게 다가왔다.

큰 키에 늘씬한 몸매, 자태 역시 우아하기 그지없었다. 멀리서 보는 것만으로도 놀라울 정도로 아름다웠다. 그 검은 가면 아래 대체 어떤 아름다운 얼굴을 숨기고 있을지 상상하기도 어려울 정도였다.

백리명천은 물론 수희에게서 축운궁주에 대한 모든 상황을 들은 바 있었다. 덕분에 그는 축운궁주가 아무것도 없는 텅 빈 공간에서 나타나도 놀라지 않았다.

그는 두 손으로 바람막이를 한곳에 모은 채, 축운궁주가 한 걸음 한 걸음 다가오는 것을 지켜보며 미간을 살짝 들어 올렸다.

예전이었다면 그는 분명 기뻐하며 장난스러운 눈빛을 보냈을 것이다. 어쨌든 그는 아름다운 모든 것을 좋아했으니까.

그는 사람이건 물건이건 마음에 들면 자신의 것으로 만들고 싶어 했다.

그러나 이 순간, 그의 눈빛은 차갑기만 했다. 주변의 얼음보다도 한층 차가워 보였다.

바닷바람이 불어오고 파도가 넘실거렸다. 축운궁주의 흰옷도 바람에 나부끼고 있었다. 검은 가면을 쓰고 있는데도 그녀는 흰 설원 위에서 세속을 벗어난 것처럼 아름답고 거룩해 보였다.

백리명천의 옷도 제멋대로 펄럭이고 있었다. 그는 온통 눈으로 뒤덮인 설원의 한 점 붉은빛이었다. 눈에 뜨이게 요사스러우나 뜨겁지는 않은 붉은빛, 오히려 처량할 정도로 고독해 보이는.

축운궁주도 가까이 다가와 백리명천의 얼굴을 자세히 보게 되었다. 그녀는 위아래로 그를 훑어본 후, 오만한 눈에 장난기를 띠고 웃었다.

"삼전하는 확실히 대단한 인물이야. 하하, 본존을 이리 오래 기다리게 하다니!"

백리명천은 무표정하게 축운궁주를 가늠해 보며 반문했다.

"즐겁게 기다리려던 것 아닌가?"

축운궁주는 잠시 멈칫하더니 곧 큰 소리로 웃기 시작했다.

"이렇게 오랜 세월 동안, 본존을 무서워하지 않는 사람은 삼전하가 두 번째로군."

백리명천이 냉랭하게 물었다.

"궁주의 얼굴이 무서울 정도로 못생긴 게 아니라면, 본 황자

입장에서는 궁주를 무서워해야 할 이유가 없지."

축운궁주는 다시 또 멈칫했다. 자신을 이런 식으로 대하는 사람은 처음 만나는 것만 같았다. 그녀는 다시 한번 백리명천을 살펴보더니, 한참 후에야 웃기 시작했다.

"삼전하는 아시는가? 본존을 두려워하지 않은 첫 번째 인물이 누구인지?"

좋은 마음을 품고 있지 않아

백리명천은 축운궁주의 질문에 아무 흥미가 없었으나, 축운궁주가 빠르게 말했다.

"우리 축운궁의 능 호법이지."

백리명천은 능 호법의, 그 고인 물처럼 죽어 버린 눈동자를 기억하고 있었다.

축운궁주의 오만한 태도를 보고 백리명천은 큰 소리로 웃기 시작했다.

"그는 당연히 궁주를 두려워하지 않겠지. 그게 아니라면 어떻게 배반했겠어? 보아하니, 배반당하고도 아주 즐거운 모양이군!"

축운궁주는 기분이 괜찮았지만 백리명천과 이런 얘기를 주고받을 정도까지는 아니었다. 그녀가 능 호법 얘기를 꺼낸 것도 물론 다른 뜻이 있어서였다.

"능 호법의 이름은 목연, 흑삼림 목씨 가문의 후예였지."

축운궁주의 말에 백리명천은 몹시 놀랐다. 그도 흑삼림의 목씨 가문을 들어 본 적이 있었다. 그가 냉랭하게 말했다.

"본 황자에게 무슨 말을 하고 싶은 거지?"

"며칠만 지나면 능 호법은 다시 본존의 손에 떨어질 거야. 그때가 되면 본존이 직접 그에게 '두렵다'라는 글자를 어떻게 쓰는지 알려 줄 것이다!"

축운궁주는 천천히 백리명천에게 다가왔다. 얼음처럼 차가운 검은 가면이 마침내 백리명천의 얼굴에 거의 닿을 지경이 되었다.

"본존이 너에게 말하고 싶은 것은, 본존에게 다른 마음을 품은 자는 결코 본존의 손에서 도망치지 못한다는 것이다. 수희와 너를 포함해서! 본존이 인내심을 발휘해 너를 이리도 오래 기다렸는데, 빈손으로 오다니. 그건 무슨 뜻이냐?"

수희는 전쟁 때문에 몸을 뺄 수 없다는 핑계로 계속 시간을 끌었고, 나중에는 백리명천이 직접 만나러 갈 거라는 핑계로 시간을 끌었다. 축운궁주는 마침 결계 속에서 휴식을 취하고 있었기에 조급하지는 않았다.

그러나 백리명천이 느지막이 나타나면서, 그녀가 원하던 현한보검을 가져오지 않은 것은 용납할 수 없었다!

그녀가 북해에 온 것은 군구신 때문이었다. 군구신이 건명보검을 얻은 이상, 목연에게서 인어족이 바다에 들어가면 안 되는 비밀을 듣고 분명 북해에 와서 건명력을 얻으려 할 것이기 때문이다.

그러나 몇 달을 기다려도 군구신이 오지 않았다. 그녀는 군구신이 무엇 때문에 오지 않는지 이해할 수 없었고, 현한보검을 사용해 그들을 유인해 볼 생각이었다.

백리명천이 바로 뒤로 물러났다. 그는 가늘고 긴 눈을 더 가늘게 뜨고 냉랭하게 말했다.

"수희는 본 황자를 대표하지 못한다. 현한보검을 원한다면 먼저 본 황자에게 옥인어에게 전속된 힘이 대체 무엇인지 말해라."

백리명천은 사실 현한보검을 가져왔으나 북강 모처에 숨겨 둔 상태였다. 그 역시 현한보검을 사용해 비연과 군구신을 끌어들일 생각이었으나, 축운궁주에게 줄 생각은 없었다. 그는 비연의 물건을 되돌려 줄 생각도 없지만, 다른 사람의 손에 들어가게 할 생각도 없었다.

축운궁주는 영리한 사람이라 바로 백리명천의 뜻을 알아차렸다. 그녀가 냉소하기 시작했다.

"본존과 거래를 하고 싶은 것이냐?"

백리명천이 미간을 슬며시 찌푸리더니 축운궁주보다 훨씬 오만한 태도로 물었다.

"그렇지 않으면?"

마침내 축운궁주의 눈빛에 분노가 어렸다.

"어린놈이! 본존은 네가 목연보다 흥미롭다고 여겼거늘, 이렇게 밉살맞을 줄이야!"

어린놈?

백리명천은 조금 의아했다. 축운궁주의 손은 매끄럽고 부드러웠으며, 목소리도 매우 젊게 들렸다. 분명 백리명천과 비슷한 나이인 듯했다. 그런데 어찌 '어린놈'이라고 하는 걸까?

그녀가 사용하는 단어나 말투를 보면 마치 그보다 몇 살은 위인 것 같았다. 아니, 심지어 어른이 아이를 가르치는 듯한 느낌도 있었다. 그러나 백리명천은 깊이 생각하지 않고, 그저 자신이 이 여자를 화나게 만드는 데 성공했다고 여겼다. 그는 계속 그녀를 자극했다.

"본 황자를 좋아하는 여자라면 북해안에서 빙해안까지 줄을 세울 수 있지. 너 하나 정도는 없어도 된다!"

축운궁주가 번개같이 다가와 백리명천의 멱살을 잡았다. 피할 새도 없었다.

축운궁주가 냉랭하게 말했다.

"본존과 입씨름할 생각은 그만두고, 현한보검은 어디에 있느냐? 말해라!"

백리명천은 이미 수희에게서 축운궁주가 얼마나 무서운지 들었으나, 가까운 거리에서 그녀의 살기를 마주한 지금에야 이 여자를 상대하기가 정말로 어렵다는 걸 알 수 있었다. 그러나 그는 전혀 두려워하지 않았다. 이미 모든 것을 잃은 사람에게 두려움이라는 게 있을 리 있겠는가?

그는 입꼬리를 들어 올리며 미소 지었다. 그리고 유혹적으로 말했다.

"궁주의 능력이라면 혼자서도 군구신 무리 정도야 처리하고도 남을 텐데. 직접 찾아가 건명보검을 되찾지 않고 이렇게 추운 곳에서 몇 달이나 기다리다니. 무슨 좋은 마음에서 그런 건 아니겠지? 하하, 수희는 속이기 쉬웠겠지만 본 황자는 그리 만만하지 않을 거다! 정말로 본 황자와 협력하고 싶다면, 어서 손을 놓아라!"

축운궁주는 오히려 백리명천의 멱살을 더더욱 세게 잡았다.

그리고 오만한 눈빛을 음험하게 빛내는가 싶더니 말했다.

"네 말이 옳다. 본존이 좋은 마음에서 그리한 것은 아니지. 하지만 안타깝구나. 본존 역시 현한보검이 없으면 아니 되니 말이다. 죽고 싶은 거라면 본존이 즐겁게 도와주마!"

말을 마친 그녀는 다른 손으로 백리명천의 목을 잡았다. 그러나 그녀가 사납게 손을 쓰려는 순간, 백리명천이 갑자기 손을 들어 그녀 등 뒤의 북해를 가리켰다.

축운궁주가 돌아보니 멀리 해안선에, 언제부터인지 모르게 일렬로 늘어선 사람들이 보였다. 그들은 곧 잇달아 북해로 뛰어들었다. 그리고 그와 동시에 백리명천의 입에서 한마디가 흘러나왔다.

"옥인어."

저들이 옥인어라고? 옥인어가 바다에 들어갔다!

축운궁주는 놀란 나머지 저도 모르게 손을 놓았고, 그와 동시에 백리명천은 멀리 몸을 피했다. 그러나 도망치지는 않았다.

그가 이번 행차에서 가장 중요하게 여기는 것은 바로 자신의 체내에 있는 이상한 힘이 대체 무엇인지, 축운궁주가 수희에게 말한 것처럼 옥인어에게 속한 힘인지 알아내는 것이었다.

그는 이미 바다에 들어갔었다. 그렇게 많은 옥인어로 하여금 바다에 들어가게 한 것은 그저 축운궁주에게 보여 주기 위한 것에 불과했다.

축운궁주의 반응이 이미 그에게 말해 주고 있었다. 진실은 축운궁주가 수희에게 말해 주었던 것처럼 그렇게 간단하지 않다는 것을!

축운궁주는 북해를 바라보고 있었다. 그녀는 백리명천은 잊은 것처럼 머리를 저으며 뒷걸음질 쳤다. 그녀의 눈에 드러난 것은 공포였다!

갑자기 그녀가 몸을 돌려 도망치려 했다. 하지만 백리명천이 제때 그녀를 제지했다.

"궁주도 두려워할 때가 있나 보군? 무엇이 무서운 거지? 옥인어에게 속한 힘?"

"꺼져!"

축운궁주가 사납게 백리명천을 밀쳐 냈다. 백리명천은 그대로 날아가 얼음 바닥에 나뒹굴었다.

축운궁주는 곧바로 도망치려다 무심결에, 바닥에서 미동도 하지 못하고 있는 백리명천의 몸을 붉은 빛이 감싸고 있는 걸 발견했다. 불인 듯 피인 듯 요사스러운 그 붉은 빛을 보자 축운궁주는 눈을 휘둥그렇게 뜬 채 그대로 멈춰 섰다.

"혈루! 혈루야……! 그때…… 정말로 혈루가 생겼구나! 아, 이건…….."

축운궁주는 재빨리 고개를 돌려 북해를 바라보았다. 아득한 바다에 파도가 용솟음칠 뿐, 다른 이상 현상은 보이지 않았다.

어떻게 이럴 수 있지?

축운궁주는 더욱더 의아했다. 이치대로라면 옥인어가 바다에 들어가는 순간 건명력이 불려 나와야 했다!

그녀는 사실 목연과 소 숙부를 속인 게 아니었다. 옥인어가 바다에 들어가면 건명력이 나오게 되어 있었다. 그러나 옥인어의 피가 당시 몽족이 건명력에 걸어 놓은 봉인을 파해하기 때문이 아니라, 구려족이 천살에 펼쳐 놓은 혈제대진을 파해하기 때문이었다!

몽족의 족장인 몽동은 그해 확실히 대전에 참여했다. 그러나 그가 봉인했던 것은 건명력이 아니었고, 북해안의 천살도 아니었다…….

절반의 진실

　천살은 북해의 해안海眼 속에 있고, 지살은 빙해의 빙핵冰核 안에 있다.

　세상에서 숨겨진 이 두 살기는 단독으로 나타나도 대재난을 일으킬 수 있었다. 동시에 나타난다면 대륙 전체를 무너뜨릴 수도 있는 힘이었다. 이 비밀은 은거하던 구려족과 역대 몽족의 족장만이 알고 있었다.

　구려족은 마치 이 비밀 때문에 존재하는 것 같기도 했다. 그들은 대대로 이 비밀을 지켜 왔을 뿐 아니라, 천살과 지살을 억누르는 방법을 알고 있었다. 그 방법은 바로 건명력과 인어족을 이용한 혈제대진이었다.

　건명력을 장악하는 방법은 건명검과 계약을 맺어, 검과 사람이 하나가 되는 경지까지 수련하는 것뿐이었다.

　혈제대진은 노비인 옥씨 가문의 성녀가 좌, 우 제사장이 되고 몽족의 족장이 대제사장을 맡아, 노비족인 인어족의 피와 시신을 '인자'로 삼고 상고 시대부터 내려오는 신기인 옥여의를 '매개'로 삼아 봉인을 위한 진을 펼치는 것이었다.

　첫 번째 방법은 아주 어려웠고, 두 번째 방법은 너무나 잔인했다. 구려족 입장에서는 비밀을 지키는 게 가장 좋은 방법이었다.

구려족은 계속 몽족의 힘을 빌려, 빙해 북안에 빙해영경이라는 결계를 설치하여 빙해를 지켰다. 북해 남안에는 역시 북해영경이라는 결계를 설치해 북해를 지켰다.

　그런데 언제부터인지는 알 수 없지만 현공대륙에 빙해와 북해에 영생의 힘이 숨어 있다는 소문이 퍼지기 시작했다. 그중 어떤 힘이라도 얻으면 진기의 수행을 초월하여 영생의 몸을 얻을 수 있다는 이야기였다.

　현공대륙은 자고로 기를 수련하는 세계였다. 기를 수련하는 이들은 모두 '대완만'을 추구했다.

　진기의 수련은 아홉 단계로 이루어져 있는데, 대완만을 달성하면 영생의 몸을 얻을 수 있었다. 물론 유사 이래 이 단계까지 수련한 사람은 단 한 명도 없었다. 그렇기에 기를 수련하던 가문들은 남몰래 북해와 빙해를 살피고 있었고, 빙해의 빙핵을 깨트릴 봉황력이나 북해의 해안을 끌어낼 수 있는 서정력을 사방으로 찾아다녔다.

　천 년 전, 각 무학 세가에서 10품 서정력을 익힌 신동 하나를 찾아 북해안까지 쫓아왔다. 각 세력은 모두 이 아이는 물론이고, 아이가 지닌 비급도 얻고 싶어 했다.

　그 긴박한 추격전 속에서 신동은 10품 서정력을 발산했고, 북해의 해안에 잠들어 있던 천살을 자극했다. 그렇게 몽족 설지의 대재난이 시작된 것이다.

　몽족의 족장 몽동은 부족 사람들과 함께 각 세력에 대항하면서, 온 힘을 다해 결계를 펼쳐 천살을 가두려 했다. 그러나 그들은 계속 실패하고 말았다.

당시 구려족의 검녀는 폐관 수련 중이었고, 북해의 물이 역류하며 몽족 설지의 얼음과 눈이 녹아 버렸다. 몽족 설지 남쪽의 13개 성 모두 물에 잠길 위험에 처하자 구려족 족장은 과감하게 결단을 내려, 모든 인어족을 불러모아 '혈제대진'을 펼치기로 했다.

그러나 천살이 북해로 쫓겨 들어가는 순간, 옥인어 일맥이 혈제의 기회를 틈타 혈루의 기를 길러 냈다. 그들은 혈루의 기를 사용하여 구려족의 노역에서 벗어나고, 혈제의 인자가 되는 운명에서 벗어나 자유를 얻으려 한 것이다.

바로 이 옥인어족의 사심 때문에 혈제대진의 힘은 제어를 잃었다. 제사는 물론이고 인어족, 구려족, 몽족, 모두 화를 입어 그야말로 전부 몰살당했다. 남은 것은 몽족 족장 몽동뿐이었다.

그가 간신히 버티는 동안 검녀와 고운원이 도착했다. 검녀는 막 '인검합일'의 경지를 수련한 참이었기에 건명력으로 천살의 힘을 억제할 수 있었다. 그러나 또다시 사고가 발생했다!

건명력이 천살의 힘에 대항하는 순간 검녀가 주화입마에 빠졌다. 건명력은 다시 건명보검으로 돌아가려 했고, 몽동은 결계술로 건명보검을 봉인하여 건명력이 보검으로 돌아가려는 것을 막으려 했다.

그러나 몽동은 이미 심한 부상을 입은 상태였기 때문에 그렇게 강한 결계술을 펼칠 수가 없었다. 다급한 상황에서 고운원은, 하늘의 돌인 적령석을 매개로 삼을 것을 몽동에게 권했다.

적령석의 힘으로 보검을 봉인하고 나니 겨우 건명력이 보검으로 돌아가는 걸 막을 수 있었고, 건명력은 순조롭게 천살을 북해의 해안으로 몰아냈다.

그러나 천살이 해안으로 돌아갔지만 혈제대진은 계속 제어를 잃은 상태였고, 뜻밖에도 건명력을 압도했다. 결국은 건명력도 북해 깊은 곳으로 가라앉았다.

이치대로라면 혈제대진과 건명력의 힘은 동등해야 했다. 하지만 혈제대진이 건명력을 억누를 수 있었던 것은 옥인어족의 혈루와 관계가 있었다.

원래 인어족 중 어떤 일맥의 피건 혈제대진을 파해할 수 있었다. 그러나 혈제대진이 제어를 잃은 후로 옥인어의 피만이 진을 파해할 수 있게 되었다.

모든 것이 끝난 후 바닷물은 다시 얼어붙었고, 모든 시신이며 몽족의 궁전은 전부 얼음 아래 묻혀 버리고 말았다. 심지어 핏자국 하나 남기지 못한 채, 모든 것은 아예 발생하지 않은 것처럼 되어 버렸다.

몽동은 힘을 다 쓴 후 심력마저 쇠해 죽었고, 남은 것은 고운원과 구려족의 검녀뿐이었다…….

축운궁주는 똑똑히 기억하고 있었다. 혈제대전이 제어를 잃었을 때, 그녀는 부족 사람들 한 무리를 이끌고 해안의 결계 속으로 들어갔다. 그곳은 그녀가 비밀리에 몽족의 결계사에게 부탁해 만든 은신처였다.

그녀는 모든 것을 똑똑히 보았으나, 혈루가 어찌 되었는지는 알지 못했다. 그녀가 아는 것은 그저 마지막의 마지막 순간이었다. 그 거룩하게만 보이던 현빙 아래에는 수많은 시신이 묻혀 있고, 저 평온하게만 보이는 북해 아래 도저히 감출 수 없는 핏물이 흐르고 있었다.

그러나 그녀에게 가장 깊은 인상을 남긴 것은 이 모든 것이 아니라, 먹구름이 흩어지고 다음 날 해가 다시 떠올랐을 때 그 드넓은 천지에 서 있던 두 사람, 바로 고운원과 구려 검녀의 모습이었다.

고운원은 건명보검을 등에 지고, 간신히 숨만 쉬고 있던 구려 검녀를 부축해 떠났다. 그녀는 다시 그를 볼 수 있으리라 생각했다. 그녀는 심지어 구려족이 멸망하여 다행이라고도 생각했다. 그녀는 이제 자유의 몸이었고, 자유롭게 그를 쫓아갔을 수 있을 테니까.

그러나 이게 웬일일까. 그는 건명보검을 구려족 묘 아래에 숨긴 후 소식이 끊겼다.

그녀는 계속 그를 찾았다. 심지어 진양성의 고씨 저택에 가 보기도 했다. 그러나 안타깝게도 그를 찾을 수 없었다.

그녀는 인어족의 신분이 드러나는 것도 감수하면서, 바위 틈 사이의 물을 끌어들여 구려족의 고묘를 덮어 버렸다. 그러나 건명보검을 물속 묘실에 감추어도 고운원은 다시 나타나지 않았고, 구려족 검녀 역시 다시 돌아오지 않았다.

그때부터 그녀는 의심하고 있었다. 그들 두 사람이 함께 있는 것은 아닐지.

그녀는 미친 듯이 그를 찾아다녔다. 그녀의 남은 생의 목표는 그를 찾는 것이었다. 그리고 그녀의 남은 생은 몹시도 길었다.

그녀는 어린 시절부터 기를 수련하는 데 재능이 있었다. 그녀는 구려족 몰래 기를 수련했고, 어린 나이에 대완만의 경지에 이르러 영생의 몸을 얻었다.

그러나 고운원은 그저 약사였고 범인의 몸이었으니 백 년을 넘기지 못했을 것이다. 그녀는 헛수고라는 걸 알면서도 지금까지 고집스럽게 그를 찾고 있었다. 아주 조금이라도 그의 흔적을 찾을 수 있다면 그녀는 만족할 수 있었다.

그러나 천 년을 찾아도 아무런 수확이 없었다.

10년 전 봉황력이 나타났고, 빙해에 이변이 있었다. 지살이 세상에 나타나며 현공대륙 모든 진기가 하룻밤 사이에 사라지고 말았다. 물론 그녀의 진기 역시 사라졌다.

이 10년 동안 그녀의 몸과 외모는 늙어 가며 힘도 약해지고 있었다. 그녀는 자신이 얼마나 버틸 수 있을지도 알 수 없었다. 얼마의 시간이 더 지나면 약한 사람이 될까? 얼마나 더 지나면 노인이 될까? 얼마나 더 지나면 죽게 될까?

사실 예전의 그녀는 빙해에는 아무 관심이 없었다. 10년 전 단목요를 구한 것도 순전히 우연이었다.

지살이 이런 결과를 가져올 거라는 걸 알았다면 그녀는 반드시 모든 것을 막으려 했을 것이다. 천 년 전, 천살은 설지에만 재난을 일으켰을 뿐 현공대륙에 다른 재앙을 불러오지 않았다. 그러나 빙해의 이변은 기를 수련하던 이들의 근본을 뒤흔들어 버리고 말았다.

그녀는 이 원인이 무척이나 궁금했다. 원인을 찾기만 하면 현공대륙의 진기를 회복시키는 것도 가능할 테고, 그녀도 영생할 가능성이 있을 터였다. 그래서 그녀는 단목요를 곁에 두었고, 소 숙부를 수하로 받아들인 다음 그들에게 거짓과 진실을 섞어 이야기했다…….

이 순간, 축운궁주는 망망한 북해를 바라보며 자신의 눈을 믿지 못하고 있었다. 옥인어가 바다에 들어간 이상 혈제대진은 깨져야 한다! 그런데 북해는 어찌 이리 평온할까? 어째서!

백리명천이 정말로 혈루의 힘을 얻은 거라면, 설마 그때 그녀가 속았던 걸까? 옥인어족이 또 무슨 짓을 했던 걸까?

축운궁주가 백리명천을 돌아본 순간, 백리명천은 이미 깨어나 있었다. 가라앉은 그의 두 눈에 핏빛이 점차 짙어져 가고 있었다.

다른 것은 전부 너에게 줄게

백리명천의 핏빛 눈을 본 축운궁주는 경악했다.

그녀는 사악한 기운을 느낄 수 있었다. 천 년을 살아온 그녀조차 두려움에 질리지 않을 수 없는 사악함이었다.

그녀는 몸조차 돌리지 못하고 다급하게 뒤로 물러났다. 그와 동시에 백리명천이 뛰어오르더니 그녀를 쫓아왔다.

축운궁주가 뒤로 물러나며 짧은 채찍을 꺼내 백리명천의 목을 사납게 내리쳤다. 그러나 채찍이 닿기도 전에 그의 몸에서 사악한 힘이 폭발하더니, 바로 축운궁주를 밀어냈다.

축운궁주는 그대로 바닥에 내동댕이쳐졌고, 가면도 하마터면 떨어질 뻔했다. 그녀는 알 수 있었다. 백리명천의 이 힘은 혈루였다. 그때 옥인어족이 성공한 것이다!

당시 그녀는 부족 사람들을 지키고 있었는데, 인어족의 각 일맥이 모두 있었다. 그녀는 사심을 품은 채 구려족, 몽족, 옥씨 가문이 모두 멸망하기를, 그리하여 그녀의 인어족이 자유를 얻기를 기다리고 있었다.

하지만 그녀가 고운원을 찾기 시작하며 중앙 숲에 축운궁을 세우고, 옥인어들에게 바다에 들어가지 말라는 금지령을 내릴 무렵에는, 진정으로 인어족을 다시 부흥시키겠다는 생각은 없어진 후였다.

얼마 지나지 않아 옥인어 일맥이 몰래 그녀를 떠났고, 그 후 다른 부족 사람들도 모두 떠났다. 흑인어족만이 그녀의 은혜에 감사하며 계속 축운궁에서 그녀에게 충성을 바쳤다.

백리명천이 쫓아오는 게 보였다. 축운궁주는 바로 결단을 내려 결계 안으로 도망치기로 마음먹었다.

진기가 소실되지 않았어도 그녀는 혈루를 완전히 상대할 수 있으리라고 자신할 수 없었다. 그런데 지금이야 말해 무엇할까. 그녀는 그저 몸을 피한 채 백리명천의 반응을 보는 수밖에 없었다.

그녀의 추측이 틀리지 않았다면 백리명천은 점차 영혼을 잃고 혈루의 노예가 될 것이다. 만약 백리명천을 그녀 마음대로 부릴 수 있다면, 지난 몇 달의 기다림도 헛수고가 아니게 되는 셈이었다.

축운궁주는 계속 도망쳤고, 백리명천은 계속 쫓아왔다. 그러나 축운궁주가 결계 안으로 들어서는 순간, 백리명천이 발걸음을 멈췄다. 그의 눈에 어린 핏빛도 점차 흩어지고, 의식도 점차 회복되는 것 같았다.

그는 어찌 된 걸까?

그 힘은?

춥다!

그의 두 다리가 너무나 차가웠다!

백리명천이 재빨리 고개를 숙여 제 다리를 내려다보았다. 두 다리에 모두 얼음이 맺혀 있었다. 얇은 얼음이 정강이에서 조금씩 퍼져 나가는 중이었다. 마치 그의 온몸을 얼음으로 감싸기 전에는 멈추지 않겠다는 듯이.

이게 대체 어찌 된 일인가?

그는 경악하여 어찌할 바를 몰랐다.

축운궁주도 몹시 놀랐다. 그녀는 비록 이게 어찌 된 일인지 알 수 없었지만, 백리명천이 이제 자신에게 위협이 되지 않는다는 사실은 깨달을 수 있었다. 그녀가 천천히 걸어 나와 말없이 백리명천을 응시하다가 가볍게 웃기 시작했다.

백리명천도 눈을 들어 그녀를 바라보았다. 물러나고 싶었지만 움직일 수 없었다. 그는 황망했지만, 여전히 냉정함을 유지하며 말했다.

"궁주도 보셨군! 하하, 이게 바로 우리 옥인어에게 속한 힘이다. 본 황자가 예전에 이미 얻었지!"

축운궁주가 냉랭한 목소리로 물었다.

"건명력은?"

백리명천은 몹시 놀랐으나 큰 소리로 웃기 시작했다.

"원래 그랬던 거군! 우리 옥인어의 피가 이 신비한 힘을 끌어낼 수 있을 뿐 아니라 건명력까지 끌어낼 수 있었던 거군!"

축운궁주는 그제야 백리명천이 자신을 시험하고 있었음을 깨달았다. 그러나 상관없다는 생각이 들었다. 그녀도 알고 싶은 일이 있었으니까.

그때 혈제대진이 건명력을 억누를 수 있었던 건 바로 대진 안에 혈루가 생성되었기 때문이었다. 바꿔 말하자면, 건명력을 진정으로 억누른 것은 혈제대진이 아니라 혈제대진과 혈루였다.

궁금한 것이 많았다. 그때 옥인어족 사람들이 가장 먼저 그녀를 떠났으나, 그들은 그 후로 별다른 음모를 꾸미지 않고 그저 몸을 숨겼을 뿐이었다. 그러나 백리명천 저 아이가 혈루를 얻게 된 것은 이미 북해에 들어갔기 때문일 것이다. 그녀가 이해할 수 없는 것은 바로 건명력이 어디로 갔는가 하는 것이었다.

건명력이 주인을 택해 깃든다는 전설이 있지만, 이것은 세상 사람들이 꾸며 내어 믿는 것에 불과했다. 건명력은 '검'을 택해 깃들 뿐이고, 이 '검'은 건명보검일 수밖에 없었다!

백리명천이 북해에 들어가 혈제대진을 파해하고 혈루를 얻었다면, 건명력도 자유를 얻었을 것이다.

건명력은 그 누구에게도 귀속되지 않고, 건명보검에만 깃들 수 있다. 건명보검과 계약을 맺은 이만이 건명검보를 익혀 합일의 경지에 이를 수 있고, 건명력을 다룰 수 있게 된다!

"설마, 내가 한 걸음 늦은 건가?"

축운궁주가 중얼거렸다.

곧 그녀는 자신의 추측을 부정했다. 군구신 일행이 건명보검을 얻은 걸 알자마자 그녀는 바로 북해안으로 달려와 계속 이곳을 지켰다. 군구신 일행의 속도가 아무리 빠르다 해도 그녀보다 빠를 수는 없었다.

지금 상황을 보면 건명력이 반드시 건명보검으로 돌아갔을 거라고 할 수 없었다. 건명력은 아직 북해에 숨어 있을 수도 있고, 몽족 설지의 어떤 곳에 숨어 있을 수도 있다. 마치 지금 아무 소식도 없는 봉황력처럼.

그녀는 원래 군구신 일행을 끌어들인 다음 옥인어를 바다로 들여보내 건명력을 불러낼 생각이었다. 지금 그녀가 굳이 계획을 바꿀 이유는 없어 보였다. 그녀는 여전히 군구신 일행을 끌어들여야 했다.

군구신이 건명보검을 갖고 온다면, 건명력은 보검을 만나는 즉시 돌아오려 할 것이다! 그때 검을 빼앗아도 늦지 않을 것이다!

10년 전부터 그녀는 이 대륙의 최강자가 아니었고, 점차 약해지고 있었다. 그녀는 반드시 가장 강력한 힘을 손에 넣어야 했다.

물론 그녀도 군구신과 비연이 적령석을 어디서 얻었는지 궁금했다. 천 년 동안 그녀는 가짜 적령석을 무수히 봐 왔다. 그녀가 본 진품은 신농곡에서 얻은 아주 작은 조각 하나뿐이었다.

몽족의 결계술은 매개로 쓴 물건이 있어야만 그 결계를 파해할 수 있었다. 당시 고운원이 적령석의 힘을 빌려 건명보검을 봉인하기를 몽동에게 권한 후 적지 않은 적령석을 사용했다.

적령석은 하늘이 내린 것으로, 단순히 약효가 있을 뿐 아니라 그 무엇보다도 뜨겁게 타오르는 힘이 있었다. 그때에도 그녀는 고운원이 대체 어디서 그렇게 많은 적령석을 가져왔는지 궁금했었다.

얼마나 바랐던가. 적령석의 힘을 빌려 그 남자가 세상에 남긴 자취를 찾을 수 있기를. 아주 약간의 흔적이라도 그녀의 고통을 위로해 줄 수 있었을 텐데.

지금 백리명천은 온몸이 얼음으로 봉인되어 있었다. 그는 추운 나머지 이를 맞부딪치고 있었고, 전신도 제어할 수 없이 떨리고 있었다.

그는 건명보검에 대해 알지 못했지만 군구신을 의심하고 있었다. 하지만 이 순간 그는 더 깊이 생각할 여력이 없었다. 축운궁주와 조건을 이야기할 여유도 물론 없었다. 그의 마음속에 있는 것은 가장 진실한 바람뿐이었다.

백리명천이 추위로 인해 더듬거리며 말했다.

"본, 본 황자와 협…… 협력하자. 본 황자는…… 다만 비연만…… 다른 것은, 전…… 전부 너에게 줄 테니!"

말을 마친 그는 더 견디지 못하고 두 눈을 감았다. 백리명천 전체가 얼음 속에 파묻히고 말았다.

"고비연?"

축운궁주가 생각에 잠긴 듯하더니 갑자기 큰 소리로 웃기 시작했다.

"여자 하나 때문에? 너 이 녀석, 생각보다…… 사랑 때문에 미쳤구나! 하하, 본 궁주는 갑자기 네가 밉지 않다."

축운궁주가 백리명천을 결계 안으로 들였을 때는 이미 그의 온몸이 얼어붙어 매우 딱딱했다. 안색도 창백해 핏기라고는 없었고, 두 입술도 파랗게 질려 있었다. 마치 얼음에 파묻힌 시체 같았다.

마침내 축운궁주도 다급해져, 늘 지니고 다니는 적령석을 가루 내어 백리명천의 손 위에 올려놓고 꽉 쥐게 했다.

잠시 후, 백리명천의 손이 따뜻해졌다. 이 따뜻함이 점차 그의 손에서 전신으로 퍼져 나갔고, 그의 몸에 가득하던 한기를 몰아냈다. 그를 덮고 있던 얼음도 전부 녹았다.

축운궁주는 암암리에 안도의 한숨을 내쉬었다. 그녀는 백리명천의 젊고 잘생긴 얼굴을 가볍게 쓰다듬으며, 어떤 방식으로 그를 이용할지 고민하기 시작했다.

차 한 잔 마실 시간이 지났을까. 축운궁주는 여전히 생각에 잠겨 있고, 백리명천의 안색은 회복되지 않은 상태였다. 그가 갑자기 중얼거렸다.

"피, 피……."

본 황자는 그녀를 원하지 않아

피?

축운궁주는 백리명천이 무슨 얘기를 하는지 알아들을 수 없었다.

그녀가 답답해하는 동안 백리명천이 갑자기 그녀의 손목을 잡았다. 축운궁주가 그를 떨쳐 내려 했지만 백리명천이 그녀를 꽉 잡더니 사납게 끌어당겼다. 축운궁주는 미처 방어하지 못하고 그대로 백리명천의 품 안에 쓰러졌다.

"방자하다!"

축운궁주는 경악했다. 그러나 더욱 경악할 일이 벌어지고 말았다.

백리명천이 그녀의 손등을 사납게 물어뜯었다. 그 힘이 어찌나 센지, 축운궁주는 고통스러운 나머지 비명을 질렀다. 그녀는 사납게 백리명천의 어깨를 공격하며 그를 떨어뜨리려 했다.

백리명천이 바닥에 쓰러졌다. 입가에는 피가 홍건했다.

축운궁주는 다급하게 제 손을 들여다보았다. 손등에 깨물려 생긴 깊은 상처에서 피가 흐르고 있었다. 선혈은 그녀의 손등을 따라 손가락 사이로 흘러내리며 손에 묻은 화장용 지분을 씻어 냈고, 점차 그녀의 손은 진정한 모습을 드러내기 시작했다.

주름지고 갈색 반점이 생긴, 혈관이 툭 튀어나온 이 손은 분명 노인의 손이었다! 이런 두 손을 마치 매끄러운 옥처럼 아름답게 꾸미고 있었다니, 화장술의 고수라 하지 않을 수 없었다.

축운궁주는 계속 자신의 몸을 아끼고 있었다. 특히 몸이 날로 늙어 가는 상황이라 더더욱 신경 쓰던 참이었다. 그녀는 분노할 뿐 아니라 황망하기도 해 재빨리 비단 손수건을 꺼내 상처를 감쌌다.

지혈을 끝낸 그녀는 바로 지분함을 꺼내 화장을 수정했다. 붓이 몇 번 스쳐 갔을 뿐이건만 아름답지 않은 것들은 모두 흔적도 없이 사라져 버렸고, 아무리 가까운 곳에서 봐도 화장한 손이라는 걸 알아볼 수 없을 정도로 자연스러웠다.

이때 백리명천은 이미 눈을 뜨고 있었다. 그는 텅 빈 눈으로 계속 중얼거렸다.

"피, 피…… 피……."

축운궁주는 분노한 것은 분노한 것이고, 곧 백리명천이 뭔가 이상하다는 것을 깨달았다.

"피? 피를 원하는 건가?"

그녀가 고민하는 동안 다시 백리명천이 애걸하는 소리가 들려왔다.

"제발, 피를 줘, 피……."

백리명천은 애걸하면서 고통스러운 듯 몸을 웅크렸다.

"설마……."

축운궁주는 뭔가에 생각이 미친 양, 서둘러 흑인어 하인을 하나 불러 백리명천에게 물게 했다.

그러나 백리명천은 흑인어를 물자마자 바로 놓아주었다. 그는 자신을 억제하기 위해 노력하고 있었지만, 결국은 축운궁주에게 기어오며 고통스럽게 애원했다.

"피, 피……."

이게 어찌 된 일인가?

축운궁주는 머뭇거리며 손수건을 풀고 제 손을 내밀었다. 백리명천은 이번에는 거절하지 않고 축운궁주의 피를 빨아들이기 시작했다. 그는 많이도 아니고 겨우 두세 모금 빤 다음 축운궁주를 놓아주고 다시 누웠다.

이제 그는 그렇게 고통스러워 보이지는 않고 그저 온몸에서 힘이 빠진 듯 보였다. 그는 입가를 닦은 후 피가 묻은 손가락을 보더니 점차 경악스러운 표정을 짓기 시작했다.

축운궁주는 뒤돌아서서 제 손을 다시 원래의 상태로 되돌린 후 다시 몸을 놀렸다. 그녀는 누워 있는 백리명천을 내려다보며 냉소했다.

"보아하니 본존의 피가 네 입맛에 맞나 보군. 아마 본존의 피여야만 너를 만족시킬 수 있는 모양이야."

그녀는 '혈루'에 대해 잘 알지 못했고, 백리명천이 무엇 때문에 얼음에 파묻혔는지도 알지 못했다. 그러나 방금의 상황을 보면 그녀에게 매우 긍정적인 일이 하나 있었다.

혈루는 백리명천으로 하여금 피를 탐하게 했고, 백리명천이 제일 처음 문 건 그녀였다. 아마 지금 이후로 그녀의 피만이 그를 구할 수 있을 것이다.

백리명천은 그제야 눈을 들더니 노성을 질렀다.

"내가 대체 어떻게 된 거지? 그 힘은 대체 뭐야? 말해!"

축운궁주는 백리명천의 이 갈팡질팡하는 모습을 보자 매우 흐뭇했다. 그리고 그를 속이기로 했다.

"그 힘의 이름은 '혈루'라고 해. 아주 사악한 힘이지. 건명력에 대항할 수 있을 정도로. 하지만 반드시 피를 영양분으로 섭취해야 해. 그 힘을 얻은 자는 피를 탐하게 되고, 도와주는 사람이 없으면 오히려 그 힘에 사로잡히게 되지. 일단 그 힘에 사로잡히면 피를 탐하는 악마로 전락하게 되는 거야!"

백리명천이 두 눈을 가늘게 떴다. 그의 시선이 축운궁주의 손 쪽으로 향했다. 그가 노한 목소리로 물었다.

"이 힘이 어째서 우리 옥인어족에게 속한 힘인 거지? 옥인어족이 바다에 들어가면 안 된다는 것도 이것 때문인가?"

축운궁주는 백리명천을 견제할 자신이 생겼기 때문에 진실을 얘기해 주기로 했다. 비록 수희가 그녀의 진정한 모습을 보긴 했지만, 그녀는 여전히 자신의 진짜 비밀은 말한 적 없었다.

"우리 인어족 중에서 그 불행한 사태에서 살아남은 이는 백명 남짓이었어. 각 일맥은 모두 분산되어, 신분을 숨기고 은거하게 되었지. 너희 옥인어 일족의 야심이 작지 않아, 뜻밖에도 세상에 나와 속세의 다툼에 참여했지만 말이야. 물론 그렇지 않았다면 그녀도 너희를 찾지 못했겠지만."

축운궁주로부터 모든 진상을 들은 백리명천은 한참 후에야 정신을 차렸다. 너무나 의아했다. 그는 인어족이 정말로 노비였다고 생각한 적도, 빙해와 북해에 그렇게 무서운 비밀이 숨어 있다고 생각한 적도 없었다.

그는 마침내 옥씨 가문의 보물창고에서 본 많은 비늘이 어찌된 연유인지 깨달았다! 그 비늘들은 분명 옥씨 가문 사람이 가져간 것일 게다. 바꿔 말하자면, 천 년 전 그 재난 속에서 살아남은 옥씨 가문 출신의 생존자가 있다는 얘기였다.

그 대재난은 그가 상상했던 것처럼 잔인한 학살이 아니라, 세상을 구하기 위한 비장한 행동이었다! 그러나 안타깝게도 그의 선조는 잘못된 길을 걸었다. 노비의 지위에서 벗어나는 방식이 결코 그것만은 아니었을 텐데, 그의 선조는 그 길을 선택했다.

만약 구려족 검녀가 제때 나타나지 않았다면, 옥인어 일족은 구려의 노비일 뿐 아니라 현공대륙의 죄인이 되었을 것이다!

백리명천은 한참을 멍하니 있다가 정신을 차리고 웃기 시작했다. 어찌해야 할지 알 수 없었지만, 마음속의 원한이 조금은 사라지는 듯한 기분이 들었다.

그리고 이 순간, 그는 문득 발아래에서 다시 한기가 올라오는 것을 느꼈다.

방금 겪었던 그 고통이 다시 오는 걸까?

그는 억지로 참으며 겉으로 드러내지 않았다. 축운궁주와 협상을 해야 하는 이 중요한 순간에 그녀에게 유리한 고지를 내줄 수는 없었다!

백리명천은 두 손을 등 뒤로 보내 꽉 쥐었다. 참아야 한다!

그는 축운궁주의 눈을 보며 물었다.

"원하는 게 뭐지? 건명력?"

축운궁주가 매우 흥미롭다는 듯 물었다.

"애야, 네가 말했잖니? 비연만 너에게 주면 다른 것은 모두 본존 것이라고 말이다!"

백리명천은 그대로 굳어 버렸다.

"내가 언제……."

설마 그가 혼미한 상태일 때 말했던 걸까? 그는 정말로 자신이 무슨 말을 했었는지 기억나지 않았다.

그는 반박하지 못하고, 어쩔 수 없다는 듯 웃으며 말했다.

"그런가? 본 황자는 지금 생각이 바뀌었어. 본 황자는 그녀를 원하지 않아. 본 황자가 원하는 건 군구신이다!"

"그래?"

축운궁주의 눈가에 조소가 어렸다.

그녀야말로 사랑 때문에 천 년을 묶여 있었던 사람이었다. 그런 그녀가 어찌 사랑에 사로잡힌 눈동자를 알아보지 못할 수 있을까? 그러나 그녀는 굳이 백리명천의 속마음을 폭로할 생각은 없었다.

"본존이 원하는 것은 건명보검뿐이다. 다른 것은 우리가 한 동족이라는 점을 고려해서, 모두 네 뜻대로 하마!"

그녀의 이 말은 진심이 아니었다. 그녀가 어떻게 군구신을 백리명천에게 줄 수 있겠는가?

건명보검을 얻어 건명력을 회수하면 그녀는 직접 빙해를 건

널 것이다. 그때 지살이 불려 나왔을 때 대체 어떤 힘이 지살을 억눌렀는지, 빙해는 무엇 때문에 독에 감염되었는지, 무인들의 진기가 모두 소실된 이유는 무엇인지……. 그 모든 비밀을 그녀는 군구신 일행의 입에서 들어야만 했다!

하지만 그는 늙은 여우란 말이야

사실 축운궁주는 백리명천을 제어할 수 있는 패를 쥐고 있는 셈이라 이렇게 얼버무릴 필요가 없었다. 하지만 그녀는 백리명천을 너무 핍박할 생각이 없었다. 혼자는 너무 외로우니까. 백리명천이 얌전하게 그녀와 함께하며 답답한 마음을 풀어 주기를 바라고 있었다.

"고맙군!"

두 다리에 한기가 더해지고 있었지만 백리명천은 강인하게 참아 내며 두 손으로 주먹을 꽉 쥐었다. 그리고 겉으로 보기에는 지극히 담담한 표정으로 최후의, 그리고 가장 중요한 문제를 입 밖으로 꺼냈다.

"본 황자가 어떻게 해야 혈루를 장악할 수 있지?"

"네가 그것을 항복시키든지, 아니면 그것이 너를 항복시키든지겠지. 본존의 도움이 필요하면 언제든지 말하거라."

축운궁주가 그렇게 말하며 손을 흔들었다.

"물론, 네가 착하게 굴 때의 이야기지만."

"항복?"

백리명천은 계속 물으려 했지만 축운궁주는 이 화제를 이어 갈 생각이 없었다. 그녀는 상처 입지 않은 다른 손을 뻗으며 물었다.

"현한보검은?"

지난 며칠 동안 목연이 축운궁 부근에 나타났다. 그녀는 수하들에게 목연을 감시하게 했다. 설사 현한보검이 없다고 해도 그녀로서는 군구신 일행을 끌어들일 방법이 있는 셈이었다. 그러나 그녀는 그 검을 얻어야 했다.

군구신은 빙해 남안의 헌원 황족을 대표하지 못한다. 어쩌면 그녀는 언젠가 헌원 황족을 대표하는 헌원예를 만나게 될 수도 있었다!

백리명천의 눈가에 복잡한 빛이 스쳐 갔다. 그러나 오래 망설이지 않고 바로 말했다.

"사흘의 시간을 주면 수하를 시켜 가져오게 하겠다. 그때 궁주께서 소문을 퍼뜨려도 좋고, 아니면 본 황자가 궁주 대신 그들을 끌어들여도 좋지!"

"사흘?"

축운궁주가 고민하기 시작했다. 사흘 후면 그녀의 수하가 목연에게 손을 쓰기 시작할 예정이었다. 군구신 일행이 북해로 오면 그들에게 성대한 대면식을 준비해 줄 수 있을 거라는 생각에 그녀는 기뻐하며 말했다.

"사흘 후라면 바로 입추지. 좋은 날이다. 이 일은 네게 맡겨 두마!"

백리명천은 이미 한기를 참을 수 없을 지경이었지만 고통을 드러내지 않고 오히려 입꼬리를 들어 올렸다. 그의 미소는 그 무엇과도 비교할 수 없을 만큼 사악한 매력이 깃든 동시에 어딘가 미쳐 버린 듯한 느낌도 들었다.

"본 황자가 분명 궁주를 만족시켜 줄 거야. 죽운 동생, 나중에 건명보검을 회수한 후에 우리 함께 인어족을 부흥시켜 보자고. 어때?"

죽운궁주의 신경은 온통 '죽운 동생'이라는 말에 쏠려 있었다. 그녀는 잠시 멈칫했지만, 곧 즐거운 듯 큰 소리로 웃기 시작했다.

그녀는 천 살이 넘었고, 이미 늙기 시작한 참이었다. 그런데 동생이라고 부르다니. 그녀는 백리명천이 경박하다고는 전혀 생각지 않았다. 오히려 이 호칭이 무척 마음에 들었다.

"그래, 좋다! 동생이 기다려 보지!"

죽운궁주는 백리명천을 결계 안에서 쉬도록 한 뒤 자신은 핑계를 대고 그 자리를 떠났다. 그녀는 북해 아래로 내려가, 건명력이 대체 그 안에 있는지 살펴볼 생각이었다.

죽운궁주가 떠난 것을 확인하자 백리명천은 마침내 참지 못하고 바닥에 주저앉았다. 스스로를 끌어안은 그는 얼마 지나지 않아 온몸을 떨기 시작했다.

거래는 이미 끝난 셈이니 죽운궁주로 하여금 자신을 구하게 할 수도 있었다. 그러나 그는 그렇게 하지 않았을 뿐 아니라 오히려 최선을 다해 자신의 상태를 숨겼다. 그 이유는 바로 죽운궁주가 말한 '혈루'에 대한 이야기를 전혀 믿지 않기 때문이었다.

그는 비연이 말한 대로 늙은 여우였다! 어린 시절부터 속임수와 계략 속에서 자란. 그런 그를 속인다는 건 어림도 없는 일이었다!

몸에서 한기가 물러갔을 때 그는 깨어났다. '피'라는 단어를 중얼거렸을 때, 그는 결코 피를 탐하던 것이 아니었다. 그때 그의 머릿속은 피비린내 나는 장면으로 가득 차 있었다. 무수한 선혈이 하늘과 땅을 뒤덮은 채 그를 향해 용솟음치고, 금방이라도 그를 피의 바다 속으로 끌고 갈 것 같아 공포에 질렸었다.

그가 막 눈을 뜨려 했을 때, 축운궁주가 중얼거리는 소리가 들렸다.

"피를 원하는 건가?"

이 말을 들은 순간 그는 축운궁주가 '혈루'의 비밀을 알지 못한다는 사실을 알아차렸다. 그는 곧바로 연극을 하며 그녀를 시험해 보았다!

그는 일부러 그녀를 물고 그녀의 피를 빨면서, 다른 사람의 피는 거절했다.

결국은 그의 의심이 옳았음이 증명되었다! 축운궁주는 '혈루'가 뭔지 알지 못하면서, 그의 행동을 보고 조작하고 있었다.

한기를 몰아내는 것에 대해서는 그녀의 거짓말 여부를 그로서는 판단할 수 없었다. 한기가 물러가기 전에 그가 정신을 잃었기 때문이다.

한기가 다시 나타나고 있었지만, 그는 당연히 축운궁주에게 도움을 청하지 않았다. 그는 자신이 대체 어느 정도까지 얼음에 봉인당할지 지켜볼 작정이었다.

그는 자신이 죽으리라 생각하지 않았다. 어쨌든 발작이 일어난 게 이번이 처음도 아니었으니까.

백리명천은 바람막이를 단단히 여몄다. 곧 몸이 덜덜 떨려오고 이가 부딪치기 시작했다. 그는 바닥으로 쓰러진 채 본능적으로 몸을 웅크렸다. 얼마 지나지 않아 두 눈에 얼음이 맺혔고, 얇은 얼음이 정강이에서부터 퍼지기 시작했다. 처음에는 느린 속도였지만 점차 빨라지고 있었다.

예전이었다면 이미 정신을 잃었을 것이다. 그러나 이번에는 강하게 버티면서 온 힘을 다해 맑은 정신을 유지했다. 손을 날카롭게 물어뜯어 그 고통으로 정신을 들게 했다. 바로 그 순간, 그의 왼쪽 손바닥에 갑자기 따뜻한 기운이 전해져 왔다.

어찌 된 일인가?

얼마 지나지 않아 그 따뜻함이 작열한 듯한 뜨거움으로 변했다. 마치 불씨가 손바닥 위에서 활활 타오르는 것 같았다.

백리명천이 손을 펴서 들여다보았다. 손바닥에 화염 모양의 환영이 보였다. 환영은 잠시 흔들리더니, 곧 흩어지듯 불빛으로 변해 그의 손바닥으로 들어갔다.

백리명천이 정신을 차리기도 전에 손바닥에서부터 팔 전체로, 따뜻한 열기가 퍼지는 걸 느낄 수 있었다. 열기는 곧 그의 사지와 오장육부를 따뜻하게 덥혔고, 그의 두 다리에 있던 한기조차 몰아냈다. 그러자 그 따뜻한 열기 역시 곧 사라졌다.

백리명천은 무력한 나머지 계속 앉아 있었다. 그는 진지하게 제 왼손을 바라보고, 또 오른손을 바라보았다. 그러나 두 손에 별다른 점은 보이지 않았다.

대체 어찌 된 일인가? 방금 직접 겪은 일이 아니었다면 그는 자신의 눈으로 본 것조차 믿지 못했을 것이다.

이 화염은 분명 혈루가 가져온 한기를 몰아내 주었다. 하지만 이 열기는 축운궁주가 그에게 베푼 게 아니었다. 게다가 어린 시절부터 지금까지 그는 이런 힘을 가져 본 적도 없었다.

백리명천은 한참 생각한 끝에 문득 천옥성에서 깨어났을 때 보았던 감초 사탕을 떠올렸다! 그때 그는 혈루로 군구신을 상대했고, 도망치던 중 혼수상태에 빠졌다.

그는 다시 한번 자신의 왼손을 바라보며 중얼거렸다.

"고운원…… 그자일 수밖에 없어!"

고운원에게는 분명 뭔가가 있었다! 일부러 감초 사탕을 남긴 건 아마도 백리명천이 자신을 찾아오기를 바랐기 때문일 것이다!

백리명천은 이미 수하를 연운간으로 보낸 상태였다. 고운원이 대체 얼마나 대단한지, 자신에게 어떤 대답을 줄 수 있을지 지켜볼 작정이었다.

잠시 휴식을 취한 백리명천은 자리에서 일어나 되는대로 입가를 닦다가 뭔가 이상한 점을 발견했다. 재빨리 혀를 내밀어 핥아보았다. 손가락으로 가볍게 입가에 묻은 핏자국도 문질러 보았다. 그리고 그는 곧 무엇이 잘못되었는지 깨달았다.

지분이었다! 축운궁주의 손등에는 지분이 발려 있었다. 그것도 아주 두껍게.

젊은 나이에 어째서 그렇게 두껍게 지분을 바른 걸까? 무엇을 감추기 위해?

수희는 축운궁주의 인어 모습을 본 적이 있고, 아주 무서웠다고 했다. 설마…….

백리명천은 자신의 추측에 깜짝 놀라 그 이상 생각을 잇지 못했다. 그러나 마음에 짚이는 것이 있었다.

그는 비록 축운궁주가 자신을 위협하지 않을 거라 확신하기는 했지만, 천 년 전의 진실을 조금은 믿고 싶었다. 그는 계속 이렇게 연극을 이어 나가며 진상을 알아낸다 해도 상관없었다. 그는 최후에 누가 누구를 이용하게 되는지 지켜볼 마음도 있었다.

그 후 사흘 동안 축운궁주는 나타나지 않았다. 백리명천 역시 아무 데도 가지 않고 계속 결계 안에 있었다. 그는 제 몸 안에 시시때때로 나타나는 혈루를 제어하려 노력하며 입추가 오기를 기다리고 있었다.

그가 군구신과 비연을 입추에 위협하기로 결정한 건 바로 그날 수희가 큰일을 벌일 예정이었기 때문이다. 천염국과 만진국의 전쟁이 입추에 정식으로 발발할 터였다!

사흘이 눈 깜빡할 사이에 흘러가고, 입추가 되었다.

나는 아직 잘 모르겠어

구름 낀 하늘은 여름의 빛을 잃고, 나뭇잎은 가을 소리를 내고 있었다.

오늘은 입추였다. 우문 황족은 이날 약선 연회를 베푸는 습관이 있었다. 백초국 황도 백성들도 모두 황족의 습관을 따라, 입추 날에 약선을 먹는 것이 풍속이 되었다.

이틀 전부터 적지 않은 약재며 식자재가 앞다투어 팔렸다. 보통 약선 요리라면 여러 시진 뭉근히 끓이는 경우가 많았기 때문에, 오늘 아침 일찍부터 모든 주방에서는 약재 냄새가 가득했다.

궁중의 어선방에서는 주방장 여러 명이 보름 전부터 태의며 약사들과 함께 오늘 밤의 약선 연회를 준비하고 있었다. 지금 그들은 마지막 준비에 박차를 가하는 중이었다. 오늘 밤 황제의 위를 사로잡아 부귀영화를 누리게 되기를 꿈꾸면서.

비연은 아침 일찍 슬그머니 일어났다. 그녀는 주방 사람들을 모두 내보내고 자기 혼자 주방을 차지했다.

군구신이 꿈속에서 몸을 뒤척이다가 습관적으로 손을 뻗었다. 그러나 사람이 있어야 할 곳이 비어 있어 깜짝 놀라 잠에서 깨어났다. 비연은 지금까지 단 한 번도 그보다 일찍 일어난 적이 없었다.

비연은?

군구신은 다급하게 침상에서 내려와 망중을 불렀고, 그제야 비연이 주방에 있다는 사실을 알게 되었다.

망중이 웃으며 말했다.

"전하, 왕비마마께서 이리도 전하를 아끼십니다. 전하께 보양식을 만들어 드리고자 하실 정도로!"

군구신의 입가에 슬며시 미소가 떠올랐다. 그는 망중에게 대답하지 않고 그저 손을 내저어 물러가게 했다.

망중이 떠난 후 군구신은 자신이 예전에 비연이 이야기한 약선을 오해했음을 깨달았다. 그는 결국 참지 못하고 미안한 듯 웃기 시작했다. 다행히도 주변에 하인들이 없었기에 망정이지, 누군가가 봤다면 아마 가짜 정왕 전하를 봤다고 생각할 것이다.

군구신은 곧 주방으로 향했다. 연아가 직접 요리한 약선을 먹는 것도 좋지만, 그보다는 그녀가 요리하는 모습을 보고 싶었다.

비연은 오리 약선을 요리할 생각으로 식자재와 북사삼, 천동, 구기자 등 약재 일부분을 솥에 넣고 있었다.

군구신이 소리 없이 주방으로 들어가 비연의 등 뒤에서 발걸음을 멈췄다. 비연은 그의 기척을 알아채지 못하고 수온이며 수질 등을 살피며 중얼거렸다.

"북사삼은 단단하고 성질이 차가운 데다 지방이 많고, 남사삼은 살이 많아도 속이 비어 그 기운이 가볍고 맛이 맑으니……. 남사삼은 위에 좋고, 북사삼은 폐를 깨끗하게 해 주지. 일단 폐를 깨끗하게 해서 음기를 보충한 후 다시 화기를 제거하고, 그 다음에는…….”

비연은 말하다가 생각에 빠졌다. 잠시 기다리던 군구신은 그녀가 계속 아무 말도 하지 않자 등 뒤에서 그녀를 끌어안으며 물었다.

“그다음에는 뭘 보충할 생각이지?”

비연은 깜짝 놀랐지만 곧 정신을 가다듬었다. 어쨌든 그녀는 이 포옹에 너무나 익숙했다.

그녀가 돌아보며 물었다.

“내가 당신을 자객으로 여겨 칼로 찌르기라도 하면 어쩌려고 이래?”

군구신이 웃으며 대답했다.

“지금 한번 해 보든가.”

비연은 제 분수를 너무나도 잘 알고 있기에 바로 화제를 자신에게 유리한 쪽으로 돌렸다.

“폐를 맑게 하고 음기를 보충한 다음 화기를 제거하면, 당연히 양기를 보충하고 콩팥을 보양해 줘야지. 남자는 양기와 콩팥을 보양하는 게 가장 중요하거든.”

군구신이 재빨리 물었다.

“그래서 한우아에게 주려는, 그 끓일 필요 없다는 약선도 일단 폐를 맑게 하고 음기를 보충한 후…… 다시 양기와 콩팥을 보양하는 건가?”

사실 군구신이 묻고 싶은 건 양기와 콩팥을 보양하면 한우아가 건원 황제의 용상에 올라갈 수 있느냐 하는 것이었다. 그러나 그는 완곡하게 돌려 물을 수밖에 없었다.

비연은 군구신의 말에서 이상한 점은 눈치채지 못하고, 그에게 안긴 채로 약재를 물에서 꺼내며 대답했다.

"완전히 같은 건 아니지만, 뭐 비슷하지."

군구신의 표정이 매우 복잡했다. 그가 마침내 직접 물었다.

"연아, 양기를 북돋우는 약을 쓸 셈이야? 건원 황제 곁에는 꽤 실력 있는 약사들이 있고, 약선 요리에는 특히 엄격하게 굴 거야. 아무래도 이건……."

비연이 직접 약을 쓴다면 군구신은 물론 안심할 수 있었을 것이다. 그러나 한우아에게 약을 쓰게 할 거라면, 결과가 좋지 않을 게 분명했다. 물론 이런 일인 이상, 누가 그에게 칼을 들이댄다 해도 그는 결코 비연이 직접 움직이게 하지는 않을 것이다.

비연은 '양기를 북돋는다'라는 말을 듣자 재빨리 몸을 돌리더니, 의아한 눈빛으로 군구신을 노려보았다.

"다, 당신…… 무슨 생각을 하는 거야? 내, 내가 어떻게 그런 삼류나 쓸 법한 수단을 쓸 거라고……."

그러나 비연은 그런 약을 쓴 적 있었고, 군구신도 그 사실을 잘 알고 있었다. 그는 재빨리 그녀의 말을 끊었다.

"그, 음기를 보충하고 양기를 보양하고…… 한우아가 어떻게 성공하게 할 셈이지?"

"나만의 방법이 있지!"

비연은 대답한 후 방금의 말을 되풀이했다.

"여하튼 당신, 무슨 생각을 한 건지 모르지만, 내가 어떻게 그렇게 삼류 같은 수단을 당신에게 쓰겠어!"

이건…….

비연은 한우아에게 약선 요리법을 보낸 후 그에게도 요리해 주겠다고 했다. 그러므로 군구신이 이 약선 요리가 양기를 북돋우는 것이라 오해했다면, 그녀가 그의 양기를 북돋우려 했다고 오해한 게 되는 게 아닌가.

군구신은 그렇게까지 생각한 적은 없었다. 지금에야 문득 깨닫고 바로 입을 다물었다.

비연이 그를 노려보며 그의 손을 밀어내고는 한옆으로 걸어갔다. 불씨를 보고 다시 식자재를 살핀 후 북사삼을 솥에 넣었다. 그리고 다시 걸어오더니 물에 담가 두었던 천동을 작은 솥에 넣어 달이기 시작했다.

군구신은 그 자리에 선 채 한참 동안 아무 말도 하지 못했다.

비연이 자리에 앉아 부뚜막의 불씨를 지키더니 곧 군구신을 흘깃거렸다. 다시 시간이 좀 흐르자 참지 못하고 입가를 슬며시 들어 올렸다. 그러고는 군구신 뒤로 걸어가 키득거리며 물었다.

"무슨 생각을 했던 거야? 당신이 보양이 필요한지 나는 아직 잘 모르겠는데."

이 보양이란 당연히 그쪽 방면의 보양이었다.

군구신이 그녀를 돌아보았다. 그의 표정은 그야말로…… 무어라 형용할 방법이 없었다!

그는 뭐라 대답해야 할지 알 수 없어 결국은 비연의 코를 문지르며 웃었다. 그 어색한 웃음은 몹시도 다정했고, 비연에 대한 애정으로 가득 차 있어 정말로 보기 좋았다.

비연 역시 조금 미안한 듯 웃었다. 그녀는 재빨리 군구신의 손을 잡고 말했다.

"이건 오리에 삼을 넣은 탕인데, 점심때 먹을 거고, 저녁때야말로 제대로 정찬을 먹을 거야. 그때가 되면…… 당신은 분명 만족하게 될 거야!"

군구신은 이미 충분히 만족스러웠다. 그는 비연을 곁에서 보게 하고, 자신이 앉아 부뚜막의 불을 지키기 시작했다. 그리고 이 순간, 백초국 황궁은 이미 시끄러워진 상태였다.

한우아는 백초국 황후의 초대를 받아 이미 황궁에 들어갔다. 그녀와 황후 모두 기회를 보아 황제를 만나러 갈 생각이었으나, 안타깝게도 황제는 조회를 끝내자마자 수희가 있는 서하궁으로 달려갔다.

비연 일행은 오늘 손을 쓸 생각이었고, 수희 역시 백리명천의 명령을 받아 모든 것을 준비하고 있었다.

이 순간 늙은 황제는 서하궁 온천 가에 앉아 술을 마시며 물속에서 노니는 수희를 감상하고 있었다. 수희는 인어족의 몸을 드러내지 않고 일부러 얇은 흰 비단옷을 입고 있었다. 옷이 물에 젖으니 아름다운 몸매가 보일 듯 말 듯 비쳐 몹시도 매혹적이었다.

최근 그녀는 황제의 혼을 **빼앗고** 있었다. 오늘은 일부러 황제를 더욱 안달 나게 하고 있었다. 황제가 참을 수 없는 지경이 되어 가는 걸 보고, 그녀는 몸을 완전히 물속에 담그고는 응석 부리듯 말했다.

"오늘 이렇게 시끌벅적한 날인데, 저에게는 아무 명분도 없으니 약선 연회에 참가할 수가 없네요. 황상, 저에게 뭔가 보상하셔야 하지 않나요? 아니면…… 아니면 저는 이제 황상을 보지 않을 거예요!"

황제가 이 함정에 빠지고 말았다.

"하하, 애야, 짐이 어떻게 보상해 주기를 바라느냐?"

수희가 먼저 한 걸음

황제의 반응에 수희는 마음속으로 기뻐했다.

그녀가 서둘러 말했다.

"물론 천염국과 전쟁을 벌여 저의 복수를 해 주시는 거지요. 저는 광안성에서 고비연에게 아주 참혹할 정도로 괴롭힘을 당했어요. 황상, 저는 평생 어떤 지위도 원하지 않고 황상 곁에서 시중을 들 수 있어요. 하지만 이 분노를 그대로 삼키고 있을 수만은 없어요!"

건원 황제는 상당히 의외라 생각했다. 그는 물론 수희가 백리명천을 도와, 백초국이 천염국과 전쟁을 벌이게 하려 한다는 걸 알고 있었다. 그러나 수희가 이런 말을 할 줄은 몰랐다. 그는 여자라면 지위를 이유로 삼으리라 생각했다.

건원 황제는 계속 변경에서 벌어지는 작은 충돌의 책임을 장수들에게 미루며 태도를 나타내지 않았다. 수희와 같은 신분의 여자에게 품계를 내린다면, 그것 역시 그가 정식으로 천염국과 적이 되려 한다는 걸 의미했다.

그가 큰 소리로 웃기 시작했다.

"겨우 계집 상대로 뭘 그리 화를 내느냐? 그러지 마라. 짐이 너에게……."

수희가 황제의 말을 잘랐다.

"지위 같은 건 모두 필요 없어요. 황상께서 돕지 않으시겠다면, 저는 살아도 아무 의미가 없어요!"

말을 마친 그녀는 등을 돌렸다. 앞으로 황제를 보지 않겠다는 태도였다.

황제는 당연히 수희가 정말로 떠나지는 않을 거라는 사실을 알고 있었다. 그러나 그는 결국 물속으로 들어가 수희에게로 헤엄쳐 갔다. 수희가 몸을 피하려 하자 황제가 그녀를 안으며 말했다.

"우리 미인, 짐을 안아 다오!"

이 순간 수희는 역겨움을 느꼈다. 특히 황제의 살찐 두 손이 그녀의 엉덩이를 쓰다듬을 때는 살의마저 느꼈다. 그러나 참을 수밖에 없었다.

황제를 죽이면 그녀와 삼전하는 백초국을 장악할 수 없고, 백초국의 군대를 일으켜 천염국을 공격하게 할 수도 없으니, 그녀는 이 굴욕을 참아 낼 수밖에 없었다.

수희는 여전히 애교스럽게 웃으며, 두 손으로 황제를 끌어안고 속삭였다.

"황상께서 이리도 저를 떠나지 못하시는 건, 결국 제 말을 승낙하시는 거지요?"

황제는 수희의 반응에 웃고 말았다. 그는 이렇게 영리한 여자가 좋았다.

"안심하거라. 짐이 무 장군을 초청할 테니. 병사를 일으켜 천염국을 치는 것도 조만간 일이다."

수희는 그 안의 역학 관계를 물론 알고 있었기에 황제가 무 장군을 언급하기를 기다리고 있었다. 그러나 그녀는 일부러 모르는 척 가볍게 물었다.

"설마 백초국이…… 황상의 뜻대로가 아니라 무 장군의 허락이 필요한, 그런 건 아니겠죠?"

이 말을 들은 황제는 안색이 변하더니 바로 수희를 놓았다.

수희 역시 이 말이 함부로 할 수 있는 말이 아니라는 것 정도는 알고 있었다. 그러나 그녀가 일부러 무 장군 이야기가 나오도록 유도한 건 바로 이 말을 하기 위해서였다. 그녀가 계속 말했다.

"그 무씨 성을 가진 자가 강평성 하나를 지켰다고 해서 백초국 백성들의 존경을 받는다고 들었어요. 이건 정말 수지맞는 장사인걸요? 그자가 다른 마음이라도 먹으면……. 백성을 선동해서 반란이라도 일으키게 해서는 안 되는 거잖아요? 인심을 얻으면 이루지 못할 일이 없는데……."

황제는 무 장군이 다툼을 싫어하는 이라는 걸 아주 잘 알고 있었지만, 마음속으로 걸리는 구석이 있는 건 또 어쩔 수 없었다. 그런데 수희가 이렇게 말하는 걸 듣자 그의 마음속 불안함이 더욱 커지기 시작했다. 그는 계속 무 장군이 반란이라도 일으키지 않을까 경계해 왔지만, 백성들을 선동하지 않을까 하는 생각은 한 적 없었다.

황제가 크게 화를 내지 않는 걸 보고 수희는 그의 속마음을 정확히 파악할 수 있었다. 그녀는 황제의 가슴을 어루만지며 유혹하듯 말했다.

"황상, 저도 장군이었어요. 그러니 무 장군과 같은 자의 마음을 아주 잘 알고 있답니다. 저에게 좋은 생각이 있는데, 황상, 들어 보시겠어요?"

예전이었다면 황제는 눈을 감은 채 수희의 유혹을 즐겼을 것이다. 그러나 이 순간은 그럴 기분이 아니었다. 황제가 다급하게 물었다.

"무슨 좋은 계책이라도 있느냐?"

수희가 웃으며 황제의 귓가에 대고 속삭였다. 황제의 얼굴에 점차 만족스러운 미소가 떠올랐다.

수희의 생각은 바로 무 장군과 인심을 다투는 것이었다. 그녀는 황제에게 강평성의 천염국 사람을 매수하여 백초국의 여자들과 아이들을 괴롭힌 후 일을 크게 만들면 된다고 속삭였다.

황상은 그 기회를 틈타 선전 포고를 하고, 다시 백성들을 매수하여 무 장군의 저택에 청원하러 가게 하면 되노라고. 백성들이 무 장군에게 백성들을 생각하기를 청하면, 무 장군도 결국 백초국을 위해 싸우게 될 거라는 이야기였다.

황제가 만족하는 걸 보고 수희도 웃으며 말했다.

"황상, 이렇게 하면 무 장군은 천염국과 전쟁을 할 수밖에 없어요. 그러지 않으면 분명 민심을 잃게 되겠지요!"

분쟁의 실마리를 만드는 거라면 사실 백초국도 이미 여러 번 해 본 바 있었다. 그러나 무 장군을 끌어들인 적은 없었다. 황제는 만족을 넘어 흥분하고 있었다.

"좋다! 아주 좋아!"

황제는 기뻐하며 수희를 계속 칭찬했다.

"예쁘기도 하면서 이렇게 영리하고 계략이 많다니. 백리명천의 수하에 있기는 아깝구나! 아주 아까워!"

이 말을 들은 수희의 눈에 불만스러운 기색이 스쳐 갔다. 그녀는 스스로를 희생할지언정 다른 그 누구도 백리명천에 대해 좋지 않은 말을 하는 걸 듣고 싶지 않았다. 그녀는 황제를 밀어내고 멀리 헤엄쳐 간 다음에야 노한 목소리로 답했다.

"황상, 저는 어쨌든 삼전하를 모시는 장군이고, 황상과는……. 흥, 아무것도 아니란 말이어요! 황상, 저의 이 계책이 옳다고 여기신다면 어서 수하들을 안배하시지요. 지금 한다 해도 이른 게 아니에요. 황상께서 그럴 마음이 있으시다면 매를 날려 강평성에 서신을 보내고 어서 일을 처리하셔야 해요. 한밤중이 되기 전에 천염국에 선전 포고를 하셔야 제가 오늘 약선 연회에 참가하지 못한 것에 대한 보상이 되니까요. 그리해 주신다면 저는 오늘 밤……."

수희가 매력적으로 웃으며 천천히 물속에서 일어나더니, 얕은 곳으로 걸어가 그 아리따운 몸매를 남김없이 드러냈다.

"저는 오늘 밤 황상을 따르겠어요. 황상께서 무슨 생각을 하시건 저도 모두 그대로……."

황제는 그야말로 눈을 휘둥그렇게 떴다. 당장이라도 수희의 몸에 달라붙은 저 흰 비단을 찢어 버리고 싶어 안달하는 듯한 표정이었다.

황제는 탐욕스러운 눈길로 가까이 다가오더니 말했다.

"좋다, 좋아, 짐이 네 말대로 하마. 얘야, 일단 짐에게 맛을 보게, 보양하게 해 다오!"

수희는 바로 뭍으로 뛰어오르더니, 옷걸이 위의 장포를 들어 제 몸을 꽁꽁 감쌌다. 그리고 멀리 달려간 후, 장난스럽게 웃으며 말했다.

"황상, 저를 여기 감춰 두시는 이상 제가 보양해 드릴 수가 없어요. 오늘 밤 약선 연회에서 잘 보양하시고 오세요! 오늘 밤 저에게 좋은 소식을 주신다면 저는 황상께……. 호호, 황상께서 계속 보양하게 해 드릴 테니까!"

황제는 잠시 멍한 표정을 지었으나 곧 수희의 이 말이 의미하는 바를 알아차렸다. 그는 큰 소리로 웃기 시작하더니 바로 약속했다.

"좋다! 오늘 밤 짐이 반드시 올 테니, 그때 가서 용서를 빌거나 하면 안 된다! 하하, 좋은 소식을 기다리거라!"

황제는 바로 준비를 마치고 서하궁을 떠났다. 그는 임시로 심복 대신들을 소집하여 함께 수희의 계책을 의논했다.

대신들은 모두 전쟁을 바라고 있었고, 무 장군이 장수가 되어 가지고 전쟁에 나서지 않고 민심을 얻는 걸 못마땅하게 여기고 있었기 때문에 이 계책을 듣자 모두 찬성했다.

황제는 밀지를 신속히 강평성으로 보냈다. 그는 최근 강평성에 적지 않은 사람을 심어 두었기에, 백성들을 매수하는 일은 매우 쉬웠다.

수희는 소식을 전해 듣자 무척 기뻐했다. 그녀는 몰래 천염국 진양성에 서신을 보낸 후, 오늘 밤 벌어질 재미있는 연극을 기다렸다!

백초국과 천염국의 전쟁은 사실 큰 전쟁이 아닐 터였다. 그러나 전하와 축운궁주, 군구신 등이 참여하는 이상 이 전쟁이야말로 진정한 의미에서 큰 전쟁이었고, 그녀는 더할 나위 없이 기대하고 있었다!

밤이 되었다. 연회 준비가 모두 끝난 어화원으로 사람들이 몰려들었다. 약선 연회가 곧 시작될 시간이었다.

수희는 온천 가에 앉아 황제를 기다리고 있었다.

황후는 한우아를 단장시킨 후 직접 어화원으로 데려갔다.

그리고 비연과 군구신은 궁에서 올 소식을 기다리며 저녁 식사를 시작하려 하고 있었다…….

반드시 사귀어야 하는데

입으로는 폐를 깨끗하게 하여 음기를 보충한 후 다시 양기를 보충하고 콩팥을 보양한다고 했지만, 비연은 점심때 군구신에게 보양식을 한 끼 먹인 후 저녁은 담백한 것으로 안배했다. 대신 식사 후 목을 깨끗하게 씻어 줄 수 있도록 배와 흰 목이버섯 등을 끓인 탕을 준비했다.

군구신의 위는 만족한 상태였으나, 비연이 한우아에게 준 약선 처방이 대체 무엇인지는 여전히 알 수 없었다. 물론 다시 비연에게 오해받지 않기 위해, 혹은 자신이 다시 오해하지 않기 위해, 마음속으로는 답답해하면서도 더 추궁하지는 않았다.

두 사람은 저녁을 간단히 먹은 후 바둑판을 펼쳤다. 그리고 바둑을 두며 소식을 기다렸다. 그들이 지금 머무는 곳에서 백초국 황궁까지는 얼마 멀지 않았고, 궁 안에서 무슨 일이라도 벌어지면 화 고모가 바로 사람을 보내올 터였다.

이때, 백초국 황궁에서는 약선 연회가 정식으로 시작되고 있었다. 이것은 황족들끼리 모이는 연회로, 어화원에 위치한 거대한 정자 양심정에서 열렸다. 황제는 기분이 아주 좋아 계속 웃는 표정이라, 나이가 몇 살이나 젊어 보였다.

황제 곁에 앉아 있는 이는 백초국의 유 황후로 태자와 엽십삼의 생모였다. 그녀는 황제보다 대여섯 살 젊었는데, 소박한 옷차림에 자상한 표정이었다. 사정을 모르는 이들이 본다면 그녀가 소문처럼 대범하고 담담하며 대국을 돌본다고 생각했을 것이다.

황제와 황후 양옆으로는 두 줄로 자리가 마련되어 있었는데, 후궁의 비빈들이며 황족들이 신분에 따라 차례대로 앉아 있었다. 한우아는 외빈이었지만 비교적 특수한 존재로, 몇몇 공주들과 함께 황후 근처의 두 번째 줄에 앉아 있었다.

그녀는 계속 수희를 피하느라 궁에서는 눈에 띄지 않게 행동해 온 데다, 황후의 엄호도 있었기 때문에 그녀가 입궁했다는 사실을 아는 사람은 얼마 되지 않았다. 그러나 외부인이 없는 황가의 연회인지라, 그녀는 비록 두 번째 줄에 앉아 있었으나 곧 다른 이들의 이목을 끌었다.

물론 모두 한우아를 주목하긴 했지만 쉽게 탐색하려 들지는 않았다. 오늘 밤 약선 연회는 주방장들의 전쟁터인 것으로 보였지만, 실제로는 비빈들의 전쟁터기도 했다. 어떤 말이라도 전쟁을 발발하게 할 수 있는 자리였다!

음악 소리 속에서 무희들이 천천히 물러났다. 젊고 아름다운 무희들이 구름 같은 소매를 나부끼며 물러간 자리에 궁녀들이 정자 밖에서 차례대로 들어왔다. 그들 모두 정교하고 아름다운 그릇을 받쳐 들고 있었는데, 그 위에는 색과 향, 맛을 모두 갖춘 산해진미가 놓여 있었다.

이 연회의 이름은 약선 연회였지만, 지금 올라오는 요리들은 약선 요리가 아니었다. 연회에서 황제는 여러 가지 약선 요리

중 한 가지를 골라 모든 이들에게 입추의 보양식으로 내리는 것이 관례였는데, 황제는 물론 자신의 입맛에 가장 만족스러웠던 요리를 고르기 마련이었다.

산해진미가 모두 상에 올라오자 황제가 젓가락을 들었다. 유 황후가 그 뒤를 따라 젓가락을 들자 다른 이들도 하나하나 젓가락을 들었다.

황제는 황족 중 나이 든 이들에게 관심을 표한 후 황자들에게도 근황을 물었다. 어린 황자에게는 최근의 공부 상황을 묻기도 했지만 나랏일과 관련된 말은 한마디도 꺼내지 않았다.

그러는 동안 황제에게 아첨하는 이도 있었고, 임기응변으로 대처하는 이도 있었으며, 기회를 보아 남을 헐뜯는 이도 있었고, 명철하게 제 몸을 지키려 하는 자도 있었다.

평소였다면 황후도 두어 마디 보탰을 것이다. 그러나 오늘은 한마디도 하지 않았다. 그녀의 시선은 기대를 품은 채 계속 한우아 쪽을 맴돌고 있었다.

한우아는 입꼬리를 살짝 들어 올리고 있었다. 기분이 좋은 걸 도저히 감출 수 없을 정도였다. 가능하다면 당장이라도 달려 나가 제 능력을 펼쳐 보이기라도 했을 것이다.

그녀는 스스로가 약학의 천재라 생각했고, 이번에도 독창적인 비법을 하나 준비했다. 그러나 화 고모에게서 새로운 처방을 받았을 때, 그녀는 바로 자신의 처방을 버리고 말았다.

그녀는 새로운 처방을 받고 놀라는 동시에 존경심을 품었다. 대체 어떤 천재이기에 이런 처방을 써낼 수 있는 걸까?

가장 중요한 것은, 백초국 늙은 황제의 몸에 이 처방보다 더 적합한 것은 없으리라는 사실이었다. 이 처방만 있으면 그녀는 어떤 주방장이라도 이길 수 있을 뿐 아니라 수희에게서 황제를 빼앗아 올 수도 있었다.

안타깝게도 화 고모도 이 처방을 누가 썼는지는 모른다고 했다. 한우아는 임무를 끝낸 후 어머니께 가서 물어볼 생각이었다. 이렇게 고명한 약사라면 반드시 사귀어 둬야 했다.

술이 몇 순배 돌고 또 한 번 가무가 끝났다. 마침내 약선 요리가 올라올 시간이 되었다. 모두 조용히 기다리는 가운데 유 황후가 한우아를 흘깃 바라보고는 시선을 바로 정자 밖으로 옮겼다.

유 황후의 시선이 옮겨 가는 걸 보고 한우아는 깊이 심호흡을 했다. 그녀는 지금 긴장하고 있는 게 아니라, 오히려 흥분을 억누르려고 노력 중이었다. 유 황후는 의심을 피하려 할 테니, 앞으로 벌어질 연극에 능동적으로 참여하지는 않을 것이다.

주방장 여럿이 이미 정자 밖에 한 줄로 늘어서 있었다. 그들 곁에는 노비가 한 명씩 서 있었는데, 모두 정성껏 준비한 약선 요리를 받쳐 들고 있었다.

정자 안 탁자 위의 그릇들은 모두 치워지고 새로운 식탁보가 깔린 상태였다. 모두 더욱 조용히 기다리고 있었다.

황제가 입을 헹군 후 곁에 있던 심복 태감을 바라보았다. 심복 태감이 바로 소리쳤다.

"약선을 들여라!"

제일 앞에 서 있던 주방장이 재빨리 노비의 손에서 약선을 받아 들었다. 그리고 그것을 높이 들고 고개를 숙인 채 빠른 걸음으로 들어와 황제 앞에 멈춰 섰다.

약선 요리는 이미 세 번 독을 시험한 상태였지만, 황제의 입에 들어가기 전 다시 한번 시험해야 했다. 황제의 심복 태감이 모두 앞에서 맛을 보고, 독이 없다는 것을 확인한 후 약선 요리를 황제 앞으로 가져갔다.

이 요리는 맥문동 죽으로, 음기를 보하고 폐를 윤택하게 하며 심장을 맑게 하고 번잡한 생각을 없애 주는 데다 위에도 좋다고 했다. 보기에는 간단한 요리였지만, 주방장의 소개를 들으면 잘 모르는 이들은 의아할 수밖에 없었다. 이 죽은 들어가는 약재뿐 아니라 쌀과 물도 신경 써서 고른 것이었고, 심지어 소금마저도 매우 고민하여 고른 것이었다.

한우아는 한 손으로 턱을 괸 채 한가로운 표정을 짓고 있었다. 소금까지 신경 썼다는 말에 살짝 놀라기는 했지만, 그녀는 여전히 자신만만했다.

황제는 두어 입 먹고는, 아무 평가도 내리지 않고 다음 요리를 가져오게 했다. 그 주방장은 황제의 뜻을 파악하고는 낙담하여 물러났다.

황제가 다음으로 시험한 요리는 산마를 갈아 넣은 참깨죽, 연자를 넣은 찹쌀죽, 패모와 꿀에 재운 대추를 넣은 갈비탕, 백합과 토끼 고기를 넣어 푹 곤 탕 등이었다.

올해의 어의들은 마치 약속이라도 한 듯, 귀한 약재나 식자재를 사용하지 않고 평소에 쉽게 접할 수 있는 재료로 약선 요리를 만들었다. 그러나 안타깝게도 황제는 이런 것을 좋아하지 않는 듯했다. 어떤 요리에도 평을 하지 않았을 뿐 아니라, 어떤 요리에도 기쁜 표정을 보이지 않았다.

마지막 약선 요리가 물러난 후 정자 안은 조용해졌다. 긴장하고 있는 것은 주방장들뿐만이 아니었다. 주방장들 뒤에 있는 궁의 비빈들도 잔뜩 긴장하고 있었다.

황제는 마치 탁자를 내려치고 싶은 듯했으나 한참 동안 미동도 하지 않았다.

모두 조용히 기다리는 가운데 한참이 지났다. 황제가 여전히 아무 말도 하지 않자 마침내 유 황후가 입을 열었다.

"황상, 신첩이 황상의 근심을 덜어 드리고 싶습니다."

황후는 눈을 내리깐 채 조심스러운 어조로 말했다. 그녀는 항상 이런 식이었다. 황후라는 귀한 자리에 올랐으나 언제나 성격이 센 비빈보다도 공손한 태도로 말하곤 했다. 그리고 바로 그랬기에 황제의 총애를 받은 적은 없으나 반감도 산 적이 없었고, 조정의 대신들에게서 존경을 받고 있었다.

황제가 잠시 망설이는 사이, 멀지 않은 곳에 앉아 있던 유비가 말했다.

"올해 주방에서 올라온 음식들이 모두 어쩜 이리 초라할까요? 괜찮아 보이는 것이 하나도 없군요. 황상, 신첩은 황후마마께서 귀빈을 한 분 초대하셨다고 들었어요. 바로 신농곡 약학당 당주가 매우 아끼던 제자라던데요. 약술이 어찌나 뛰어난

지, 젊은 약사 중에서는 아주 걸출한 인재라고 들었습니다. 그 아가씨에게 솜씨를 한번 보여 달라고 하면 어떨까요?"

한우아는 무척 기뻤으나 바로 몸을 일으키지는 않고 마치 겁에 질린 듯 유 황후를 바라보았다……

약선 처방의 비밀

한우아가 유 황후를 바라보자, 그 자리에 있던 모든 이들이 유비를 바라보았다.

유비는 후궁에서 가장 젊고 아름다운 사람으로, 동시에 가장 나서는 성격이기도 했다. 특히 올해 들어서는 황제의 총애를 등에 업고 유 황후에게 도전하곤 했다.

유 황후는 성격이 온순하고 큰일도 조용조용 처리하며 분쟁을 피하려다 보니, 심지어 그녀를 피하는 경우도 많았다. 그래서 모든 이들이 이 일을 전혀 이상하게 여기지 않았으나, 유비가 무엇 때문에 한우아를 내세우는지는 이해할 수 없었다.

어선방에는 유비의 사람이 셋이나 있었다. 황제가 대충 하나를 고른다면 그녀의 사람이 뽑힐 가능성도 있었다.

그런데 눈앞의 우세한 기회를 버리고 스스로 한우아에게 도전한다? 한우아라는 약학의 수재가 우승이라도 하면 어쩌려고 저러는 걸까?

한우아는 유 황후가 초대해 온 사람이니, 한우아가 우승한다면 유 황후에게 유리한 일이었다. 설마 유비에게 다른 목적이 있는 걸까?

고요한 가운데 유 황후가 곧 유비의 요구를 거절했다.

"한우아 소저는 바로 한가보의 삼소저다. 그런 이를 어찌 하인들과 함께 겨루라고 하겠느냐? 그리하면 체통이 무엇이 되겠는가?"

유 황후는 말을 마치자마자 황제를 돌아보며 진지하게 말했다.

"황상, 신첩이 보기에는 올해의 약선 요리도 모두 정성을 들인 요리들입니다. 평범한 가운데 평범하지 않음이 숨어 있고, 담백한 가운데 본래의 맛이 있는 셈이니, 황상께서 다시 한번 맛을 보시면 혹 답이 나올지도 모르겠습니다."

그녀는 분쟁을 피하려 했으나 유비는 그만두려 하지 않았다.

유비가 큰 소리로 웃기 시작했다. 덕분에 그 자리의 모든 이들이 유비가 황후를 무시한다는 사실을 알게 되었다.

유 황후는 상대하지 않으려는 듯 웃음소리를 듣지 못한 척했다. 오히려 황제가 차마 계속 지켜볼 수 없다는 생각이 들 정도였다. 그러나 황제가 입을 열기도 전에 한우아가 갑자기 몸을 일으키더니 큰 소리로 말했다.

"유비 마마께서 천거해 주시니, 우아가 하찮은 재주나마 보여 드리겠습니다!"

일순간 모두의 시선이 그녀에게로 모였다. 물론 황제 역시 그녀를 바라보았다.

이 순간 거의 모두가, 한우아가 유비 때문에 어쩔 수 없이 나섰다고 생각했다. 그러나 사실 유비 역시 유 황후가 여러 날에 걸쳐 키워 온 사람으로, 지금 일종의 용병 노릇을 하고 있었다.

유 황후가 유비에게 이런 연극을 하게 한 것은 바로, 자신은 혐의를 피하고 유비가 자신의 죄를 대신하게 하기 위해서였다.

그녀는 이미 모든 것을 안배한 상태였다. 오늘 밤에 어찌 되건 그녀는 한우아에게 기회를 만들어 줄 것이고, 황제를 죽일 것이다.

한우아는 본래 미인이었고, 오늘은 유난히도 신경 써서 단장했다. 게다가 자신만만한 태도까지 더하니 흰 연꽃처럼 우아하고 존귀해 보였다.

황제도 예전에 한우아를 세 번 정도 본 적 있었고, 꽤 괜찮은 인상을 받았다. 지금 다시 자세히 보니 점점 더 호감이 생겼다.

하지만 그는 이미 요염한 수희에게 온 마음이 쏠려 있어, 한우아를 보아도 어떻게 하고 싶은 마음은 들지 않았다. 그는 이 연회에 시간을 낭비하고 싶지 않아 적당히 자리를 수습하려 했다.

"하하, 유비가 말을 참 재미있게 하는 걸 좋아하지. 자, 스스로 석 잔 마시며 한 삼소저에게 사과하거라! 황후의 말이 옳다. 당당한 한가보의 삼소저가 어찌 주방장들과 같이 거론될 수 있느냐? 유비, 어서 석 잔 마시도록 해라. 아니면 짐이 너를 용서하지 않을 것이다!"

황제는 반쯤은 엄숙하게, 또 반쯤은 장난치듯 말했다. 모든 이들이 이제는 난감한 표정을 짓지 않았지만 그렇다고 감히 얕보지도 못하고 있었다.

그러나 유비가 대꾸하기 전에 한우아가 황제 앞으로 나와 공손하게 절을 올렸다.

"황상, 소위 약술에는 높고 낮음이 있으나, 약을 다루는 이에게는 귀천이 없습니다. 우아는 방금 여러 주방장의 약선 처방을 보고 깨달은 바가 많습니다. 우아의 손에도 비방이 하나 있으나 주방장들의 것과는 상당히 다르니, 부족한 솜씨나마 보여 드리고 주방장들에게 가르침을 청하고 싶습니다."

황제는 거절하려 했으나 한우아가 덧붙였다.

"우아의 이 처방은 끓이거나 달일 필요가 없어 오래 기다리지 않아도 된답니다. 황상께서 바라신다면, 우아가 바로 여기서 약선 요리를 올리겠습니다."

이 말을 듣고 황제뿐 아니라 그 자리에 있던 모든 이들이 호기심을 느꼈다. 유비가 가볍게 코웃음을 치며 말했다.

"뻔뻔스럽게 큰소리는. 세상에 어디 끓이거나 달이지 않아도 되는 약선 요리가 있단 말인가?"

한우아는 황제의 말을 기다리지 않고 모든 이들 앞에서 너울을 벗더니, 나풀나풀 춤을 추기 시작했다.

오늘 그녀가 입은 옷은 바로 이 춤을 위해 특별히 맞춘 것이었다. 음악이 없어도 그녀의 춤은 경쾌했고, 한우아는 마치 금방이라도 날아갈 듯 아름다워 보였다.

황제는 처음에는 영문을 몰라 멈추라고 소리치려 했다. 그러나 보고 또 보다 보니 점차 기쁜 마음이 들었다.

한우아가 추는 춤은 바로 실전된 지 오래된 경홍무[1]였다!

---

1 당나라 시기 궁정 무도로, 당 현종의 총비였던 매비의 특기였다.

음악이 없었으나 그녀는 그 점에 전혀 영향을 받지 않았다. 춤동작이 질서 있게 빨라졌다 느려졌다 하며 나름의 박자를 만들어 가고 있었다.

그녀가 빠르게 움직이면 연회의 밤 가을은 저물어 가는데 나부끼는 소매는 비구름을 덮는 듯하고, 느리게 움직이면 그 움직임은 끝을 모르고 화려한 모습에 음악은 끝을 향하는 듯했다.

그녀가 움직이면 비취색 난초가 흔들리는 듯 용이 부드럽게 노니는 듯하고, 그녀가 가만히 있노라면 귀걸이 반짝이며 눈빛이 흐르고 옷자락은 하늘로 오르려는 듯하였다.

모두 고요히 바라보고 있었다. 그러나 모두의 귀에 경홍곡이 들려오는 것만 같았다.

한우아의 춤은 약술보다 천 배는 나은 듯했다.

모든 이들이 멍하니 바라보고 있었다. 가무라면 무수히 보았던 황제, 그리고 진상을 알고 있던 유 황후와 유비조차 넋을 잃을 정도였다.

한우아가 멈췄을 때 정자 안은 온통 조용했다. 모두 눈 한 번 돌리지 않고 그녀를 바라보았다. 한우아는 살짝 가쁘게 숨을 내쉬며, 희미하게 붉어진 얼굴로 황제를 바라보며 미소 지었다.

그녀의 아름다움에 황제는 하마터면 정신을 잃을 뻔했다.

황제는 겨우 정신을 차리고 손뼉을 쳤다.

"좋구나! 아주 좋아! 짐은 평생 경홍무를 보지 못할 줄 알았다! 짐은, 짐은 정말이지 무척 기쁘구나!"

한우아는 몹시 의기양양했으나 자신의 임무를 잊지 않고 있었다. 어쨌든 그녀의 약선 요리야말로 그녀를 이 자리의 주인 공으로 만들어 줄 테니까!

그녀는 겸손하게 미소 지으며 말했다.

"황상, 과찬이십니다. 다만 황상을 기쁘게 해 드린 이상 우아의 약선 요리도 쓸모 있다고 하겠습니다."

약선 요리?

황제는 그제야 한우아가 약선 요리를 바치러 나왔다는 사실을 기억해 냈다.

다만 그는 한우아가 한 말의 의미를 알 수 없었다. 방금 춘춤과 약선 요리가 대체 무슨 상관이지?

황제가 서둘러 물었다.

"한 삼소저, 그게 무슨 뜻인가?"

바로 한우아가 기다려 온 순간이었다. 그녀가 재빨리 대답했다.

"주방장들은 황상의 옥체를 보양해 드렸지만 우아는 황상의 마음을 보양해 드렸습니다. 주방장들이 황상의 입을 즐겁게 해 드렸다면 우아는 황상의 눈을 즐겁게 해 드렸습니다. 아래로 보양한다면 몸을 보양하고, 위로 보양한다면 마음을 보양합니다. 가을에는 폐를 잘 살펴보아야 하는데, 마음에 슬픔이 깃들면 슬픔이 폐를 상하게 한다고 합니다. 의서에 따르면 가을에는 마음을 편안하게 하고 온화한 태도를 유지해야 한다고 합니다. 그리해야만 가을의 스산한 기운이 기운을 빼앗아 가는 걸 늦출 수 있으니까요. 우아는 마음을 편안하게 하는 데 기뻐하는 것보다 더한 것이 없다고 생각했습니다. 마음이 기뻐하면 폐의 기운이 편해지고, 옛 숨을 내뱉고 새로운 숨을 들이마시게 되니 저절로 폐를 기르게 되지요! 가을에 몸을 보하는 데 있어 가장 중요한 것은 바로 폐를 기르는 일입니다!"

한우아의 말이 끝나는 순간 모두가 침묵에 빠졌다.

사실 다른 이들은 말할 것도 없고 한우아 자신도 스스로가 한 말에 놀라며 감탄하고 있었다. 그녀는 다시 한번 이 처방을 적은 약사에게 경외심을 품었다.

황제가 아무 말도 하지 않자 그녀는 일부러 가까이 다가가, 마지막으로 남은 말을 했다. 물론 이 말도 그녀가 받은 처방에 적혀 있었다.

"그러한 까닭에 우아는 황상의 눈과 마음을 즐겁게 하는 청심탕을 올린 셈이랍니다. 이 탕은 끓이거나 달일 필요가 없지요. 그저 황상께서 기뻐하신다면 언제라도 즐기실 수 있답니다."

"훌륭하다! 훌륭해!"

황제는 만족스럽게 외치더니 박수를 보냈다. 그는 한우아가 보면 볼수록 마음에 들었다.

"과연 신농곡 약학당이 배출한 인재로구나. 하하, 애야, 그래, 너로구나! 올가을 가장 훌륭한 약선 요리는 바로 너의 이 청심탕이다! 여봐라, 어서 상을 내려라!"

한우아가 기뻐하며 감사의 인사를 올린 후 다시 말했다.

"황상, 오늘의 보양에는 아직 모자란 점이 있답니다!"
황제는 호기심을 느끼며 다급하게 물었다.
"무엇이 모자라느냐?"

완전히 다 된 일

비연이 한우아에게 준 금낭 속에 들어 있는 묘계는 바로 '입추삼보'로, 음식으로 보양하는 방법과 마음을 보양해 주는 방법 외에 세 번째 보양법이 들어 있었다.

이 자리에 있는, 약학에 대해 잘 모르는 다른 이들은 물론이고, 한우아조차 처방을 보고 나서야 이런 보양 방법이 있다는 것을 알았다.

황제가 꽤 흥미를 느끼는 걸 보고, 또 모든 이들이 자신에게 기대에 찬 눈빛을 보내는 걸 보니 한우아는 매우 만족스러웠다. 그녀는 점점 더 기분이 좋아져, 하마터면 임무도 잊고 계속 이야기할 뻔했다.

"음식으로 보양하는 식보와 마음을 보양하는 심보 외에 또 하나의 보양법은……."

갑자기 유비가 그녀의 말을 잘랐다.

"무엇이냐? 어서 말해라!"

유비는 분명 한우아를 일깨우기 위해 말을 자른 것이었다.

한우아는 겨우 정신을 차리고, 자신이 하마터면 실수할 뻔했다는 것을 깨달았다. 이 '입추삼보'에서 가장 중요한 것은 바로 세 번째 보양법이었고, 그 세 번째 보양법이야말로 오늘 밤 그녀가 순조롭게 임무를 달성할 수 있는지와 직접적으로 관계가 있었다.

한우아가 서둘러 말을 바꿨다.

"세 번째는 비방인지라 외부인들에게는 말할 수 없답니다. 게다가 세 번째 보양법은 때를 보아야 한답니다. 지금 당장은 불가능합니다."

유 황후와 유비가 몰래 눈빛을 교환하고 안도의 한숨을 내쉬었다.

유비는 곧 일부러 경멸하듯 말했다.

"수작을 부리는군!"

한우아는 그녀와 싸우지 않고 담담하게 웃기만 했다. 그녀를 잘 모르는 사람이라면 분명 그녀가 난초처럼 우아하고 조용한 사람이라고 생각할 것이다. 그녀가 지금 보여 주는 담담하고 고상한 분위기는 유 황후의 젊은 시절과 매우 닮아 있었다.

황제는 그녀를 바라보며 한참 동안 아무 말도 하지 않았다.

한우아는 다투려 하지 않았지만, 유비는 계속 다투려 했다. 그러지 않으면 이 연극을 계속할 방법이 없었다. 유비가 황제를 돌아보며 오만한 목소리로 외쳤다.

"황상, 보세요! 한 삼소저가 분명 우리 모두를 놀리고 있다니까요!"

황제가 막 입을 열려 했을 때 한우아가 서둘러 변명했다.

"세 번째 보양법은 우아가 신농곡 약학당의 당주와 함께 연구한 독창적인 비법이랍니다. 당주께서는 결코 외부에 알리지 말라고 하셨어요. 만약 황상께서 우아가 너무 젊어 자질이 부족하다 꺼리지 않으신다면, 우아는 황상께 세 번째 보양법을 계속 올리고 싶습니다."

황제는 안 그래도 흥미가 가던 차에 '신농곡 약학당 당주'라는 말을 듣자 이제 흥미 정도가 아니라 반드시 얻어야겠다고 생각하게 되었다. 신농곡 약학당에서 나온 비법이라니! 결단코 쉽게 얻을 수 있는 것이 아니지 않은가!

그가 큰 소리로 웃으며 말했다.

"우아 소저의 청심탕이 짐에게 남긴 여운이 끝이 없으니, 세 번째 보양법을 어찌 놓칠 수 있겠느냐?"

한우아가 기뻐하며 말했다.

"황상, 이 세 번째 보양법은 정해진 시간에만 가능하답니다. 지금은 아직 때가 아니랍니다. 그때가 되면 우아가 최선을 다하겠어요."

황제는 물론 다른 이들 앞에서 꼬치꼬치 캐묻지 않았다. 그는 무척 즐거운 마음으로 웃으며 말했다.

"하하, 그럼 짐이 기다리마."

한우아는 만족스러워하며 자리로 돌아왔다.

유비는 일부러 화가 난 표정을 지었다.

황제는 원래 떠날 생각이었지만, 한우아 때문에 기분이 좋아 술 생각이 났다.

황제가 주흥이 돋은 걸 보고 사람들이 잇달아 술을 권했고, 곁에 있던 태감도 서둘러 가희며 무희들을 불러들였다. 곧 정자 안은 다시 술잔 부딪치는 소리며 노랫소리로 시끌벅적해졌다.

한우아는 임무가 있으니 술을 마시지 말아야 했으나 분위기에 휩쓸려 결국은 두 잔 마시고 말았다. 그러나 유 황후는 단한 방울도 마시지 않았다. 황제가 한우아에게 승낙한 후, 황후는 젓가락 한 번 들지 않고 있었다.

그녀는 유달리 단정한 자세로 앉아, 입가에 잔잔한 미소를 머금은 채 계속 황제를 바라보았다. 그녀의 시선은 물론이고 미소도 몹시나 다정하고 따뜻해 보여, 보는 사람에게 행복과 만족감을 줄 정도였다.

이 순간, 그녀는 확실히 행복을 느끼고 있었다. 그러나 그녀 자신만이 자신이 왜 행복한지 알고 있었다.

이렇게 오랫동안, 그녀는 호색하고 무정한 남자와 혼인하여 충분히 고통받아 왔다. 그러나 그녀는 곧 행복해질 것이다. 예전에 그녀는 가주의 지위를 기다렸으나, 지금은 황위를 기다리고 있었다.

황제는 술을 한 잔 마신 후 무심결에 고개를 돌리다 유 황후와 시선이 마주쳤다. 유 황후는 마음이 켕겨 조금 황망해졌으나, 흥이 오른 황제는 그녀가 이상하다는 것을 눈치채지 못했다.

황제는 황후를 진지하게 바라보는 듯하더니 곧 곁에 있는 한우아에게로 시선을 돌렸다.

유 황후는 그와 부부로 수십 년을 지냈고, 그녀만큼 그를 이해하는 사람은 없었다. 황후가 나지막한 목소리로 속삭였다.

"황상, 한 삼소저는 신첩과 매우 잘 맞으니, 신첩은 그녀를 며칠 더 머물게 할 생각입니다. 신첩은 최근 수년 동안 몸이 허

약해져, 이 이상 황상을 곁에서 보필하기 어려울 듯합니다. 황상께서 만약 만족하신다면 한 삼소저는 신첩을 대신해 황상을 보필하기에 괜찮은 사람입니다. 한 삼소저는 소 부인의 양녀지만 한가보의 계승자니, 황상께서 명분상으로는 냉대하실 수 없습니다."

황제는 한우아에 대해 잘 알지 못했기에 자못 의외였다.

"한가보의 계승자? 정말인가?"

유 황후가 웃으며 말했다.

"삼소저는 원래 천염국 정왕의 비가 될 예정이었습니다. 그런데 군구신이 한가보라는 큰 조력도 필요 없다며, 기씨 가문과 파혼한 적 있는 고씨 가문 소저와 굳이 혼사를 치렀지 뭡니까. 그 일 때문에 한가보는 군구신에게 원한을 품고 있답니다."

"흥, 짐도 그자를 싫어하지!"

황제의 안색이 다소간 변했다. 그도 목소리를 낮추더니 말했다.

"다 자네 때문 아닌가. 평소 그 불효한 자식을 너무 감싸더니! 그 녀석만 아니었으면 짐의 대군이 이미 진양성을 점령했을 터인데!"

그 '불효한 자식'이란 바로 군구신에게 구금되어 있는 엽십삼을 가리키는 것이었다.

천염국과 만진국이 교전을 벌일 때, 건원제는 대의를 위해서라는 기치를 내세워 병사들을 일으킬 생각이었다. 그러나 군구신이 엽십삼의 일로 위협해 왔고, 건원제는 1년 내내 자잘한 소

동이나 벌이며 전쟁을 일으킬 핑계를 찾는 신세가 되었다.

지금 이렇게 된 이상 그는 철저하게 엽십삼을 포기할 생각이 었다.

건원제는 태자를 몹시도 아꼈지만 엽십삼은 홀대했다. 그러나 어머니 되는 유 황후에게 있어서는 두 아이 모두 똑같이 아픈 손가락이었다. 그녀는 마음속으로 아파하며 고개를 숙였다.

"신첩의 잘못입니다."

황제는 이미 화를 내고 싶은 만큼 냈기에 더 이상 추궁하지 않고 화제를 돌렸다.

"태자의 몸은 요즘 어떠한가?"

유 황후가 서둘러 대답했다.

"지난달 약방을 바꾼 후로 병세가 호전되었습니다. 최근에는 침상 아래로 내려올 수도 있었고요. 원래 오늘 밤 오겠다고 했으나 신첩이 말렸습니다. 태의의 말에 따르면, 너무 조급해하면 안 된다고 합니다."

황제는 기꺼운 표정을 지었다. 그는 더 이상 유 황후와 이야기하지 않고 술을 몇 잔 마신 후, 시선을 다시 한우아에게로 옮겼다.

그는 원래 세 번째 보양법을 맛본 후 바로 수희에게 가서 함께 강평성의 소식을 기다릴 생각이었다. 그러나 이 순간 생각을 바꿨다. 수희 쪽은 하루 이틀 늦춘다 해도 상관없을 터였다. 오늘 밤 이런 기회가 온 이상, 그는 한가보의 계승자를 놓아줄 생각이 없었다.

유 황후도 그 이상 입을 열지 않았다. 그러나 그녀는 황제가 한우아의 미모뿐 아니라 그녀 뒤에 있는 한가보에도 눈독 들이기 시작했다는 사실을 깨달았다. 오늘 밤의 이 일은, 완전히 성공한 것이나 마찬가지였다!

황궁 안의 가무 소리며 술잔 부딪치는 소리는 끊이지 않았다. 그리고 이 순간, 황궁에서 멀리 있지 않은 작은 저택의 정원에서 비연은 막 군구신을 위한 경홍무를 끝낸 참이었다.

군구신은 그야말로 넋을 잃은 채 보고 있었다. 사랑하는 이의 눈에는 상대가 서시[2]로 보인다더니, 군구신의 눈에는 어린 시절부터 연아만이 아름다웠다. 그러나 그는 오늘에야 연아가 이렇게까지 아름답다는 사실을 새로이 발견했다.

비연이 춤을 멈춘 순간, 군구신이 그녀를 품 안으로 끌어당겼다. 그는 아무 말도 하지 않고 행복한 표정으로 그녀를 물끄러미 바라보았다. 비연도 달콤하게 웃고 있었다.

"정왕 전하, 마음을 보양해 주는 처방이 마음에 드시나요?"

군구신이 소리 내어 웃더니 갑자기 고개를 숙여 그녀에게 입을 맞췄다. 비연은 처음에는 그가 입을 맞추도록 내버려 두었으나, 곧 저도 모르게 입맞춤을 되돌려 주기 시작했다. 두 사람은 한참 동안 서로에게 격렬하게 입을 맞추다가, 아쉬워하며 겨우 서로를 놓아주었다.

군구신이 주먹을 쥐더니 비연에게 물었다.

---

2 고대 중국의 유명한 미인.

"이건 내가 너에게 주려고 준비한 거야. 지금 보니 이것도 네 마음을 보양해 줄 수 있을 것 같은데? 자, 이게 뭔지 맞혀 봐."

비연은 약사였다. 군구신이 그녀의 몸을 보양해 주는 약선 처방을 찾아온다면 공자 앞에서 문자를 쓰는 격일 것이다. 그래서 그는 그녀에게 보상해 주기 위해 예물을 준비했다.

한우아가 실수하지 않는다면

비연은 군구신이 선물을 준비했을 줄은 생각지 못하던 차라, 그가 대체 무엇을 준비했을지 알 수 없었다. 군구신의 주먹을 펴 보려 했지만 아무리 해도 펼 수 없었다.

군구신이 말했다.

"정말 모르겠어?"

비연이 수다를 늘어놓기 시작했다.

"당신이 주는 건 분명 나에게 없는 거겠지. 하지만 당신 것이 다 내 것이니까, 난 부족한 게 없단 말이야. 그러니까……"

그녀가 말을 끝내기도 전에 군구신이 다섯 손가락을 펼쳤다. 그의 따뜻한 손바닥 위에 구슬 한 알이 있었다. 녹색 광택이 도는 먹빛에, 따뜻하고 매끄러우면서 짙은 향기가 나는 구슬이었다.

비연이 기뻐하며 외쳤다.

"기남침향!"

바로 기남침향으로 만든 구슬로, 대황숙의 염주에 있던 구슬보다도 품질이 훨씬 좋았다.

군구신이 구슬을 비연의 손 위에 놔 주며 진지하게 말했다.

"잘 지니고 있어. 이제 아홉 알 남았다."

비연이 즐거워하며 물었다.

"아내로 맞이했는데도 계속 보충해 줄 생각이야?"

기남침향 속에는 그의 이름 '남신'이 숨어 있었다. 어린 시절, 그녀의 생일 때마다 그는 한 알씩 선물하겠다며 은근하게 자신을 그녀에게 주겠다는 뜻을 전했다.

그는 원래 그녀가 성년이 되면 그녀를 아내로 맞이하여 선물을 그만둘 생각이었다. 그러나 빙해의 전투 때문에 그들은 10년을 헤어져 있었다. 그녀에게 열 알의 기남침향 구슬을 빚진 셈이었다.

군구신의 표정은 본래도 아주 진지했지만 비연의 말을 듣자 더욱 엄숙해졌다.

"왜, 갖고 싶지 않아?"

비연은 눈앞의 이 남자가 얼마나 오랫동안 그녀에게 엄숙한 표정을 짓지 않았는지 잊고 있었다. 그녀는 그가 좋았다. 그가 엄숙한 표정을 지을 때조차, 그녀의 눈에는 너무나 아름다워 보였다.

비연이 재빨리 구슬을 감추며 말했다.

"당연히 갖고 싶지! 남은 아홉 알도 어서 주는 게 좋을 거야. 아니면 당신이 나를 아내로 맞이했다 해도, 내가 후회하게 만들지도 몰라! 우리 아직 예를 다 끝내지 않았잖아?"

군구신이 그녀를 흘겨보며 아무 말도 하지 않았다.

비연은 자신의 말에 자기가 웃겨 죽을 지경이었다. 그러나 바로 이 순간, 망중이 총총히 달려와 보고했다.

"전하, 왕비마마, 방금 들어온 소식입니다. 강평성에 큰일이 벌어졌습니다!"

군구신이 서둘러 물었다.

"무슨 일이냐?"

망중이 뭐라 말해야 할지 모르겠다는 듯 머뭇거리자 군구신이 불안해하며 물었다.

"대체 무슨 일이지?"

망중이 대답했다.

"백초국의 모녀가 강간을 당했습니다. 그 여자아이는…… 그 아이는 겨우, 겨우 열두 살입니다. 천염국 중년 남자가 저지른 짓으로 판명되었습니다."

이 말이 끝나기도 전에 비연이 책상을 내리치며 노성을 질렀다.

"어찌 그럴 수가! 전쟁을 일으킬 구실을 만들기 위해, 수단을 가리지 않고 이렇게 악랄한 짓을 하다니! 저들은 천벌이 무섭지도 않은 건가?"

망중이 더 말할 필요도 없었다. 비연과 군구신은 이 민감한 시기에 이런 일이 벌어진 게 결코 우연이 아니라는 걸 바로 알아차렸다. 이것은 음모, 사건을 일으키기 위한 음모였다.

망중이 말했다.

"그 중년 남자는 강평성에서 도망쳤습니다. 누군가가, 천염국 검문소가 고의로 사람을 놔줬다고 선동했습니다. 지금 강평성에 있는 모든 백초국 백성들이 무 장군의 저택을 둘러싸고, 자신들을 위해 정의를 실현해 달라고 무 장군에게 요구하고 있습니다! 백성들의 분노를 가라앉히기 힘들 것 같습니다."

군구신은 바로 이 일의 문제점을 알아챘렸다.

얼마 전까지만 해도 백초국은 변경에서 끊임없이 문제를 일으켰다. 비록 이번처럼 짐승 같은 짓을 하지는 않았지만, 백성들의 분노를 일으킬 만한 일들이었다. 그러나 이번에는 무 장군까지 끌어들였다. 이것은 백성들을 끌어들여 무 장군을 핍박하는 것이 분명했다!

무 장군이 이 계책을 알아챘건 아니건, 그리고 무 장군이 어떻게 생각하건, 무 장군이 계속 천염국을 치러 가는 걸 거절한다면 그는 인심을 잃을 것이다. 아니, 어쩌면 더 중요한 군대의 신뢰마저 잃을지도 모른다!

백초국 황제는 비록 무 장군에게 크게 의지하고 있지만, 무 장군을 싸우러 나가게 할 수 없다면, 그가 얻고 있던 민심과 군심을 대신 얻는 것만으로도 승산이 크게 올라갈 터였다.

이 일은 표면적으로는 백성들을 구실로 삼고 있으나, 실제로는 무 장군에게 문제를 미루는 것이었다. 정말로 절묘한 계책이었다!

군구신의 분석을 들은 비연과 망중은 바로 이 사건 안의 역학 관계를 알아챘렸다. 비연이 말했다.

"그래서 황제가, 무 장군이 의사를 표명하기에 앞서 선전 포고를 한 거군! 일단 백성들과 군대의 마음을 얻은 다음 다시 무 장군을 한 번 더 핍박하기 위해!"

군구신이 고개를 끄덕였다.

"바로 그것이지."

비연이 감탄한 듯 말했다.

"어떻게 이렇게 여우 같은 생각을 했다지? 너무 교활하잖아!"

이 말이 끝나는 순간 모두 깜짝 놀랐다. 그들 모두 백리명천, 그 늙은 여우를 떠올렸다. 어쨌든 수희는 아직 백초궁 안에 있으니까.

군구신은 이 순간 백리명천보다, 한우아가 오늘 밤 제대로 손을 쓸 수 있을지에 더 관심을 두고 있었다. 그는 백초국과 전쟁을 벌이는 걸 두려워하지는 않았으나, 가능하면 싸움 없이 이기고 싶었다.

그가 물었다.

"한우아가 곧 손을 쓰겠지?"

비연이 하늘을 바라보며 말했다.

"반 시진이 지나면, 일이 어찌 될지 답이 올 거야."

군구신은 한우아가 약선 연회에서 황제의 호감을 얻은 후 그를 살해하리라는 걸 알고 있었지만, 비연에게서 자세한 상황은 듣지 못한 상태였다. 그가 답답해하며 물었다.

"반 시진?"

비연이 고개를 끄덕였다.

"응, 내 처방에는 세 번째 보양법이 있어. 반 시진 후면 시작할 거야."

군구신은 더욱 답답했고, 곁에 있던 망중도 궁금해 죽을 지경이었다.

비연이 말했다.

"안심해. 오늘 밤엔 유 황후가 우리보다 더 조급해하고 있을 테니까. 한우아가 실수만 하지 않는다면, 이 전투는 우리가 완벽하게 승리하게 될 거야!"

군구신이 참지 못하고 물었다.

"세 번째 보양법이 대체 어떤 거지?"

비연은 본래 솔직하게 말할 생각이었지만, 갑자기 멈칫하고는 이렇게만 말했다.

"한우아가 성공한다면 당신에게도 그 보양법을 알려 줄게. 한우아가 실수하는 일이라도 생기면 우리는 돌아가 전쟁을 준비해야 해!"

군구신은 기분이 가라앉아 있었지만, 비연이 이리 말하는 걸 들으니 마음이 상당히 편해졌다. 그가 자리에 돌아가 앉더니 웃으며 말했다.

"그럼 기다려 보지."

이때 황궁 안에서는 약선 연회가 막 끝난 참이었다. 황제와 유 황후가 자리를 떴고, 사람들 모두 흩어졌다.

서하궁 안, 수희는 인어족 병사가 가져온 소식을 듣고 강평성의 상황을 파악했다. 그녀는 매가 날아가는 속도를 계산해 보고는, 황제도 이 소식을 알게 되었으리라 생각했다. 황제는 소식을 듣자마자 그녀가 있는 곳으로 올 터였다.

그러나 아무리 기다려도 황제는 오지 않았다.

수희는 어쨌든 병사들을 다스리던 여장군이었고, 황제는 그녀에게 경계심을 품고 있을 수밖에 없었다.

때문에 그녀는 서하궁에서 일하는 사람들을 매수할 엄두조차 내지 못했다. 그녀가 몇 번 물었으나 별 대답을 들을 수 없었다. 그저 암암리에 매복시켜 놓은 인어족 병사들에게서 소식을 전해 듣는 수밖에 없었다.

수희의 추측은 틀리지 않았다. 강평성의 소식은 이미 궁에 전해져 있었다. 다만 소식을 가져온 사람이 궁에 들어오자마자 바로 유 황후에게 잡혔을 뿐이었다.

화친을 주장하는 유 황후는 무엇보다 중요한 이 순간에 그 누구도 황제를 방해하도록 허락할 수 없었다.

이 순간 황제는 침전에서 기다리고 있었고, 유 황후는 자신의 궁에 있었다. 유비가 직접 한우아를 안내하여 황제의 침궁까지 데려갔다.

가는 길 내내 적지 않은 궁녀들과 태감들이 한우아를 흘깃거리며 놀란 표정을 지었다.

유비가 연회에서 한우아에게 그렇게 뾰족하게 대했는데, 어찌 이렇게 단시간에 사이가 좋아진 걸까? 그들은 유비가 바람을 보고 노를 젓는 것처럼, 앞으로 한우아의 앞길이 창창한 걸 보고 아첨하려 한다고 생각했다.

한우아와 유비는 황제의 침궁 앞에서 동시에 발걸음을 멈췄다. 유비는 한우아의 손을 놔준 후 미소 지었다. 어딘가 처량해 보이는 미소였다. 유비는 아무 말도 하지 않고 그대로 몸을 돌렸다.

한우아는 그런 유비에게는 신경 쓰지 않고 꽉 닫힌 침궁 문을 바라보았다.

오늘 밤, 그녀는 계속 흥분과 만족감 사이를 오가고 있었다. 그러나 이 순간엔 그녀도 마침내 긴장하고 있었다.

양쪽 모두 몹시 놀랐다

비록 미인계를 사용하여 살해할 작정이었지만, 한우아는 자신을 진짜로 황제에게 바칠 생각은 없었다. 의모인 소 부인 역시 그녀에게 그러기를 강요하지 않았다.

의모는 이 임무를 그녀에게 맡긴 후에 장장 한 달에 걸쳐 특훈을 안배해 주었다. 그녀가 실수만 하지 않는다면 자신을 지키기에 충분했다.

한우아 스스로도 자신감에 차 있었지만, 황제의 침실 문 앞에 선 순간만큼은 역시 긴장하지 않을 수 없었다.

아주 많은 경우, 사람을 긴장시키는 것은 과정이 아니라 결과였다. 한우아는 긴장한 채, 만약 자신이 실패한다면 어머니도 구해 주지 않을 것이며, 설사 구해 준다 해도 결국 한가보에서 푸대접을 받게 되리라 생각했다!

한우아가 움직이지 않는 걸 보고 곁에 있던 태감이 서둘러 문을 두드렸다.

"황상, 한 삼소저가 왔습니다."

방 안에서 황제의 목소리가 들려왔다.

"어서 들여라."

태감이 서둘러 방문을 열었고, 한우아는 겨우 정신을 가다듬었다. 심호흡 후에 담담한 미소를 지은 채 안으로 들어갔다.

침궁 안, 황제가 긴 의자에 기댄 채 들어온 정보를 읽고 있었다. 강평성의 소식은 이미 도착해 있었다. 모든 것이 그의 계획대로 순조롭게 이루어지고 있었다.

한우아는 황제의 손에 들린 문서가 무엇인지 모르는 상태로, 방 안의 궁녀와 태감들을 흘깃 바라본 다음 서둘러 황제에게 절을 올렸다.

"우아가 황상을 배알하옵니다."

황제가 웃으며 한우아에게 몸을 일으키라 명한 후, 궁녀에게 자리를 준비하라 일렀다.

"우아, 우아야……. 이 이름은 네 부모가 지어 준 것이냐?"

한우아가 대답했다.

"우아는 어려서 고아가 되었답니다. 다행히도 의모께서 거두어 주셨지요. 이 이름도 의모에게서 받았습니다."

황제가 다시 물었다.

"어찌 우虞라는 글자를 택했을까? 편안하다는 의미를 취한 것이냐?"

한우아는 황제가 자신의 이름에 이렇게까지 관심을 보일 줄은 예상하지 못하던 참이었다. 그녀가 고개를 끄덕이며 말했다.

"의모께서는 바로 그런 뜻이셨습니다. 의모께서는 저를 몹시도 아끼셔서, 제가 평생 편안하고 근심 없이 살기를 바라셨습니다."

황제가 감동한 듯 말했다.

"하지만 언젠가 네가 가주가 된다면, 어찌 평생 편안하게만 살 수 있겠느냐? 아마 하루도 근심 없이 보내기는 어려울 것이다!"

이 말에 한우아는 무척 기뻤다. 외부인이 보기에, 그녀야말로 한가보의 계승자라는 이야기였기 때문이다. 그녀는 그 김에 제 자랑을 좀 더 하기로 마음먹었다.

"의모께서는 항상 저를 무척이나 아껴 주신답니다. 한가보의 일 중 저에게 이미 전권을 주신 일이 꽤 되니까요. 다만 의모께서는 제가 너무 젊은 것을 아쉽게 여기고 계세요. 혹시 제가 애써 일하다가 누군가에게 힘든 일이라도 당하지나 않을까 걱정하셔서…… 계속 일을 그만두지 못하고 계시지요. 아, 사실 의모께서는 수년 전부터 일을 그만두고 싶어 하셨답니다."

황제는 수염을 쓰다듬으며 생각에 잠겼다. 만약 한가보와 손을 잡는다면, 한가보로 하여금 만진국 남부의 세력을 모으게할 수 있고……. 그리되면 최소한 천염국의 병력을 꽤 잡아놓을 수 있을 터였다. 게다가 이번에 수희가 낸 계책대로 그가 민심과 군심을 얻는다면, 전쟁의 승산은 더욱 높아질 것이다!

생각이 이에 미치자, 한우아를 바라보는 황제의 눈은 더더욱 희열에 가득 찼다. 황제는 미인을 사랑할 뿐 아니라, 그 미인 뒤에 있는 세력을 더욱 사랑했다.

이때였다. 황제의 심복 태감이 밖에서 걸어오더니 황제에게 귓속말로 소곤거렸다.

"황상, 서하궁에 있는 미인이 신경질을 내고 있습니다. 황상께서 오시지 않는다면 떠나 버리겠다고 합니다."

황제는 위협당한 셈이니 당연히 기분이 좋지 않았다. 그러나 그는 꾹 참고 물었다.

"지금 시간이 어찌 되느냐?"

궁녀 하나가 재빨리 대답했다.

"황상께 말씀 올립니다. 곧 술시[3]가 됩니다."

한우아는 원래 황제와 몇 마디 더 나누면서 그의 환심을 살 생각이었다. 그러나 이 말을 듣자 황제가 다른 일을 생각할까 두려워 재빨리 말했다.

"황상, 잠시 쉬시면서 따뜻한 물을 한 잔 드시지요. 세 번째 보양법은 바로 술시에 시작해야 한답니다."

황제는 이 틈을 타서 아예 상황을 굳히고 싶었기 때문에 이 자리를 떠날 생각이 없었다. 그는 한우아에게 고개를 끄덕이고 는, 손에 들고 있던 문서를 태감에게 건네며 명했다.

"수희에게 이것을 가져다주면서 말해 주거라. 자시[4]가 되기 전에, 짐이 약속했던 것 외에 또 하나 놀라운 선물을 주겠노라 말이다. 기다리건 기다리지 않건 마음대로 하라고 해라."

그는 수희를 완전히 무시할 생각이 아니었다. 다만 그녀가 기다릴 것은 예상했다. 한우아건 수희건, 그는 둘 다 후궁으로 들일 생각이었다.

심복 태감이 연신 고개를 끄덕인 후, 물러나며 방 안의 하인

---

3 저녁 7시에서 저녁 9시.

4 밤 11시에서 새벽 1시.

들에게 눈짓을 보냈다. 하인들 모두 태감을 따라 방에서 나갔다.

끼익.

문이 닫혔고, 방 안에는 황제와 한우아만 남았다. 높이 걸려 있는 것만 같던 한우아의 심장이 마침내 아래로 떨어져 내리며, 그와 동시에 더욱 긴장되기 시작했다.

한우아는 황제를 바라보았고, 황제도 그녀를 바라보았다. 서로 마음속에 나쁜 생각을 품고 있어서일까. 분명 아무 일도 없건만 분위기는 조용한 가운데 미묘하게 변하기 시작했다.

한우아는 재빨리 황공한 척하며 일부러 방문을 몇 번이고 돌아보았다. 그 모습을 본 황제도 감히 대놓고 이야기할 수 없어 돌려 말했다.

"일단 따뜻한 물을 마셔야 한다고? 하하, 네 세 번째 보양법이라는 게 뭔지, 이제는 짐에게 말해 줄 수 있겠느냐?"

하인이 없으니 당연히 한우아가 황제의 시중을 들어야 했다. 그녀는 계속 황공한 표정으로, 심지어 가련해 보이는 자태로 이야기했다.

"황상, 잠시만 기다리세요."

그녀는 탁자로 가서 따뜻한 물을 따르며 몰래 심호흡을 했다. 그리고 속으로 중얼거렸다.

잠시만 있으면 괜찮아질 거야. 눈앞에 있는 이 남자를 군구신이라 생각하자. 나의 가장 아름다운 모습을 보여 주는 거야!

마음을 단단히 먹은 한우아는 여전히 불안한 듯한 표정으로 황제를 돌아보았다.

"황상, 일단 따뜻한 물을 한 잔 드시면서 몸을 따뜻하게 하세요. 세 번째 보양법은 쉽지 않답니다. 보양이 될지 아니 될지는 황상께 달렸어요."

그녀는 목소리조차 몹시 작고 부드럽게 들렸다. 황제에게 다가가는 그녀의 작은 얼굴은 가련해 보였지만 그 자태는 마치 버들가지처럼 아리따웠다. 한 걸음, 한 걸음, 어찌나 아름답게 걷는지 그녀는 마치 사람의 마음을 유혹하는 한 송이 흰 연꽃처럼 보였다.

황제는 최근 양귀비꽃 같은 수희의 요염함에 푹 빠져 있었다. 그러나 오늘 바람에 흔들리는 듯한 연꽃 같은 한우아를 보게 되자, 그의 시선이 불시에 욕망으로 뜨겁게 불타올랐다. 한우아를 놀라게 하지 않으려고 마음먹은 게 아니었다면 그는 이미 그녀를 덮쳤을 것이다. 그는 인내심을 발휘해 겨우 참고 있었다.

한우아가 발걸음을 멈추더니 두 손으로 물잔을 건넸다. 황제는 일부러 그것을 두 손으로 받으며 손가락으로 슬며시 한우아의 옥 같은 손가락을 쓰다듬었다.

하지만 한우아로서는 황제가 일부러 그러는 건지, 아니면 무심결에 그런 건지 분간할 수 없었다. 그녀가 바로 피했다!

황제가 손에서 힘을 풀기도 전에 그녀는 재빨리 손을 뺐다. 그리고 그 순간 물잔이 떨어지며 따뜻한 물이 전부 황제의 다리 위로 쏟아졌다.

황제는 재빨리 몸을 일으켰다. 한우아는 이런 기회가 올 줄 예상치 못하던 차였기에 일부러 놀란 척했다. 그러나 하인을 부르지는 않고, 제 손수건으로 황제의 몸을 닦기 시작했다.

"황상, 용서해 주세요! 우아는 고의가 아니었어요! 황상, 용서해 주세요!"

그녀는 두어 번 닦는 척하다가 손이 데기라도 한 듯 조급하게 말했다.

"안 되겠어요, 황상, 어서 바지를 벗으세요!"

황제는 멈칫했으나 한우아는 조급하게, 동시에 진지하게 말했다.

"황상, 어서요. 아니면 다리에 화상을 입으시겠어요! 어서!"

황제는 그저 한우아의 손을 쓰다듬으며 그녀를 탐색해 보고 싶었을 뿐인데, 이런 기회가 올 줄은 몰랐다. 그는 하인을 부르지 않고 과감하게 허리띠를 풀고 바지를 벗었다.

바지를 벗고 나니 황제의 하반신에는 짧은 내의만이 남았다. 드러난 두 다리는 군살이 늘어지고 주름이 가득했다. 그리고 가장 곤란한 것은 내의도 모두 젖어 다리에 달라붙어 있다는 것이었다……

황제의 노림수

한우아는 그저 기회를 보아 황제의 두 다리를 닦아 줄 생각이었지, 일이 이렇게까지 되리라고는 생각지 않고 있었다.

이 순간, 그녀는 대체 어떻게 해야 할지 알 수 없어 당황스러울 뿐이었다.

계속하면 황제의 의심을 살 수 있었다. 그러나 여기서 물러나 하인을 불러들이면 세 번째 보양법을 계속할 수 없을 것이다.

어떻게 해야 할까?

한우아는 머뭇거릴 시간조차 없었다. 그저 가장 보수적인 방법을 취할 수밖에 없어, 일부러 무척 놀란 척하며 재빨리 뒤로 물러나 눈을 가리고 비명을 질렀다.

"꺄악……!"

황제는 확실히 데기는 했으나, 재빨리 바지를 벗은 덕분에 조금 화끈거리는 정도였다. 그는 다급하게 굴지 않았다.

원래 한우아가 대체 무슨 담력으로 제 바지를 벗기려 들었는지 의심하고 있던 차였다.

그러나 그녀가 비명을 지르는 걸 보고, 한우아가 방금 너무 다급한 나머지 경황이 없었다고 생각하게 되었다. 그리고 그 순간 한우아가 몹시도 순진하고 귀여워 보였다.

한우아가 비명을 지르자 밖에 있던 태감이 다급하게 물었다.

"황상, 노비의 시중이 필요하십니까?"

그러나 황제는 이 순간 누구의 방해도 받고 싶지 않았다. 그는 재빨리 한우아를 품에 안았다.

한 손으로는 그녀의 허리를 안고, 다른 손으로는 그녀의 입을 막은 채 큰 소리로 외쳤다.

"아무 일도 아니다! 모두 물러가거라!"

한우아는 그제야 황제의 상처가 그리 심하지 않다는 걸 깨닫고, 진심으로 놀라며 기뻐했다.

그러나 그녀는 여전히 황공한 표정으로 눈을 휘둥그렇게 뜬 채 황제를 바라보았다.

"쉿!"

황제가 웃으며 속삭였다.

"짐이 너를 용서해 주마. 대신 이 일은 온 세상에서 너와 짐만이 아는 거다. 하지만 네가 계속 비명을 질러 노비들을 불러모으면, 없는 일이 되지는 못할 거다!"

한우아는 기뻐하면서도 계속 몸을 굳힌 채 연신 고개를 끄덕였다.

그런 그녀의 모습은 마치 놀란 토끼처럼 보였다.

황제는 그녀의 이런 모습이 무척 마음에 들었다. 그는 한우아의 입을 막고 있던 손은 풀었지만, 허리는 놔주지 않고 속삭였다.

"우아, 짐이…… 너를 놀라게 했느냐?"

한우아는 일단 고개를 끄덕였다가 재빨리 고개를 저었다.

"아, 아니에요, 다 우아의 잘못이에요! 황상, 상처가 심하신 건 아닌가요? 어서 태의를 부르세요!"

그녀는 황제를 달래며 슬며시 그의 속박에서 벗어나려 했다. 황제는 의외로 강압적으로 굴지 않고, 자리로 돌아가 앉아 짧은 내의를 닦으며 말했다.

"별일 아니다. 작은 일에 왜 그리 놀라는 게냐. 하하! 예전에 짐이 강산을 차지하기 위해 싸울 때는 이 두 다리가 다 못 쓰게 될 뻔한 적도 있었지. 하지만 그때도 짐은 적군의 장수를 죽인 다음에야 군의를 불렀다. 짐이 비록 늙었다 하나, 겨우 이런 상처로 무슨 겁을 먹겠느냐?"

한우아는 황제 앞에 서 있었지만, 시선을 다른 곳으로 돌린 채 감히 그를 바라보지 못했다. 황제는 참지 못하고 큰 소리로 웃기 시작했다.

그는 한우아를 더 놀리지 않고, 내실로 들어가 바지를 갈아입었다.

그러나 내실에서 나오지 않고 긴 의자에 앉더니 손짓으로 한우아를 불렀다.

외실과 내실은 투조 장식이 있는 병풍으로 구분되어 있었기에 한우아는 황제의 움직임을 뚜렷하게 볼 수 있었다. 그녀는 속으로 기뻐했다.

모든 것이 그녀의 생각보다 훨씬 순조로웠기 때문이다. 그러나 그녀는 여전히 망설이는 척하며 움직이지 않았다.

황제가 꽤 인내심을 발휘하여 물었다.

"왜, 정말 짐 때문에 놀라기라도 한 게냐? 짐이 너를 잡아먹을까 봐?"

한우아는 고개를 숙인 채 아무 말도 하지 않았다.

황제가 웃으며 말했다.

"하하, 이미 술시란다. 네가 안으로 들어오지 않으면, 보양을 위한 시간을 놓쳐 버리는 것 아니냐. 짐에게 1년을 더 기다리게 할 셈이냐?"

한우아가 기다려 온 것이 바로 이 순간이었다. 그녀는 여전히 겁에 질린 듯 천천히 황제에게로 다가갔다.

그녀가 앞에 왔을 때 황제가 물었다.

"따뜻한 물을 마셔야 하느냐, 아니면 마시지 않아도 되는 것이냐?"

한우아는 그제야 정신을 차린 듯 서둘러 말했다.

"당연히 마셔야 합니다."

그녀는 다시 물을 한 잔 떠 왔으나, 이번에는 직접 황제에게 주지 않고 옆의 탁자 위에 올려놓았다.

"황상, 드셔요."

황제가 천천히 물을 마셨다. 물을 다 마신 그가 말없이 한우아를 바라보았다.

한우아가 말했다.

"황상, 제 보양법은 세 가지로 이루어져 있어요. 첫째는 음식으로 보양하는 식보, 둘째는 마음을 보양하는 심보, 그리고 세 번째는 바로 몸을 차게 하는 동보랍니다. 봄에는 몸을 따뜻하게 하고, 가을에는 몸을 차게 하면 잡스러운 병이 생기지 않는다는 말이 있지요."

황제는 몹시 놀랐으나, 이 '동보'에 분명 그럴듯한 이유가 있으리라는 생각이 들어 물었다.

"그렇다면 이 세 번째 보양법은 바로 짐에게 추위를 견디라는 것이냐?"

한우아가 고개를 끄덕였다.

"바로 그렇습니다."

황제가 다시 물었다.

"그렇다면 무엇 때문에 시간을 택해야 하지?"

한우아도 처음에 '동보'라는 두 글자를 보았을 때 몹시 의아해하며 약사가 속임수를 쓰는 건 아닌가 생각했다.

그러나 처방을 열심히 들여다본 후에는 감탄한 나머지 절이라도 하고 싶은 마음이 되었다.

한우아가 대답했다.

"황상, 입추의 술시는 바로 천지에 한기가 생겨나는 때입니다. 지금 생겨나는 가을의 한기를 몸에 담으면 감기에 걸리지 않을 뿐 아니라, 오히려 몸이 건강해지는 효과가 있습니다. 반 시진만 버티신다면, 올해 겨울에는 추위를 두려워하실 필요 없을 뿐 아니라 감기에도 걸리지 않으실 겁니다. 황상께서는 이 보양법을 바라시는지요?"

황제가 신기해하며 물었다.

"어찌 그리 신기한 효과가 있느냐?"

한우아가 계속 대답했다.

"바로 이런 신기한 효과가 있어 외부에는 발설하지 않는 비법이랍니다."

황제가 계속 물었다.

"그럼 그 한기를 어찌 몸에 담느냐?"

한우아는 긴장감 때문에 황제의 시선을 피하며 대답했다.

"황상께서 상의를 벗으시면, 우아가 경락을 눌러 드리며 한기가 몸에 스며들도록 도와 드리겠습니다."

황제가 웃기 시작했다.

"원래 그렇게 하는 거였구나! 하하, 짐은 당연히 시험해 보고 싶구나!"

한우아는 속으로 기뻐하면서도 겉으로는 부끄러운 듯 황제를 감히 직시하지 못하며 말했다.

"그, 그럼 황상께서는…… 침상에 앉으세요. 우아가 황상의 옷을…… 편하게 해 드릴게요."

황제가 바라던 바였다. 그는 원래 이곳의 상황이 대충 정리되면 서하궁에 가서 쾌락을 누릴 생각이었다. 그러나 지금은 서하궁에 갈 마음이 없어졌다.

이곳에서 한우아의 시중을 받고, 그녀를 제대로 느껴 보고 싶을 뿐이었다.

그는 바로 침상 위에 앉았고, 한우아는 조심스럽게 황제의 옷을 느슨하게 풀어 주었다. 물론 옷을 풀어 헤치며 살며시 황제를 어루만져 주는 것도 잊지 않았다.

황제는 점점 더 마음이 들떴다.

황제의 상의를 전부 벗긴 한우아는 그를 침상에 엎드리게 한 다음 등을 안마하기 시작했다. 아니, 안마라기보다는 황제의 몸에 불을 붙이고 있다고 하는 편이 맞을 터였다.

그녀의 손이 가볍게 황제의 어깨를 스쳐 가더니 척추를 슬 며시 어루만지며 내려와 꼬리뼈에 도착했다. 그녀가 손을 떼지 않고 그 부분을 가볍게 어루만지자 황제는 그녀의 손이 계속 아래로 내려갈 것만 같은 착각에 사로잡혔다.

황제는 온몸이 나른하게 풀어진 상태로 즐기고 있었다. 그는 몇 번이나 한우아의 손을 잡고 더 아래를 만지게 하고 싶었으나, 결국은 참았다. 그는 이렇게 빨리 한우아를 놀라게 하고 싶지 않았다.

곧 한우아의 다른 손이 올라왔다. 그녀의 두 손이 황제의 꼬리뼈에서 그의 척추를 타고 다시 위로 밀듯이 올라갔다. 그리고 다시 그의 양쪽 어깨를 문지르기 시작했다.

이 순간, 황제는 더더욱 편안한 기분이 되었다.

한우아의 목적은 바로 황제를 편하게 만드는 것이었다.

그녀는 황제의 몸이 편하게 늘어져 있는 걸 확인한 다음 다시 황제의 허리로 손을 가져갔다. 그녀의 동작은 한층 부드러 웠고, 더욱더 유혹적이었다. 그녀는 몇 번이고 손을 아래로 내리려는 듯하다가 곧 멈추었다.

마침내 황제의 인내심도 바닥이 나고 말았다. 그는 갑자기 손을 내밀어 한우아의 손을 잡아 더 아래로 끌었다.

"황상!"

한우아가 깜짝 놀란 듯 외쳤다. 그와 동시에 그녀의 눈에 살의가 떠올랐다. 마침내 손을 쓸 시간이 온 것이다.

그러나 황제는 손을 놔주지 않고 말했다.

"짐의 가려운 곳을 긁어 다오."

그는 한우아의 손을 더욱 아래로 내리더니 제 바지 속으로 넣었다.

"바로 여기란다."

"이건⋯⋯."

한우아의 손이 긁어 주듯, 혹은 어루만지듯 움직이자 황제는 더더욱 즐거운 기분이 되었다. 그의 배 아래는 이미 그의 욕망을 충분히 드러내고 있었다.

"우아, 다시 좀 더 아래로."

한우아는 계속 아래로 손을 움직이며 다른 손으로 몸에 숨겨둔 비수를 찾았다. 손을 쓸 기회가 왔다!

그녀는 황제의 목을 노려보며 단칼에 그의 목숨을 끊을 생각을 했다. 그래, 단칼에 보내 주어야만 했다!

한우아는 비수를 꽉 쥐었다. 그러나 그녀가 비수를 뽑으려는 순간, 황제가 입을 열었다.

"우아, 황후가 짐에게 이야기한 바 있으니, 짐도 숨기지 않고 솔직하게 말해 주마. 짐은 네가 좋구나. 황후는 태자와 함께 동궁에 머무는 시간이 기니 동황후라 하고⋯⋯ 짐이 너를 서황후로 세워 주면 어떠하겠느냐? 유 황후와 똑같이 대우한다면,

짐에게 오겠느냐?"

이 말을 들은 순간 한우아는 그대로 굳어 버렸다!

백초국의 황후라면 일국의 국모였다! 절대 한 가문의 가주보
다 못하지 않은 자리였다!

그였다면 얼마나 좋을까

일국의 황후라 하면 한 가문의 가주보다 존귀하다!

황제의 유혹을 받자 한우아의 손이 바로 멈추었다. 그녀는 망설이고 있었다.

자신이 임무를 완성하고 다시 의모의 총애를 받는다 해도 한가보의 가주가 될 거라고는 완벽하게 확신할 수 없었다. 그러나 지금 이 늙은 황제를 따른다면 황후의 자리는 얻을 수 있었다! 그녀는 유 황후의 약점을 알고 있으니, 황후도 그녀를 어떻게 하지는 못할 것이다.

한우아의 마음이 동요하고 있었다!

그러나 그녀는 바로 결정을 내릴 수 없었다. 의모가 무서웠다. 그녀는 한가보 사람이 의모를 배신하는 걸 본 적이 없었다. 그러나 의모를 배신한 결과가 어떠할지 그녀는 신중하게 생각해야 했다.

한우아가 넋이 나간 듯한 표정을 짓자, 황제가 갑자기 몸을 일으키더니 힘주어 그녀를 끌어당겼다. 한우아는 창졸간의 일이라 황제의 품으로 쓰러졌다. 이 순간 그녀는 재빨리 비수를 손에서 놓았고, 더는 감히 함부로 움직이지 못했다.

황제는 한 손으로 그녀의 허리를 끌어안더니 다른 한 손으로 그녀의 턱을 치켜올리며 진지한 표정으로 바라보았다. 그는 어쨌든 제왕이라, 진지한 표정을 지으면 엄숙해 보일 뿐 아니라 특유의 위압감이 있었다.

한우아는 본래 허둥지둥하던 참이었는데, 그의 예리한 시선을 받자 심장이 한층 빠르게 뛰었다. 그녀는 저도 모르게 중얼거렸다.

"황상⋯⋯."

황제의 귀에 한우아의 겁먹은 듯한 목소리는 몹시 듣기 좋았다. 그의 손이 마침내 규율을 깨고 한우아의 허리를 함부로 더듬기 시작했다.

"우아, 네 아직 짐의 질문에 답하지 않았구나."

한우아는 역겨운 마음에 순간적으로 모골이 송연해 와 온몸을 굳혔다. 황제는 그녀가 긴장한 것을 느꼈으나, 손을 거두지 않았을 뿐 아니라 계속 그녀의 몸을 어루만졌다.

한우아는 마침내 견딜 수 없어 재빨리 황제의 손을 잡고 다급하게 말했다.

"황상, 안마가 아직 끝나지 않았습니다. 제, 제발 다시 누우세요."

황제가 일부러 진지하게 물었다.

"얼마나 더 해야 하느냐?"

한우아가 속으로 안도의 한숨을 내쉬며 말했다.

"차 한 잔 마실 시간이면 됩니다."

황제가 고개를 끄덕였다. 한우아는 그가 승낙했다고 생각했으나, 이게 웬일일까. 황제의 손이 불시에 아래를 쓰다듬더니 한우아의 엉덩이를 손으로 떠받쳤다. 한우아는 놀란 나머지 식은땀을 흘렸으나, 감히 움직일 수도 없어 그저 놀란 소리로 외쳤다.

"황상!"

황제가 큰 소리로 웃으며 말했다.

"우아, 짐은 아무리 대단한 감기에 걸리든 일단 너에게 대답부터 들어야겠다. 짐의 황후가 되고 싶은 것이냐, 되고 싶지 않은 것이냐!"

한우아는 발버둥 치려던 참이었지만, 이 말을 듣자 다시 멈추고 말았다. 백초국 황제가 호색한이라는 건 잘 알고 있었지만, 무엇 때문인지 모르게 그녀의 심장이 갑자기 두근거리기 시작했다. 그녀는 심지어 일국의 제왕이 그녀에게 듣기 좋은 말을 하는 것조차 일종의 성의가 아닐까 생각하게 되었다.

황제는 젊은 시절부터 여성을 상대하는 데 있어 고수였다. 한우아가 발버둥 치지 않는 걸 보고 그는 희망이 있다는 걸 깨달았다. 그는 한우아를 그대로 침상에 밀어 눕히고는 그녀 위로 올라가 물었다.

"우아, 짐이 너를 속이지 않으마. 태자의 병세가 심상치 않아, 침상 아래로도 내려오지 못할 정도란다. 오늘 밤에도 연회에 나오지 못할 정도였지. 황후는 이제 나이가 너무 많다. 만약 네가 서황후가 되어 짐에게 황자를 낳아 준다면…… 후에 짐은 절대 너를 서운하게 하지 않을 거다."

이 말의 의미는, 황제가 한우아의 아이를 태자로 세울 마음이 있다는 것이었다!

황후의 지위만으로도 이미 한우아는 동요하고 있었다. 그런데 태후의 지위라니! 그녀는 늙은 황제가 세상을 떠난 후에는 백초국에서 가장 존귀한 존재가 될 수도 있다는 생각이 들었다.

그녀는 멍하니 황제를 바라보았다.

황제의 눈에 마침내 음탕한 빛이 드러났다. 그는 한우아의 얼굴에 입을 맞추더니 그녀의 몸을 제멋대로 어루만지기 시작했다. 한우아는 그제야 정신을 차리고 놀라서 외쳤다.

"황상……!"

황제가 말했다.

"우아가 아무 말도 하지 않았으니, 짐은 승낙한 줄 알겠다."

한우아는 그제야 손을 뻗어 황제의 가슴을 밀어내려 했지만 불가능했다. 황제는 점점 더 즐겁다는 듯 큰 소리로 웃기 시작했다. 그는 한우아의 새하얀 목에 얼굴을 묻더니, 마침내 탐욕스럽게 입을 맞추기 시작했다. 물론 한우아의 옷깃을 푸는 것도 잊지 않았다.

한우아는 제 안의 탐욕과 두려움 사이에서 망설이면서 계속 결정을 내리지 못하고 있었다. 이제 그녀는 황제에게 끌려가는 셈이고, 주도권을 잃은 상태였다. 이 지경까지 온 이상 그녀는 자신의 몸을 지킬 기회도, 황제를 죽일 기회도 없었다.

그녀에게 남은 것은 두 가지 선택지뿐이었다.

하나는, 제 몸을 황제에게 바치고 기회를 보아 황제를 죽인다. 다른 하나는, 제 몸을 황제에게 바치고 백초국의 서황후가 되어 의모를 배신한다.

이 순간 황제는 그녀의 목선을 따라 아래로 입을 맞추고 있었고, 그녀의 몸은 조금 굳어 있는 상태였다. 그녀는 눈을 크게 뜬 채 계속 어떻게 해야 할지 고민하고 있었다.

그녀는 계속 한가보의 가주가 되고 싶어 했다. 그러나 가주가 되고 싶었던 이유는 바로 좋은 남자를 만나고 싶어서였다! 그녀가 자신의 몸을 바쳐 임무를 완성한다면, 장래에 과연 누구와 혼인할 수 있을까? 자신이 원하는 사람과 혼인하는 게 가능할까?

생각이 여기에 이르자 그녀의 머릿속에는 군구신의 젊고 잘생긴 얼굴이 떠올랐다. 그 고고하고 존귀하던 얼굴…….

갑자기 그녀의 눈시울이 붉어졌다. 이 순간 그녀의 몸 위에 있는 남자가 그라면…… 얼마나 좋을까!

그러나 불가능한 일이다. 영원히 불가능한 일일 것이다.

이 순간, 황제는 그녀의 가슴에 입을 맞추며 허리띠를 잡아당기고 있었다. 한우아는 마침내 결심하고 황제의 손을 잡았다.

"황상, 우아가 부탁드릴 일이 있어요."

황제는 몹시 기뻤다. 비록 한우아가 자신을 거절하지 않을 거라는 걸 이미 알고 있었으나, 한우아가 부탁할 일이 있다는 것은 그가 그녀의 몸을 하고 싶은 대로 해도 좋다는 의미였다. 그가 큰 소리로 웃으며 물었다.

"무엇이건 말해 보거라!"

한우아의 눈에 원한이 서렸다.

"우아가 황상께 부탁드리고 싶은 것은…… 망설이지 마시고 정식으로 천염국에 전쟁을 선포해 주세요!"

황제는 놀라지 않았다. 이미 약선 연회에서 황후한테서 한우아가 군구신에게 시집가지 못한 사정에 대해 들었다. 게다가 그는 이미 오늘 밤 자시 전에 전쟁을 시작하라고 정식으로 명령을 내린 상태였기에, 한우아가 이리 요구하는 것을 들어도 아무런 부담감이 없었다.

그는 더욱 큰 소리로 웃으며 호쾌하게 답했다.

"우아가 바라기만 한다면, 백초국의 병력 전부를 내어서라도 짐이 천염국을 짓밟아 주마!"

한우아는 진상을 알 도리가 없어 깜짝 놀라면서도 다소간 감동했다. 이 순간 그녀는 황제가 욕망 때문만이 아니라 진심으로 자신을 좋아한다고 믿고 싶었다. 그것만이 이 불행 속의 유일한 위안이 될 것 같았다.

"감사합니다, 황상."

한우아는 마침내 눈을 감고 황제의 손을 놓았다.

옷을 벗기고 띠를 푸르고…… 그 옥처럼 하얀 몸이 드러나니, 그 아름다움이 숨이 막힐 정도였다. 황제는 욕망을 억제하지 않고, 그 추잡한 모습을 혹여라도 드러내지 못할까 근심이라도 하듯 한우아를 완벽하게 차지했다.

한우아의 눈가에서 눈물 한 방울이 흘러내렸다. 침상의 휘장이 흔들리고 방 안은 온통 색정적인 분위기로 가득 찼다. 그러나 여자의 신음과 남자의 헐떡임이 교차하는 가운데, 한우아

옷에 숨겨 두었던 비수가 대리석 바닥에 떨어졌다.

짱그랑!

온 힘을 다해 마지막 노력을 하던 황제가 갑자기 멈췄고, 구름 위에 떠 있는 듯 제가 살고 싶은지 죽고 싶은지도 구분할 수 없었던 한우아도 순식간에 정신이 들었다. 그녀는 마침내 제 옷 속에 숨겨져 있던 그 비수를 생각해 냈다!

만회할 수 있을지

한우아의 비수는 특별히 제작한 것으로, 작고 정교했으며, 숨기기 쉬운 데다 아주 날카로웠다.

유 황후와 유비가 함께 힘을 쓴 게 아니었다면 그녀는 몇 번의 검사를 거치는 동안 들켜, 이 비수를 지니고 황제의 침궁으로 들어올 수도 없었을 것이다!

그러나 그녀는 자신의 현재와 장래를 생각하며 득실을 계산하다가 이 비수를 완전히 잊고 있었다.

일단 제 몸을 내놓으면 비수를 숨기기 어렵다는 생각을 아예 하지 못한 것이다.

그녀는 눈을 뜬 순간 등줄기가 쭈뼛해졌다. 황제는 호색한이었으나 만만한 상대는 아니었다. 그는 바로 한우아의 몸에서 내려옴과 동시에 그녀의 목을 조르며 외쳤다.

"여봐라!"

우문 황족은 과거 현공대륙의 은거 가문 중 하나로 무술에 뛰어났다.

건원제는 천염국, 만진국, 백초국, 세 나라의 황제 중 무공이 가장 뛰어난 황제였다. 그는 제대로 볼 필요도 없이, 소리만으로도 그것이 비수라는 사실을 알아차렸다!

그는 또한 한우아가 어색해하고 부끄러워하던 것도 사실은 영리하게 계산된 행동임을 알아차렸다. 그녀는 그를 암살하러 온 것이다!

한우아는 상황이 이렇게 변할 줄은 예상도 하지 못하던 차였다. 어찌 이렇게 실패로 끝날 수 있는 걸까. 한우아의 머릿속은 텅 빈 것만 같았다.

곧 황제의 심복 태감이 들어왔다. 그는 비수와 휘장 안 그림자를 보고는 멈칫하더니, 바로 고함을 질렀다.

"여봐라! 자객이다! 누군가가 황상을 암살하려 한다! 어서!"

곧 시위들이 달려와 침상을 포위했다. 심복 태감이 다급하게 비수를 주운 후 황제에게 옷을 입혔다. 그러고는 슬며시 한우아의 벌거벗은 몸을 본 다음 휘장을 젖혔다. 곧 한우아의 나신이 모두의 앞에 드러나게 되었다.

공포에 질려 있던 한우아는 남들에게 나신까지 보이게 되니 치욕감이 물밀 듯이 밀려왔다.

그녀는 목을 졸리느라 울음소리조차 내지 못하고, 대신 굵은 눈물방울을 뚝뚝 흘렸다. 그녀는 눈물을 흘리며 황제에게 고개를 저었는데, 분명 애걸이었다.

황제는 여색을 좋아했으나 미인 하나에 안절부절못하는 사람은 아니었다. 그는 분노하며 날카로운 목소리로 물었다.

"누가 너를 보냈느냐? 소 부인이냐?"

'소 부인'이라는 말을 듣자 한우아는 완전히 정신이 들었다. 그녀는 수치심은 신경 쓸 여유도 없이 연신 고개를 저으며 부인했다.

이런 상황에서는 의모 외에 그녀를 구해 줄 수 있는 사람은 없다.

그녀는 방금 있었던 모든 일은 의모가 알지 못할 거라 생각했다. 의모는 그저 그녀가 암살에 실패했다 생각할 테니, 그녀가 최선을 다해 상황을 만회한다면 의모가 그녀를 구해 줄 수도 있을 것이다.

한우아는 고개를 저을 뿐 아니라 하고픈 말이 있다는 듯 계속 입을 벌렸다. 황제가 겨우 손에서 힘을 풀며 사납게 경고했다.

"한우아, 짐이 너에게 기회를 단 한 번 주겠다. 감히 다시 무슨 수작이라도 벌인다면……."

그리고 곁에 있는 시위를 바라보며 말했다.

"짐이 너를 살아도 죽느니만 못하게 만들어 주마."

황제의 이 말은 시위들로 하여금 그녀를 능욕하게 만들겠다는 의미였다.

한우아는 서둘러 제 몸을 가리며 덜덜 떨기 시작했다. 그녀는 창백해진 얼굴로 말했다.

"그, 그…… 유비입니다! 유비가 저에게 이리하라고 했어요. 비수도 유비에게서 받았어요! 황상, 저, 저는…… 저는 도박을 좋아해요. 그래서 아무도 모르게 유비에게 빚을 졌는데, 한참 동안 갚지 못했어요. 이번에 제가 의모의 명을 받고 황후마마를 뵈러 왔을 때, 유비가 빚을 들어 저를 위협하면서…… 황상을 암살하라고 했어요. 아니면 제 차용증을 의모에게 넘기겠다고 하면서요. 제 의모는 도박을 정말로 싫어하시고, 저는 의모에게서…… 가문에서 쫓겨날까 두려워서…… 그래서 어쩔 수 없이 그러겠다고 했던 거예요!"

이 변명은 사실 황제를 위해 준비한 게 아니라 황족과 대신들에게 들려주기 위한 것이었다. 이렇게 해야만 유 황후가 모든 혐의를 피할 수 있고, 태자도 순조롭게 등극할 수 있을 테니까.

유 황후는 태자가 병사 한 명 쓰지 않고 광명정대하게 황위에 오르기를 바라는 동시에, 자신이 정당하게 수렴청정을 할 수 있기를 바랐다.

황제는 한우아의 변명을 믿을 수 없었다. 그러나 그가 입을 열려 했을 때 한우아가 다급하게 덧붙였다.

"황상, 이 모든 것은 유비가 안배한 거예요. 약선 연회에서 유비가 일부러 도전하고…… 저를 자극하면서 이런 판세를 만들어 냈어요. 황상이 저를 경계하지 않으시도록요!"

이 말을 듣자 약선 연회에서 유비가 이상했던 게 생각났고, 황제는 조금이나마 믿게 되었다.

한우아가 다시 다급하게 외쳤다.

"황상! 제가 한마디라도 거짓을 말했다면, 원하시는 대로 처리하셔도 좋아요! 유비가 심환, 심희라는 두 궁녀를 매수했어요. 그리고 풍순, 우순이라는 태감들도요! 그러지 않았으면 제가 이 비수를 가지고 침궁에 들어올 수 없었을 거예요!"

이 네 사람은 당연히 자백할 말까지 맞춰 둔 상태였다.

황제가 심복 태감을 바라보자, 심복 태감이 바로 그들 넷을 심문하러 갔다. 얼마 지나지 않아 심복 태감이 돌아와 보고했다.

"황상, 한 삼소저의 말은 거짓이 아닙니다. 막후는 유비가 틀림없습니다!"

황제가 노기충천하여 말했다.

"짐이 냉대하지 않았거늘, 어디 곰의 심장이라도 삶아 먹었다더냐? 대체 무슨 배짱이지?"

한우아는 황제가 자신을 믿는 걸 보고 다시 통곡하기 시작했다.

"황상, 우아가 잠시 어리석었습니다. 유비의 위협을 받아서 그만……. 하지만 우아는 진심으로 황상을 좋아합니다. 평생 황상의 시중을 들고 싶었어요. 아니라면 우아가 이미 손을 썼을 거예요. 비수가 바닥에 떨어지도록 하지도 않고!"

한우아에게는 물러날 길이 없었다. 그녀는 계속 울면서 황제의 손을 꽉 잡았다.

"우아는 다만 잠시 제정신이 아니었을 뿐이에요. 하지만 결코 황상을 살해할 생각은 없었어요! 황상, 우아를 한 번만 용서해 주세요! 우아는 아무것도 필요 없어요. 그저 황상 곁에서 노비가 되어 평생 황상의 시중을 들고 싶어요!"

한우아는 어쨌든 자신은 유 황후의 손님이고 한가보의 사람이니, 황제가 노기를 가라앉히고 냉정해지면 일단 유 황후에게 알릴 거라 생각했다.

그러면 유 황후가 그녀를 도와줄 수도 있을 테고, 의모에게 바로 소식을 알릴 수도 있을 것이다. 그렇게만 되면 그녀에게도 살아날 길이 생기는 것이다.

황제가 한우아를 밀어냈다. 지금 그의 눈에 그녀는 모든 것을 연기하고 있는 것처럼 보였다.

그는 당장이라도 한우아를 발로 차서 죽여 버리고 싶었으나 인내심을 발휘해 참았다. 그는 여전히 한가보의 세력이 탐났기 때문이다.

방금까지는 한우아를 구슬려 일단 비로 세운 다음, 황후의 자리를 미끼로 소 부인과 거래를 하게 만들 생각이었다. 그러나 지금은 일단 한우아를 구금하고, 암살과 관련한 일로 소 부인과 대화를 나누면 될 것 같았다!

황제는 한우아를 사납게 침상으로 떠밀고는 명령했다.

"이 천박한 계집을 감옥에 가두도록 해라! 그리고 황후와 유비에게 이리로 건너오라 전해라. 짐이 두 사람을 직접 심문할 테니까!"

한우아는 머리를 풀어 헤친 채 눈물을 흘리고 있었다. 황제가 유 황후를 언급하는 순간, 그녀는 기쁜 나머지 눈물을 더욱 흘리기 시작했다. 그녀는 몸을 웅크린 채 덜덜 떨면서 감히 그 이상 말을 하지 못했다.

곧 태감이 그녀에게 옷을 한 벌 던졌다. 한우아는 옷을 입은 후 바로 끌려 나갔다.

유 황후와 유비는 소식을 듣고 놀라 서둘러 침궁으로 달려 왔다.

이 순간, 비연과 군구신은 막 침상에 오른 상태였다.

군구신은 한 손으로는 제 머리를 베고, 다른 한 손으로는 비연에게 팔베개를 해 주고 있었다. 이불 안 두 사람의 몸은 따뜻했다. 동보니 안마니 하는 것은 비연이 제멋대로 꾸며 낸 말일 뿐이었다.

두 사람이 대화를 나누고 있는데 문 두드리는 소리가 들리더니 곧 망중의 목소리도 들렸다.

"전하, 왕비마마, 큰일 났습니다. 한우아가 실패했습니다!"

길은 달라도 이르는 곳은 같다

실패라고?

비연과 군구신은 깜짝 놀랐다. 특히 비연의 놀라움이 더했다. 최종적으로 한우아에게 이 임무를 맡긴 건 결국 그녀와 소부인 두 사람이었다.

소 부인이 비연보다 훨씬 몰인정했다. 그녀가 한우아를 양녀로 받아들인 것도 결국 한우아의 미모와 탐욕 때문이었다. 미모가 뛰어나니 미인계에 이용할 수 있었고, 탐욕스러우니 구슬려 매수하기 쉬웠다.

오늘 밤의 암살과 관련한 것은 모두 비연과 소 부인이 함께 안배한 것이었고, 한우아는 전문적인 훈련을 한참 동안 받았다. 그런데 어째서 어긋난 걸까? 설마 황제에게 무슨 변고라도 생긴 걸까?

비연이 재빨리 침상 아래로 내려가 문을 열려고 했다. 그러나 맨발이 바닥에 닿는 순간 군구신이 그녀를 끌어당겼다. 그는 비연에게는 잘 보이지 않는 불쾌한 표정으로 그녀에게 겉옷을 입혀 주며 나지막하게 말했다.

"신발부터 신어."

비연은 순순히 그의 말대로 한 다음 문을 열었다.

문밖의 망중은 조급한 얼굴이었다.

"전하, 왕비마마, 한우아가 실패했습니다. 지금 알 수 있는 건 한우아가 유비에 대해 자백했다는 것뿐입니다. 한우아는 이미 감옥에 갇혔고, 건원 황제는 유비와 황후를 침궁으로 불러 문을 닫고 그 누구도 들이지 않고 있다고 합니다. 대체 어찌 된 상황인지는 우리 사람들로는 알아낼 수 없습니다."

비연이 서둘러 물었다.

"대체 어떻게 실패하게 된 거지?"

"자세한 상황은 알지 못합니다. 다만 한우아가 정조를 잃은 후 비수가 발견되었다고 합니다. 시위들이 들어갔을 때 그녀는 옷조차 입고 있지 않았고, 황제가 발로 차서 침상에서 떨어뜨렸다고 하는군요."

망중의 대답에 군구신이 미간을 살짝 찌푸렸고, 비연도 무척 놀라며 물었다.

"뭐라고?"

'정조를 잃는다'라는 문제에 있어 그녀는 소 부인과 생각이 달랐다. 비연은 한우아를 몹시 싫어하긴 했으나 어쨌든 그 정도까지 깊은 원한은 없었다. 게다가 같은 여자이기도 한 데다 한우아도 자기편이라 생각하니 그렇게까지 모질게 굴고 싶지 않았다.

그녀는 한우아가 정조를 잃기를 바라지 않았고, 소 부인은 그녀의 말이라면 무조건 따라 주었다. 그래서 그들은 암살 방법을 몇 번이나 바꿨고, 결국은 등을 안마하면서 황제의 몸을 편안하게 하는 방법으로 결정했었다. 그런데 한우아가 정조를 잃은 후 비수가 발견되었다니! 이건 대체 무슨 상황일까?

비수가 발견되지 않았다면 한우아는 분명 안전했을 것이다. 그녀가 암살에 실패했다면, 황제를 거절하고 다시 기회를 노려도 상관없었다. 그런데 어떻게 정조를 잃은 걸까?

비연이 의심스러운 표정으로 말했다.

"건원 황제가 한우아에게…… 강요한 것은 아니겠지?"

군구신이 말했다.

"한가보 사람에게 그렇게까지 하지 않았을걸. 소 부인의 성격을 건원 황제도 알고 있을 테니까."

이 말을 들은 비연이 문득 깨달은 듯 외쳤다.

"그렇다면 한우아 스스로…… 원했던 걸까?"

비연이 군구신을 바라보았으나 군구신은 대답하지 않았다.

그는 비연의 암살 계획을 알게 된 후 계속 풀리지 않는 의문이 있었다. 그가 아는 한 비연은 '정조를 잃는다'라는 말의 진정한 뜻을 알지 못했다. 그런데 그런 비연이 어떻게 소 부인과 소통할 수 있었던 걸까?

군구신은 의심이 드는 걸 어쩔 수 없었다. 이 일이 실패한 이유는, 그러니까 진짜 문제는 바로 비연이 '정조를 잃는다'라는 게 무엇인지 모르기 때문이 아닐까?

비연으로서는 군구신이 무슨 생각을 하는지 알 리 만무했다. 그녀는 다시 망중을 바라보며 진지하게 분석하기 시작했다.

"한우아가 다른 마음을 품었거나, 아니면 무슨 문제가 발생해서 자신을 희생해서까지 임무를 완성하려 했거나……. 하지만 그녀는 실패했지! 내가 보기에는…….”

비연이 말을 끝내기도 전에 망중이 말을 끊었다.

“왕비마마, 한우아가 간이 부어서 다른 마음을 품은 게 분명합니다! 한우아가 모두를 자백하기 전에 대비책을 세워야 합니다! 건원 황제가 한우아를 완전히 믿는다는 보장도 없습니다!”

비연이 망중을 흘깃 바라보더니 눈빛이 점점 더 복잡해졌다.

유 황후가 죄를 유비에게 뒤집어씌우려는 계획을 세운 건 황족 내부의 다툼을 피하고 자기 아들이 광명정대하게 황위에 오르게 하기 위해서였다. 늙은 황제가 일단 죽고 나면 그녀와 태자의 지위가 있으니, 누군가가 의심해도 증거를 내놓을 수 없는 상황에서는 감히 어떻게 하지 못할 것이다!

그러나 지금 황제가 죽지 않았다. 유비와 유 황후가 협력해 만든 이 속임수가 과연 황제를 속일 수 있을까?

비연이 계속 고민하고 있노라니 군구신이 입을 열었다.

“한우아가 자백한다 해도 일단 황후를 지목하겠지. 한우아가 아무리 대담하다 해도 감히 소 부인을 자백하지는 못할 거야.”

이 말을 들은 비연은 바로 계책을 생각해 내고는 기뻐하며 말했다.

“먼저 손을 써야 유리한 법이지! 우리 다시 도박을 해 보는 게 어때? 유 황후를 자백하게 해 버리는 거야.”

망중은 깜짝 놀라 의아한 표정을 지었다. 그러나 군구신은 진지하게 물었다.

“연아, 백초국에 내분을 일으킬 생각이야?”

비연이 고개를 끄덕였다.

"응! 유 황후는 조정에서 세력이 약하지 않고, 친정 쪽 세력도 꽤 크잖아. 건원 황제라 해도 쉽게 유 황후와 태자를 흔들수는 없을걸. 우리 일단 시간을 끌면서 방법을 생각하고, 무 장군을 만나 보는 게 좋겠어!"

이 말을 들은 군구신은 잠시 홀린 듯한 표정을 짓더니 곧 큰소리로 웃었다. 그는 감탄과 애정이 가득 찬 눈빛으로 비연을 바라보았다. 그 누구라도 지금 그 눈빛을 보면 그가 비연을 얼마나 좋아하는지 깨달을 수 있을 정도였다.

군구신이 말했다.

"좋아, 그렇게 하면 되겠군!"

그는 다시 망중에게 말했다.

"인원을 두 배로 늘려 그 강간범을 찾도록. 그리고 가능한 한 양쪽의 증인 모두를 찾도록. 그들에게 진실을 말한다면 어떤 조건이든 들어준다고 하고, 어떻게든 입을 열게 해!"

유 황후가 황제를 붙잡고 있는 동안은 전쟁이 시작되지 않을 것이다. 그들은 이 시간 동안 강평성 강간 사건의 증거를 찾고, 무 장군이 진실을 믿게 하는 동시에 대중에게도 진상을 알려야 했다. 그렇게 되면 백초국 황제는 민심과 군심을 잃을 테고, 무 장군에게 유 황후를 도와 달라고 설득할 수 있을 것이다.

태자의 명은 길지 않으니, 유 황후가 일단 정권을 손에 쥐면 그들이 정권을 장악하는 것이나 마찬가지였다. 어쨌든 태자가 세상을 떠나면 유 황후에게 남은 아들은 엽십삼뿐이었다.

이 계책은 미인계로 암살을 한다는 계책과 가는 길은 달라도 이르는 곳은 같았다. 그러나 성공 조건은 더 까다로웠다. 유 황후가 얼마나 버티는지와 그사이 비연 일행이 증거를 찾아 무 장군을 설득할 수 있을지에 달려 있었던 것이다.

망중은 한참 설명을 들은 후에야 비연의 뜻을 이해하고 바로 명령을 이행하러 갔다.

깊은 밤이었지만 비연은 수하를 시켜 화 고모를 불렀다. 그녀는 화 고모에게 최대한 빨리 유 황후를 넘기라고 명했다.

어쨌든 이 일은 어렵지 않았다. 화 고모에게는 증거가 아주 많이 남아 있었다.

하룻밤 내내 바쁘게 일하고 나니 날이 밝아 왔다. 비연과 군 구신은 잠자리에 들지 않고 궁 안의 소식을 기다리고 있었다.

날이 밝은 후에야 화 고모가 사람을 보내왔는데, 유비는 죄를 인정하여 구족이 멸해지게 되었고, 유 황후는 요행히도 처벌을 피했다는 소식이었다.

비연이 물었다.

"유비 일족은 언제 참형을 받게 되지?"

첩자가 대답했다.

"체포에 시간이 걸리니, 사흘 정도 후일 겁니다."

비연이 고개를 끄덕이며 명령했다.

"화 고모에게 전해라. 사흘 내로 반드시 유 황후와 건원 황제가 반목하게 만들라고!"

유 황후를 공범으로 만들면 상황이 변할 테고, 유비 일족은 잠시나마 목숨을 연명할 수 있을 것이다. 어찌 되었건 유비는 유 황후 사람이었다.

비연이 이번에 백초국에 온 것은 싸우지 않고 이기기 위함이었고, 그것은 곧 살아 있는 사람들이 도탄에 빠지는 일을 피하기 위함이었다. 비연은 무고한 백성들이 집을 잃고, 가족을 잃고 떠돌게 되는 걸 원하지 않았고, 어떻게든 불필요한 희생은 피하고 싶었다.

이런 상황에서 희생이 생기는 것은 어쩔 수 없다지만, 그래도 피할 수 있는 희생은 최대한 피해야 했다.

"예!"

첩자가 명을 받들러 나갔다.

첩자의 뒷모습이 사라진 걸 확인한 다음에야 비연이 몸을 돌렸고, 그제야 군구신이 계속 자신을 지켜보고 있었다는 걸 알게 되었다.

비연이 웃으며 말했다.

"왜 그리 보고 있는 거야?"

어찌 이리 잔인할까

군구신은 비연을 바라보며 잔잔하게 미소 짓더니 물었다.

"연아, 자애로운 자는 병사들을 이끌지 못하고, 정이 많은 자는 업을 세우지 못한다는 말 들어 봤어?"

비연은 바로 그의 말뜻을 알아차렸다.

"당연히 들어 봤지. 어린 시절 태학당에 있을 때 당신 아버지가 가르쳐 주신걸!"

비연은 웃으며 외우기 시작했다.

"자애로운 자는 병사들을 이끌지 못하고, 정이 많은 자는 업을 세우지 못하며, 의로운 자는 재물을 모으지 못하고, 선한 자는 관리가 되지 못한다!"

군구신이 고개를 끄덕였다. 그가 말하기 전에 비연이 다시 말했다.

"당신이 무슨 말을 하려는지는 알아. 하지만 나는 화 고모가 한우아와는 다르다고 믿어. 화 고모는 반드시 사흘 안에 일을 제대로 해낼 거야. 의외의 사건이 일어나는 일 없이."

군구신이 웃으며 더 화제를 이어 가지 않고 이렇게만 말했다.

"피곤하지? 우리 좀 쉬자."

비연은 온순하게 그를 따라 방으로 들어갔다. 그러나 막 침상에 누웠을 때 뭔가 이상하다는 생각이 들었다. 비연은 일어나 앉아 군구신의 팔을 잡아당기며 의심스럽게 물었다.

"이상해. 당신 그런 뜻이 아니었던 것 같아! 나에게 무슨 말을 하려 한 거야?"

군구신은 미소 지으며 팔로 비연의 어깨를 끌어안아 천천히 눕게 했다.

"밤새도록 피곤했잖아. 어서 쉬자. 자, 어서 눈을 감고."

비연은 누운 순간 바로 군구신의 팔에서 빠져나와 다시 일어나 앉았다. 이번에는 아예 그의 얼굴에 제 얼굴을 바싹 들이대고 물었다.

"날 속였어! 당신, 화 고모가 시간에 쫓기다가 일을 망칠까 봐 걱정한 게 아니야. 뭔가 다른 생각을 한 거지?"

군구신이 유난히도 다정하게 웃었다. 비연은 어쩐지 다급해져서, 두 손으로 그의 잘생긴 얼굴을 잡고 진지하게 말했다.

"감히 나를 속이다니! 말할 거야, 말 거야?"

군구신이 참지 못하고 큰 소리로 웃기 시작했다. 그리고 비연이 부주의한 틈을 타서 갑자기 그녀를 밀었다. 비연은 다시 침상에 눕게 되었고, 군구신은 우아하게 몸을 굽히더니 그녀의 몸 위에서 그녀를 내려다보았다.

그는 여전히 웃고 있었다. 그의 동작은 매우 무례했지만 다정한 그의 눈에는 불가사의한 마력이 있었다. 그가 아무리 무례하게 행동해도 너무하다는 생각은 들지 않았다. 아니, 심지어 우아하고 아름다워 보여, 계속 그런 행동을 해 주었으면 하는 마음도 들었다.

비연은 꼼짝도 하지 않고 입술을 앙다물었다. 그녀는 조금 긴장하고 있었지만, 그보다는 행복한 마음이 더 컸다.

입술을 앙다물고 있던 것도 잠시, 그녀의 입꼬리가 슬며시 올라가더니 결국은 웃고 말았다. 그렇다. '정조를 여러 번 잃어 본' 그녀로서는 아주 분명하게 알고 있었다. 그가 이렇게 그녀를 바라볼 때는 바로 그녀를 괴롭히고 싶어서라는 사실을.

두 사람의 시선이 부딪쳤다. 그의 눈은 다정했고, 그녀의 눈은 웃고 있었다. 시간마저 멈춘 것일까, 모든 것이 그대로 정지된 것 같았다.

군구신이 천천히, 조금씩 고개를 숙였다. 그의 숨결이 그녀 가까이 다가오고, 그의 입술이 그녀에게로 다가왔다.

비연의 눈빛 속 웃음이 더욱더 짙어졌다. 갑자기 그녀가 선수를 쳤다. 비연이 군구신의 목을 끌어안으며 그의 입술에 입을 맞췄다. 온유하게, 그러나 열정을 잃지 않고 그의 입술을 빨아들였다. 그녀는 이제 예전처럼 서툴지 않았지만, 그렇다고 능숙한 것도 아니었다.

군구신은 원래 비연의 주의를 돌려 그 화제를 끝내려는 생각 뿐이었다. 그러나 비연이 이렇게 능동적으로 나올 줄이야! 그는 그녀의 이런 능동적인 모습이 너무나 사랑스러웠고, 동시에 너무나 두려웠다. 그는 거의 매번 자제력을 잃을 지경에 이르곤 했다.

군구신이 막 주도권을 되찾아 오려 했을 때, 비연이 갑자기 그를 밀었다. 그녀는 다시 두 손으로 그의 얼굴을 감싸 쥐더니 말했다.

"됐어, 이제는 솔직하게 말할 수 있겠지!"

군구신은 갑자기 울 수도 웃을 수도 없게 되었다. 비연이 방금의 일을 계속 잊지 않고 있을 줄이야.

인내심이 마침내 한계에 다다른 비연이 결국 다급하게 외쳤다.

"고남신! 대체 말할 거야, 말 거야! 무슨 일인데 그렇게 나에게까지 숨기는 거야?"

비연은 평소 그를 전하라 부르거나 혹은 군구신이라는 이름으로 불렀다. 애교를 부릴 때면 부군이라고 부르곤 했다. 그리고 화가 났을 때나 진지할 때만 이렇게 '고남신'이라고 불렀다.

사실 그녀가 불러 주는 호칭이라면 모두 다 좋았다. 그러나 마음속에서 가장 희망하는 호칭은 역시 그녀가 과거 그를 몇 년 동안 불렀던 이름, '고남신'이었다. 그러나 안타깝게도 현재 서로의 신분은 공개할 수 없는 상황이었다.

그는 그녀가 고남신이라 불러 주는 것이 좋아서 일부러 대답하지 않았다.

과연, 비연은 조금 화가 난 모양이었다. 그녀는 살짝 미간을 찌푸리며 한 글자 한 글자 또렷하게 외쳤다.

"고남신!"

군구신은 마침내 그녀가 화를 내는 것이 안타까워지고 말았다. 물론, 정말로 그녀의 감정을 상하게 하는 것이 두렵기도 했다.

군구신이 대답했다.

"나는 확실히 그런 뜻이 아니었어. 사흘은 말할 것도 없고, 단 하루만 준다 해도 화 고모가 일을 망칠 일은 없을 거야. 내 뜻은……."

여기까지 이야기한 군구신이 조금 망설이다가 곧 말을 이었다.

"내 뜻은…… 만약 유비의 구족이 모두 참수당하면 황궁에서도 조정에서도 내분이 더욱 격렬해질 거야. 유 황후와 유비의 진정한 관계를 아는 사람은 지금 거의 없지. 유비의 부친은 문객이 많아. 그리고 문객은 구족에 들어가지 않지. 그들을 상대하기는 쉽지 않고…… 분명 유 황후에게 원한을 품을 테지. 유비의 구족이 참수당하면, 지금의 형세에나 아니면 장래의 형세에나, 우리에게는 모두 유리해질 거야."

비연이 당황했다.

군구신의 뜻은 그녀가 유비를 구하지 말고 구족이 멸해지도록 하여 백초국의 내분을 일으키고, 유 황후의 적들을 만들어야 한다는 것이었다. 그렇게 되면 그들이 엽십삼으로 유 황후를 위협하여 굴복하게 할 때 훨씬 편해질 것이다. 유 황후가 응대해야 할 세력이 많으면 많을수록 타협하기 쉬워질 것이기 때문이다.

이것이 바로 '자애로운 자는 병사들을 이끌지 못하고, 정이 많은 자는 업을 세우지 못하며, 의로운 자는 재물을 모으지 못하고, 선한 자는 관리가 되지 못한다!'의 진정한 뜻이었다! 높은 지위에 오른 자는 마음을 매섭게 먹지 않으면 일을 이루기 어렵다!

제법 진지한 표정을 짓고 있는 군구신을 바라보는 순간, 비연의 가슴이 이유 없이 쿵 내려앉았다. 뭐라 말하기 어려운 느낌이었다. 어딘가 이질감과 비슷한 느낌이었지만 또 이질감은 아니었다. 그녀는 갑자기 자신이, 생각했던 것처럼 이 남자를 완벽하게 이해하고 있지 않다는 사실을 자각했다.

그녀는 그를 밀어내고 저도 모르게 중얼거렸다.

"영 오라버니, 내가 어떻게 오라버니의 마음을 잘못 추측한 걸까?"

군구신은 비연이 그렇게 생각하리라고는 생각지 못했다.

그는 사실 몇 번이나 자신의 진짜 생각을 감춘 적이 있었다. 예를 들자면 수하를 시켜 백소화를 조사하게 한 일 등을 그는 비연에게 언급하지 않았다. 하지만 그것은 그녀에게 뭔가를 속이기 위해서가 아니라, 그녀가 그처럼…… 냉혹하고 잔인해지지 않기를 바라서였다.

부친은 세상에 완벽한 일은 없다고 말하곤 했다. 누군가가 완벽하지 않은 것을 책임지고 싶다면 잔혹한 사람이 되어야 했다. 다른 이에게 잔인해야 하면 인자할 수 없고, 자신에게 잔인해야 하면 더더욱 손에 정을 둘 수 없는 것이다. 부친은, 이 잔인함은 바로 남자가 책임져야 할 것이라고 말했다.

그러나 비연의 실망하는 눈빛을 보는 순간, 군구신은 대체 어떻게 변명해야 좋을지 알 수 없었다.

"나, 나는······."

비연은 아무 말 없이 그의 해명을 기다리고 있었다. 그러나 군구신은 한참을 고민해도 대체 뭐라 말해야 할지 알 수 없었다.

비연이 점차 미간을 찌푸리기 시작했다. 군구신은 결국 다급한 나머지 변명하지 않고, 일단 자신이 수하를 시켜 백소화를 미행하고 조사한 일을 자백했다.

비연이 깜짝 놀라 군구신을 밀어내며 진지하게 물었다.

"당신, 나에게 얼마나 많은 일을 숨긴 거야?"

군구신이 다급하게 말했다.

"없어. 이 일 하나뿐이야."

비연이 화를 내며 물었다.

"왜 그랬던 거야?"

그러나 바로 그 순간, 문밖에서 하인의 목소리가 들려왔다.

"전하, 강평성에서 급한 소식이 왔습니다!"

그의 보호를 그리워하며

이 순간 강평성은 가장 민감한 지역이었다! 대체 무슨 일이 벌어진 걸까?

자신의 '싸우지 않고 이긴다'라는 계책과 관련되어 있으니, 비연은 군구신과 대화하던 것도 잊고 다급하게 몸을 일으켰다. 그러나 이번에도 그녀의 발이 바닥에 닿기 전에 군구신이 끌어당겼다.

군구신은 방금까지 무척 가책을 느끼고 있었지만 지금은 불쾌한 표정이었다. 그는 아무 말도 하지 않고 비연을 침상 안쪽까지 끌어당긴 다음 이불로 단단히 싸매 주었다. 그리고 그녀를 살짝 노려본 후 침상 아래로 내려가 외투를 입고 문을 열었다.

비연은 승복하지 않겠다는 듯 입술을 비죽거렸지만, 결국은 온순하게 꼼짝하지 않고 기다렸다.

군구신은 망중을 안으로 들이지 않고 문가에 서서, 문서를 들여다보며 필요한 것을 질문했다.

강평성에서 온 급전은 결코 좋은 소식이 아니었다. 강간당한 모녀가 자살했다는 소식이었다.

사건이 발생한 지 얼마 되지 않아 모친은 딸과 함께 집으로 돌아가 바로 자살했다. 이 모녀의 가족은 그들의 시신을 강평성 안 두 나라의 경계선으로 옮긴 후, 백초군이 이 일을 처리해 주거나 천염국이 예의를 갖춰 사죄하지 않으면 이 모녀를 바로 경계선에 매장하겠다고 외쳤다.

강평성 백성들은 언제나 일치단결하여 외부에 대항하곤 했다. 피해자의 가족이 이리 행동하니 백성들이 함께 분노했다. 지금 온 성의 백성들이 거의 들고일어난 상태로, 일부는 무 장군 저택으로 가서 명을 청하고, 일부는 피해자의 가족들과 함께 시신을 지켰으며, 또 일부는 강평성 동문 천염국의 검문소로 가서 항의하고 있다고 했다. 원래 평안하던 강평성이 10년 전으로 돌아간 것처럼 들끓고 있었다.

비연은 무척 놀랐다. 사태가 이렇게 빠르게 변할 줄은 예상치 못했던 것이다.

강평성에서 가장 빠른 매를 날린다 해도 몇 시진은 걸릴 테니, 그들이 지금 이 밀서를 받는다는 것은, 그 일이 강간 사건이 발생하고 얼마 되지 않아 벌어졌다는 것을 의미했다. 비연은 생각할수록 이상하기만 했다.

"강평성 백성들이 아무리 한마음이라 해도, 일이 이렇게 빠르게 진행될 수는 없어! 게다가 피해자 가족의 반응도 너무 빨라. 내 생각에는……."

비연이 생각에 잠겼다가 막 물으려 했을 때, 군구신은 이미 그녀가 무엇을 묻고 싶어 하는지 눈치채고 대답했다.

"이미 조사했어. 피해자 아이의 아버지는 한참 전에 세상을 떠났고, 모녀는 계속 시삼촌 되는 자의 집에 얹혀살았다는군. 시삼촌 이름은 왕이평이고, 바로 그가 모녀의 시신을 경계선에

놔두었지."

비연이 서둘러 물었다.

"그 시삼촌이 모녀를 평소에 어떻게 대접했지?"

군구신이 답했다.

"소문에 따르면 썩 잘해 주지는 않았던 모양이야. 자세한 내용을 더 조사하라고 했어."

의심할 바 없이 군구신과 비연 모두 그 시삼촌이라는 자를 의심하고 있었다. 강간범을 체포하는 것보다 이 시삼촌이라는 자를 조사하는 게 훨씬 쉬울 것 같기도 했다. 이 시삼촌은 누군가에게 매수되었을 가능성이 매우 컸다.

비연의 기분은 상당히 무거웠으나, 세세히 생각해 본 후 조금 얼굴이 밝아져서 말했다.

"이건 그렇게 나쁜 소식만은 아니야. 최소한, 우리에게 조사할 실마리가 생긴 셈이니까."

군구신도 고개를 끄덕였다.

"이틀도 되지 않았는데 일이 이리 커지다니. 무 장군은 분명 군대를 일으키라고 압박당하고 있겠지. 우리도 고민할 필요 없어. 강평성에 가서 사람을 찾으면 그만이야."

비연이 고개를 끄덕이며 진지하게 물었다.

"무 장군 저택을 감시하고 있어?"

군구신이 슬며시 웃었다.

"네 생각에는 어떨 것 같아?"

비연은 그제야 자신이 쓸데없는 말을 했다는 걸 알았다. 그들은 언제나 마음이 통했으니까.

비연도 웃었으나, 웃고 또 웃다가 점차 얼굴이 무거워졌다. 그녀는 씁쓸한 말투로 방금까지의 화제를 다시 꺼냈다.

"나도 매번 당신의 심사를 정확하게 맞힐 수는 없어. 말해 봐. 대체 얼마나 많은 일을 감추고 있는 거야?"

이 말을 듣자 군구신의 웃는 얼굴도 굳어 버리고 말았다.

비연이 눈썹을 치켜세운 채 그의 대답을 기다렸다. 군구신은 정말로 어쩔 줄 몰라 하며 한참 동안 아무 대답도 하지 못했다.

기다리는 시간이 길어질수록 비연의 조그만 입이 더욱 삐죽 나오기 시작했다. 그 모습에 군구신은 어찌할 바를 몰라 안절부절못했다. 그런 그의 모습은 엄연한 공처가였다.

갑자기 비연이 냉랭하게 말했다.

"더 할 말 없는 거야?"

군구신이 서둘러 고개를 저었다. 그러자 비연이 재촉했다.

"그럼 어서 말해!"

"나, 나는……."

군구신은 잠시 우물쭈물하다가 갑자기 앞으로 나오더니 한 손으로 비연의 머리를 잡고 입을 맞추기 시작했다. 그녀의 머리를 텅 비워 버리는 것 외에는 빠져나갈 방법이 도저히 생각나지 않았던 것이다.

그러나 비연은 군구신을 밀어낸 후 두 눈을 가늘게 떴다. 말은 하지 않았지만, 그 표정이 몹시도 사나워 보였다!

결국 군구신은 자리에 앉아 담담하게 이야기하기 시작했다.

"연아, 내가 너에게 얘기하지 않은 이유는, 그저 네 마음이 편하기를 바라서였어. 복잡한 일은 나에게 맡겨 두면 되는 거니까."

이 말을 들은 비연이 멈칫했다.

군구신이 사랑스럽다는 듯 그녀의 코를 문지르며 놀리듯 말했다.

"어쨌든 내가 너보다 똑똑하니까."

말을 마친 그는 큰 소리로 웃기 시작했다. 그러나 비연은 반박하지도 웃지도 않았다. 그를 물끄러미 바라보는 그녀의 눈빛이 점차 복잡하게 변해 갔다.

나쁜 사람이 되는 건 쉽지 않다. 특히 그중에서도 잔인한 사람이 되는 건 더더욱 쉽지 않다. 나쁜 일을 저지르는 이들 중 많은 수가 사실은 더 많은 사람을 보호하기 위해, 더 많은 선함을 지키기 위해 나쁜 일을 저지른다. 비연은 아주 어린 시절부터 이 이치를 알고 있었다.

군구신이 그녀의 시선을 피해 누우며 재촉했다.

"어서 누워. 자자."

비연은 눕지 않고 군구신의 가슴 위로 몸을 굽히더니 천천히 그를 끌어안았다.

"미안해, 내가 화를 내지 말았어야 했는데."

군구신이 가볍게 그녀의 등을 두드리며 말했다.

"본 왕의 애비는 화를 내기 시작하면 더 예쁘지."

평소였다면 비연은 이 말을 듣고 웃었을 것이다. 그러나 이번에는 웃지 않았을 뿐 아니라 계속 침묵했다.

군구신은 계속 그녀를 놀렸다.

"됐어, 됐어. 네가 이렇게 사나우니, 다음에는 네가 나쁜 사람 역을 맡으면 되겠네."

비연은 아무 말도 하지 않고 그저 그를 더욱 세게 끌어안았다.

군구신도 잠시 머뭇거리다가 결국 말없이 그녀를 안아 주었다. 어쩌면 이대로 그녀가 잠들면 다 괜찮게 풀릴지도 모르겠다는 생각이 들었다.

그러나 얼마 지나지 않아 군구신은 제 가슴이 젖어 오는 것을 발견했다. 비연이 울고 있었다! 군구신은 어찌할 바를 몰라 손을 멈춘 채 중얼거렸다.

"연아, 연아……. 울지 마. 우리 다시 이야기해. 응? 연아, 일단 눈물을 그쳐 봐. 다 내가 잘못했어, 연아, 내가……."

비연이 갑자기 고개를 들었다. 눈이 눈물로 가득한 채 붉어져 있었다.

"고남신, 부황이 보고 싶어……."

계속 부황과 모후를 그리워해 왔지만, 이 순간은 유난히도 부황이 그리웠다. 다름이 아니라 부황이 바로 이런 방식으로 그녀를 지켜 주었기 때문이었다.

그녀가 태어났을 때부터 부황은 그녀를 보물이라도 되는 것처럼 지켜 주었다. 부황은 그녀가 영원히 아무 근심 없이 행복하기만을, 영원히 아이 같기만을 바랐다.

부황은 현한보검을 그녀에게 주었지만 무공을 가르쳐 준 적은 없었다. 심지어 그녀가 궁 밖으로 나가는 것도 싫어했다. 그녀가 너무 일찍 궁 밖의 험악한 모습과 마주치게 될까 두려워서였다.

"고남신, 정말로 부황이 그리워. 정말로……."

비연은 한참 동안 울먹거리다가 겨우 다시 말을 이어 갔다.

"고남신, 다, 당신은 뭘 배워도 제대로 배우지 못하면서, 꼭 우리 부황의 그런 것만은 잘 배워서! 10년이나 지났는데, 나는…… 나는……. 흑, 당신은 자랐고 나도 자라 버렸어! 무엇 때문에 당신이 당연히 나쁜 사람이어야 한다는 거야?"

나는 원래 나쁜 사람이야

비연의 붉어진 두 눈을 바라보자 군구신은 몹시도 마음이 아파 왔다.

그녀가 자신의 마음을 오해하지 않았다면 그는 결코 이렇게 많이 이야기하지 않았을 것이다.

누군가를 수호하는 방식은 수없이 많다. 그러나 어떤 수호는 말로 할 수 없는 것으로, 일단 입 밖에 내고 나면 아무런 의미가 없어지기도 한다. 군구신은 이 이치를 어린 시절부터 알고 있었다.

부친과 모친에게는 아이가 그 하나뿐이었지만, 그들은 그가 양자라는 것을 감추지 않았다. 그리고 그는 부친과 모친이 서로 손님을 대하듯 공경하지만 이름만 부부라는 것도 알고 있었다.

부친이 대진을 어떻게 수호하는지, 모친이 부친을 어떻게 수호하는지, 그들이 그를 어떻게 수호하는지, 그리고 부친이 그에게 이야기해 주었던 '영족의 수호'까지, 그는 모두 이해하고 있었다.

그는 온화한 성격이었지만, 어린 시절부터 단순히 아이일 수는 없었다. 그는 '잔인함'을 보며 자랐다. 부친은 태학당에서 그와 헌원예에게 '제왕의 길은 취사선택에 있고, 제왕의 결정에는 그저 옳고 그름이 있을 뿐 잔인하고 잔인하지 않고는 없다.

남자의 선택도 마찬가지다'라고 말해 주었다.

그때 그는 이해하게 된 것이다. 지금 높은 지위에 올라 누군가의 남편이 된 이상 그는 더욱더 철저하게 이해할 수밖에 없었다.

'연아, 부끄러워할 필요도, 나와 다툴 필요도 없어. 나는 너보다 한 걸음 앞서, 10년 전에 어른이 되어 버렸으니까. 그러니까 이 생애 내내 네가 아무리 자라더라도 나는 영원히 너보다 10년은 위인 거야. 나는 영원히 너를 지켜 주고, 뭐든지 너에게 양보해 주고, 또 네 말을 따를 거야.'

그러나 이 말은 군구신의 마음속에 있을 뿐, 비연에게 말할 수는 없었다.

당시 그는 태부의 양자였고, 그녀의 측근 시위였다. 낮은 신분으로도 감히 천자의 금지옥엽을 사랑하고 그녀를 아내로 맞이할 꿈을 꾸었던 건, 다름이 아니라 그에게 그녀를 수호하려는 마음이 있었기 때문이었다.

마음은 값을 매길 수 없는 것이다. 설사 출신이 비천하다 해도, 설사 가진 것이 없다 해도, 그녀보다 강한 마음을 갖고 있다면 그녀와 동등할 수도 있었다!

비연이 군구신을 바라보며 고집스럽게 답을 요구했다.

"말해. 무엇 때문에 당신이 당연히 나쁜 사람이어야 한다는 거야?"

군구신이 살며시 그녀의 눈물 자국을 닦아 주며 반쯤은 놀리듯, 반쯤은 진지하게 말했다.

"나는 원래 나쁜 사람이니까. 나쁜 사람이어야 나쁜 생각을 하게 되는 거야. 안 그래?"

비연은 항상 말솜씨라면 자신 있었지만, 그가 이렇게 말하니 대체 뭐라 답해야 할지 알 수 없었다. 그래서 미간을 찌푸린 채 그를 노려보았다.

군구신이 가볍게 그녀의 미간을 문질러 펴 주고는 입을 맞추었다. 그러고는 다시 반쯤은 농담하듯, 반쯤은 진지하게 말했다.

"언젠가 내가 구제하지 못할 정도로 나빠지는 날이 오더라도, 네가 나의 약이 되어 주겠지."

왠지는 모르지만 비연의 심장이 갑자기 아파 왔다. 그녀는 영문 모를 불안을 느끼며 두려워하기 시작했다. 그녀는 다급하게 그의 입을 틀어막았다.

"됐어, 됐으니까 그런 말은 그만해! 이 일은 여기까지만 해. 앞으로 당신이 나에게 또 뭔가를 속이면, 나, 나는……."

군구신도 그녀의 입을 막았다. 그녀가 계속 말하게 두고 싶지 않았다. 그러나 비연은 반드시 말해야만 했다. 그녀는 그의 손을 떼어 내고 진지하게 말했다.

"앞으로 당신이 나에게 뭔가 감추는 일이 생긴다면 나는 당신에게 시집가지 않을 거야. 우리 아직 예의 하나를 끝내지 못했잖아. 나는 그걸 절대 하지 않을 거라고!"

군구신은 그녀를 한참 동안 응시하다가, 갑자기 손을 그녀의 입에서 턱으로 미끄러뜨렸다. 그리고 그녀의 턱을 가볍게 올리더니 입을 맞췄다.

길고 긴 입맞춤이었다. 너무나 다정하고 따뜻했다. 비연은 자신이 녹아내리는 것을 느꼈다. 마침내 그가 놓아주었을 때 그녀는 온몸에 힘이 빠져 그대로 그의 품에 안긴 채 숨을 가볍게 몰아쉬었다.

입술은 서로에게서 떨어졌지만 시선은 돌릴 수 없었다. 분명 계속 함께 있었건만, 계속 그를 볼 수 있었건만…… 이 순간 도저히 그에게서 눈길을 뗄 수 없었다. 대체 어찌 된 걸까?

군구신도 그녀를 보고 있었다. 그는 그녀의 눈에 담긴 불길이 무엇인지 알고 있었다. 이 순간, 그의 시선도 그녀와 다르지 않았으니까.

곧 그는 다시 그녀에게 입을 맞췄다. 서로의 '고통'을 완화하기 위해서.

그는 속으로 자신에게 중얼거렸다.

남아 있는 그 예의 하나는, 곧, 곧일 것이다…….

대체 상대가 얼마나 사랑스러워야 이렇게 견뎌 낼 수 있는 걸까?

하룻밤 내내 잠을 자지 못한 데다 또 한참 울었기 때문에 비연은 결국 피곤해졌다. 군구신은 잠든 그녀 곁을 잠시 지켰다가 다시 검을 연습하기 시작했다.

그는 원래 건명검술의 두 번째 경지인 '무아유검'을 깨달은 후 세 번째 경지의 검법을 연습할 생각이었다. 그러나 '무아유검'의 깊은 뜻을 이해할 수 없자, 생각을 바꿔 세 번째 경지의 검법을 익히며 계속 두 번째 경지의 깊은 뜻을 고민하기로 했다.

천 년 전의 진실도 중요하고, 현공대륙을 손에 넣는 것도 중
요하지만, 건명력을 장악하는 일이 가장 먼저였다. 비연의 부
황과 모후를 구하는 데 있어 건명력이 가장 중요한 열쇠니까
말이다.

정오가 되었을 때, 강평성은 아주 고요했다. 그러나 황궁 안
은 전혀 평온하지 않았다.

강평성 소식이 비연과 군구신에게 전달된 것처럼, 건원 황제
역시 소식을 받았다. 이 순간 황제는 직접 밀서를 손에 쥐고 수
희가 거주하는 서하궁에 도착했다.

수희는 전날 밤 인어족 병사를 시켜 남몰래 상황을 파악한
다음이었다. 그녀는 '한우아'의 이름을 들었을 때 무척 놀랐다.
그녀는 이미 소 부인, 승 회장, 그리고 군구신 사이의 관계가
얕지 않다는 걸 알고 있었다.

그녀는 전날 계속 아무 행동도 취하지 않았다. 첫째는 황제
가 그녀에게 한 약속 때문이었고, 둘째는 한우아가 소 부인의
지시를 받고 백초국에 온 건지 아니면 제 욕심 때문에 온 건지
알 수 없었기 때문이다.

지금 한우아가 황제를 암살하려 했다는 사실을 알게 된 수희
는 한우아가 소 부인의 지시를 받고 왔다고 확신하고 있었다.

그녀는 소 부인의 방법이 대단히 어리석다고 생각했다. 심지
어 소 부인 뒤에 있을 군구신과 비연을 자신이 너무 높이 평가
한 것은 아닌지 생각하기도 했다.

황제가 세상을 떠나면 병약한 태자가 제위를 잇게 되고, 유

황후가 조정을 장악하게 된다. 유 황후 자신도 주전파였고, 그녀 뒤에 있는 이들 모두 천염국 서부의 목초를 노리고 있었다!

황제를 죽이고 전쟁을 멈춘다 해도 기껏해야 반년 정도나 끌 수 있을 것이다. 반년이 지나면, 유 황후 성격으로 보건대 전쟁은 더욱 격렬해질 것이다!

수희가 황제에게, 한우아는 군구신이 보낸 거라고 말한다면…… 황제의 반응은 분명 아주 대단할 것이다!

수희는 물가에 앉아 있었다. 어젯밤과 마찬가지로 긴 머리를 늘어뜨린 채, 옷은 반쯤 젖어 아름다운 몸이 언뜻 들여다보였다. 그녀의 모습은 대낮인데도 참을 수 없을 정도로 유혹적이었다.

그녀는 생각하고 또 생각하다가 참지 못하고 웃기 시작했다. 군구신과 비연이 제 앞에 있지 않은 것이 한스러워 견딜 수가 없었다. 신나게 비웃어 주고 싶건만! 수희 생각에, 그들 두 사람의 머리를 합친다 해도 자신의 삼전하에 비하면 한참 못 미치는 것 같았다.

황제가 한 걸음 한 걸음 다가왔다. 수희가 기척을 느끼고 돌아보았다.

황제가 이곳에 올 때면 항상 혼자였다. 그러나 오늘은 시위 두 명과 태감 두 명이 그의 뒤를 따르고 있었다. 그 모습을 본 수희의 심장이 갑자기 사납게 뛰기 시작했다!

수희는 물론 황제가 어젯밤의 일 때문에 경계심이 강해졌다는 걸 알 수 있었다. 그녀는 암살할 생각이 없었기 때문에 두려

위할 필요가 없었다. 그저 다른 이들이 그녀의 이런 모습을 보는 것이 싫을 뿐이었다.

삼전하가 그녀를 만진국의 선황제에게 보냈을 때 그녀는 이미 자신의 몸을 도구로 썼었다. 그러나 이렇게 많은 눈앞에서는 그런 모습을 보이고 싶지 않았다.

수희는 황제를 한번 바라본 다음, 바로 물속으로 뛰어들어 몸을 감췄다. 그녀는 일부러 아무것도 모르는 척 애교 섞인 목소리로 물었다.

"황상, 자시는 지난 지 오래랍니다. 늦으신 것으로도 모자라 그리 많은 사람들을 데리고 오신 건 무엇 때문인가요? 정말로 제가 도망가지 않을 거라 생각하시는 건가요?"

스스로 총명하다 여기다가 일을 망치다

황제는 원래 경계심이 강한 데다 어젯밤의 일을 겪은 후 조금 예민해진 상태였다. 수희처럼 요염한 여자라면 더욱 경계할 수밖에 없었다. 다시는 친근하게 다가갈 수 없었다.

황제는 온천 가에 서서 수희를 내려다보았다. 그는 그녀의 질문에 답하지 않고 냉랭하게 물었다.

"사람이 너희에게 있느냐?"

황제가 이름도 성도 말하지 않았지만, 수희는 그 사람이 누구인지 바로 알아차렸다. 황제는 바로 강평성 강간범의 행방을 묻고 있었다.

이 일은 황제가 사람을 시켜 꾸며 낸 일이었고, 일이 성공한 지금 당연히 강간범을 죽여 입을 막아야 했다. 그러나 황제가 방금 이곳에 오는 길에 받은 급전에 의하면, 이 강간범을 누군가가 구해 갔다. 천염국 쪽에서는 여전히 이 강간범을 조사하고 있으니, 이리 빠르게 움직일 수 있는 사람은 진상을 알고 있는 수희뿐이었다.

수희는 황제의 태도가 변한 걸 보고, 자신의 미인계가 이제는 쓸모없음을 눈치챘다. 그러나 그녀도 미인계를 쓸 생각이 없었다. 강평성에서 일이 발생한 이상, 황제는 이미 달리는 호랑이 위에 올라탄 격이었다.

그녀가 웃으며 말했다.

"황상, 대답해 드릴게요. 하지만 잠깐 밖에 나가서 기다려 주세요!"

황제는 자신의 태도는 생각도 하지 않고, 수희가 바로 이렇게 안색을 바꾸는 걸 보자 수치심이 드는 것을 피할 수 없었다. 그는 수희에게 경멸을 품은 눈길을 던진 후에야 몸을 돌렸다.

수희는 사람들의 뒷모습이 사라지는 것을 보고, 화가 나서 물보라를 일으키며 차갑게 중얼거렸다.

"늙은이, 두고 보자."

수희는 옷을 입은 후 천천히 걸어 나왔다.

황제는 이미 인내심을 잃은 상황이었다. 수희를 보자마자 바로 물었다.

"사람은?"

수희가 웃으며 황제에게 가까이 다가가 속삭였다.

"사람? 당연히 우리 삼전하께 있지요."

화가 난 황제가 갑자기 몸을 돌리더니 수희의 멱살을 잡았다.

"짐을 위협할 생각이냐?"

수희는 전혀 두렵지 않았다. 홀로 황제와 거래를 하러 궁에 들어온 그녀였고, 당연히 그만큼의 배짱이 있었다.

수희가 말했다.

"황상, 자시 전에 전쟁을 선포한다고 약속하셨지만 지금까지 아무 움직임이 없으시네요. 군주는 농담하지 않는 법이라 했거늘, 설마 저에게 농담하셨던 걸까요? 우리 삼전하께서 가실 적에 저에게 특별히 말씀해 주셨지요. 황상께서는 이미 보령이 높으시니, 무슨 일이건 황상 뜻대로 해 드리라고요. 오늘 정식으로 천염국에 전쟁을 선포해 주세요. 그 후 백초국 동북 3군을 우리 옥인어 12군이 관할하도록 하지요. 우리가 협력해 공격한다면 천염국도 손쓸 틈 없이 당하겠지요. 어떠신가요?"

이 말을 들은 황제는 철저하게 분노했다.

"죽고 싶은 게로구나!"

이 말이 백초국의 병권을 달라는 말과 무엇이 다른가? 황제에게 있어서는 말할 것도 없고, 일개 병사에게도 모욕적인 말이었다!

황제가 손에 갑자기 힘을 주며 수희의 목을 조르기 시작했다. 원래 살짝 창백하게 보이던 수희의 얼굴이 갑자기 붉게 충혈되기 시작했다.

그녀는 어쩔 수 없이 고통스러운 표정을 지으면서도 발버둥을 치지 않았다. 그 이유는 아직 그녀에게 훌륭한 패가 남아 있기 때문이었다!

그 강간범이 그녀의 손에 있는 이상, 이 강간 사건이 황제가 위조한 거라는 증거가 그녀의 손에 있는 거나 마찬가지였다. 일단 그녀가 진실을 세상에 알리면 황제는 군심과 민심을 잃을 뿐 아니라, 조정 신하들의 마음까지 잃게 될 것이다!

황제는 노한 눈으로 그녀를 바라보며 손에 더욱 힘을 주었다. 수희는 점점 더 괴로워했고, 눈도 희번득 돌아가고 있었다. 그러나 그녀는 여전히 발버둥을 치지 않았다.

결국은 황제가 손에서 힘을 빼고는 수희를 사납게 내던지다 시피 했다. 바닥에 쓰러진 수희는 두어 번 기침을 한 후 숨을 헐떡거렸다.

　　겨우 정신을 차린 수희가 일어섰다. 그녀는 더욱 요염하게 웃으며 말했다.

　　"황상, 보아하니 승낙하신 모양이군요. 안심하세요. 우리 옥 인어 12군이 백초의 동북 3군을 인수하기만 하면 제가 바로 그 강간범의 머리를 황상께 보내 드릴 테니까요. 물론 우리 옥인 어 12군의 장군들도 황상을 위해 천염국을 낙화유수처럼 쓸어 드릴 거랍니다!"

　　황제는 소매 속에 감춘 손을 꽉 쥐었다. 비록 수희에게 이점 을 내주었다 하나 이대로 계속하는 수밖에 없었고, 그의 마음 에 가득 찬 불만도 나중에 계산하는 수밖에 없었다!

　　그는 수희에게 대답하지 않고 그녀를 한참 노려본 다음 몸을 돌렸다.

　　수희는 황제가 승낙했음을 깨닫고 기뻐하며 재빨리 외쳤다.

　　"황상! 이 거래가 손해라 생각하신다면 제가 개인적으로 보 상해 드리겠어요!"

　　황제는 고개를 돌리지 않았다. 그는 수희가 이야기한 보상이 바로 그녀의 몸이라 오해한 것이다.

　　기분이 좋아진 수희는 황제가 계속 앞으로 걸어가는 걸 보고 빠른 걸음으로 쫓아가 속삭였다.

　　"황상. 한가보의 소 부인, 그리고 현공상회의 승 회장은 모두 정왕의 사람입니다. 조심하시는 게 좋을 거예요. 그들 두 가문과 왕래를 줄이시고요!"

찰나의 순간, 황제는 얼이 빠졌다. 그러나 곧바로 수희를 돌아보며 물었다.

"뭐라고?"

수희는 여전히 한우아와 관련한 일을 모르는 척하며 말했다.

"남경의 현공상회와 한가보는 모두 군구신의 세력이니, 함께 일을 도모해서는 안 됩니다."

황제가 두어 걸음 뒷걸음질 치다가 하마터면 넘어질 뻔했다. 수희가 황망한 척하며 재빨리 그를 부축했다.

"황상, 괜찮으세요?"

황제는 안색이 크게 변해 그녀의 손을 뿌리치고는 두말없이 그 자리를 떠났다.

수희는 황제가 총총히 멀어져 가는 모습을 지켜보며 차가운 미소를 지었다. 한우아 암살 시도의 진상이 밝혀지면 황제는 분노하여 전쟁을 선포하는 정도가 아니라 바로 전면전을 시작할지도 모른다. 그때가 오면 옥인어 12군이 다시 백초국 동북 3군의 병력을 움직이면 될 것이다.

수희는 무척이나 지켜보고 싶었다. 천염국 서쪽 변경에 병력이 얼마나 있을지, 과연 백초국의 대군을 당해 낼 수 있을지.

황제가 떠난 후 수희는 아무 일도 하지 않고 그저 방 안에 앉아, 백초국이 선전 포고를 했다는 소식을 기다리기 시작했다.

그러나 황제는 바로 선전 포고를 할 생각이 없었다. 대신 그는 한우아를 보러 갈 생각이었다.

그는 유비가 모함을 당한 것인지, 아니면 유비도 천염국과 결탁한 것인지 확실하게 알아야 했다! 그는 유비를 억울하게 죽게 하고 싶지 않았고, 유비의 구족을 억울하게 참살하여 귀찮은 일을 끌어들이고 싶지도 않았다!

황제는 한우아를 보자마자 소 부인이 군구신과 결탁했는지, 유비가 죄를 뒤집어쓴 것은 아닌지 물었다.

한우아가 얼이 빠진 얼굴로 물었다.

"뭐라고요?"

황제가 냉랭하게 말했다.

"짐 앞에서 일부러 멍청한 척은 그만하거라! 짐에게 네 입을 열 방법이 없을 것 같으냐!"

한우아는 여전히 상황이 어떻게 돌아가는지 알 수 없었다.

그녀는 의모의 명령을 받아, 유 황후가 제위를 찬탈하는 걸 도우려 했을 뿐이었다. 유비는 확실히 죄를 뒤집어쓴 게 맞지만, 유비 역시 달가운 마음으로 그리하겠다고 했다! 그리고 의모와 군구신이 결탁했다는 것은…….

한우아는 생각하고 또 생각하다가 갑자기 큰 소리로 웃기 시작했다.

"우습네요! 하하, 평생 들어 본 중 가장 우스운 이야기입니다!"

황제는 차갑게 그녀를 바라보며, 그녀와 수희의 말을 비교하기 시작했다. 그로서는 두 사람 중 누가 거짓말을 하는지 분별할 방법이 없었다. 결국은 한우아를 위협하는 수밖에 없었다.

"이미 짐에게 증거를 보내온 사람이 있다. 네가 솔직하게 말하지 않는다면, 짐이 천염국에 군대를 일으키기 전에 너를 제물로, 한가보에도 경고하도록 하겠다!"

한우아는 황제가 의모의 체면을 생각해 그녀에게 형벌을 내리지 않기만을, 의모가 그녀를 구하러 오기만을 기다리고 있었다. 그런데 지금 의모마저 의심받는 신세라니, 한우아가 어찌 조급하지 않을 수 있을까?

아무리 생각해도 의모가 군구신과 결탁했다는 말은 믿을 수 없었다. 한우아는 누군가가 의모에게 억울한 죄를 뒤집어씌우고 있노라고 굳게 믿었다.

그녀는 생각하고 또 생각했고, 유 황후 외에는 다른 사람을 생각할 수 없었다. 그래, 유 황후는 분명 한우아 그녀가 자신에 대해 자백할까 두려워 먼저 손을 써서 그녀의 입을 막고자 한 것이다. 동시에 의모에게 죄를 뒤집어씌우고.

어떻게 해야 할까?

한우아는 더 망설이지 않고 입에서 나오는 대로 외쳤다.

"황상, 억울합니다! 제 의모께서는 정왕과 결탁한 적 없습니다. 이 일은…… 이 일은 유 황후가 저에게 지시한 것입니다! 증거가 있습니다. 그것도 아주 많이요!"

백리명천이 화가 났다.

유 황후?

오늘 황제의 심정은 그야말로 계속 널뛰기였다!

그가 멍한 표정을 짓고 있는 동안 한우아는 재빨리 유 황후가 황궁 안과 황도에 숨겨 놓은 증거와 증인들, 그리고 유 황후의 비밀을 상당수 털어놓았다.

황제는 바로 수하들을 시켜 황후를 비밀리에 조사하게 했다. 그리고 이 조사는 결국 유 황후를 놀라게 하고 말았다.

유 황후처럼 영리한 사람이, 자신의 죄가 드러난 것을 안 이상 가만히 있을 리 없었다. 그녀는 다음 날 점심 무렵, 때를 놓치지 않고 바로 반란을 일으켰다.

황제는 황위를 지키기에 급급하다 보니 천염국에 선전 포고할 겨를도 없었다. 수희가 한참을 기다려도 선전 포고 소식은 오지 않고, 오히려 황제와 황후가 서로 싸우고 있다는 이야기가 들려왔다.

그녀는 황제가 한우아를 괴롭히는 동시에 군구신의 비열한 수단을 대중 앞에 공포해 주기를, 그래서 군구신이 세상 사람들의 웃음거리가 되기를 간절히 바라고 있었다.

그러나 결국은 이렇게 되어 버렸다.

수희는 후회 때문에 반나절 내내 아무 말도 하지 않았다. 멀리 북강에서 소식을 기다리고 있을 백리명천에게 대체 뭐라 변명해야 할지 떠오르지 않았다!

화 고모는 유 황후와 관련된 증거를 폭로하려고 준비하고 있을 때 이 소식을 들었다. 비연은 화 고모에게 사흘의 시간을 주었다. 촉박한 시간이었지만 그녀는 신중, 또 신중하게 일을 해결해야 했다. 그런데 일이 이렇게 되다니…….

그녀는 웃음이 그치지 않아 계속 웃으며 비연과 군구신이 머무는 곳으로 달려갔다.

"전하, 왕비마마, 일이 이렇게 되었답니다. 소가 뒷걸음질을 치다 쥐를 밟는다더니……. 한우아, 그 계집애가 이번에는 일을 제대로 해 주었지 뭐예요."

비연은 여전히 공정한 태도였다. 그녀는 이 일이 그들에게 유리하다는 걸 인정하고 말했다.

"가까스로 공을 세워 잘못을 보충했군. 궁에서는 이미 난리가 났다 하니, 빠르게 방법을 생각해서 한우아를 구해 줘야겠어."

군구신도 기분이 꽤 괜찮았다. 그는 유 황후와 황제가 싸우기 시작하면 바로 강평성으로 갈 계획이었다. 지금 더 기다릴 필요가 없으니, 오늘 바로 떠나도 무방했다.

군구신이 망중에게 말했다.

"며칠 더 머무르면서 한우아를 구출하도록 해라. 그리고 수희를 납치할 수 있다면, 그보다 더 좋을 수 없겠군!"

망중이 연신 고개를 끄덕였다.

"알겠습니다!"

그날 오후, 군구신은 비연과 함께 강평성을 향해 떠났다.

백초국의 궁중 암투는 더욱더 격렬해지고 있었고, 황제가 직접 태자를 공격할 낌새까지 보였다. 태자에게 부친을 시해하려 했다는 죄목을 물어, 유 황후와 태자를 한꺼번에 압박하려는 것이었다.

영리한 유 황후는 전쟁을 반대한다는 기치를 내거는 동시에, 황제가 수희의 유혹에 넘어가 백성들을 돌보지 않고 천염국에 전쟁을 일으키려 했다고 질책했다.

황제와 황후 모두 명분이 상당해 승부를 가리기 어려웠다. 그리고 그들의 명분이 대단한 만큼 이 다툼의 범위는 점점 더 넓어졌다. 며칠이 지나자 백초국 여러 지역에서 내분이 일어나기 시작했다.

멀리 북강에 있던 백리명천은 이 소식을 듣고 화가 머리끝까지 나, 바로 백초국으로 달려가 수희를 죽여 버리고 싶어 안달이었다.

"성공은커녕, 오히려 일을 망쳐 놓다니!"

그는 잠시 고민하다가 재빨리, 그리고 진지하게 명령했다.

"어서 진양성 쪽에 통지하도록. 일단 병사들을 움직이지 말아야 한다!"

그는 원래 계획을 세워 둔 참이었다.

입추에 백초국이 천염국에 선전 포고를 하면, 옥인어 12군이 동북 3군을 이끌고 천염국을 공격할 준비를 하고 있었다.

진양성 쪽에도 그가 안배한 대로 군구신의 신분이 폭로될 테고, 그와 천택 황제의 관계를 이간질하게 될 것이다.

게다가 그와 축운궁주는 현한보검과 목연을 이용해 군구신과 비연을 북강으로 끌어들일 작정이었다.

그렇게 군구신과 비연이 손쓸 틈 없이 몰아붙일 작정이었다. 그러나 지금 가장 중요한 전쟁을 수희가 망쳐 버린 것이다!

옥인어 병사가 떠난 후에도 백리명천은 여전히 마음속 분노를 가라앉히지 못하고 사납게 빙벽을 내리쳤다. 순식간에 빙벽이 무너져 내렸지만, 곧 다시 복구되었다. 그는 결계 안에 있었고, 눈앞의 빙벽은 실제가 아니라 환상이었다.

백리명천은 그제야 자신이 결계 안에 있는 걸 발견한 듯 요사스러울 정도로 붉은 옷을 여미고 자리에 앉았다.

축운궁주는 그 곁에 조용히 앉은 채 백리명천의 젊고 잘생긴 얼굴을 바라보고 있었다. 그녀의 눈빛이 점차 장난스럽게 변하더니 웃음기 어린 목소리로 말했다.

"천하를 다투는 데 무슨 어려운 일이라도 있는 모양이지? 본존이 도와줄까?"

백리명천이 그녀를 돌아보며 가볍게 코웃음을 쳤다.

"남의 일에 쓸데없이 참견하지 마시지!"

축운궁주는 화를 내지 않았지만, 그렇다고 물러나지도 않았다.

"입추에는 그들을 끌어들이겠다고 하더니, 언제까지 미적거릴 생각이지? 본존은 건명보검을 보고 싶구나. 그것도 가능한 한 빨리!"

백리명천이 퉁명스럽게 말했다.

"본 황자에게서 멀리 떨어져! 시끄러워 죽겠으니까!"

그가 말을 마치기도 전에 축운궁주가 분노하여 외쳤다.

"방자하다!"

백리명천이 몸을 일으켰다. 그의 눈에 홀연히 붉은빛이 어리는가 싶더니, 그가 냉랭하게 말했다.

"그쪽이 가지 않는다면 내가 가도록 하지!"

백리명천의 성격이 분명 좋지 않게 변했다. 축운궁주는 미간을 찌푸리며 빠르게 따라붙었다.

"멈춰!"

그 순간 백리명천의 두 눈동자가 이미 핏빛처럼 붉어져 있었다. 그는 아예 의지를 잃고 힘으로 충만한 마귀가 된 듯 보였다.

그러나 사실 그는 아직 의식이 있었다. 그는 제 안에 화가 가득 차는 걸 느꼈지만 제어할 방법이 없었다. 백리명천이 축운궁주를 흘깃 본 후 불시에 손을 내저었다. 사악함으로 가득 찬 힘이 방출되며 축운궁주는 단숨에 나가떨어졌다! 이 힘이 바로 혈루였다!

백리명천은 경악했다. 예전에 그가 혈루의 힘을 쓸 때는 무슨 짓을 해도 정신을 맑게 유지할 수 없었고, 심지어 기억조차도 온전하지 않았다. 그러나 이 순간 그는 그 어느 때보다도 맑은 정신이었다. 다만 제 안의 분노를 제어할 수 없을 뿐이었다!

설마, 그가 혈루를 제어할 수 있게 된 걸까?

최근 그는 계속 발작을 일으켰다. 제어를 잃고, 얼음에 파묻히고, 다시 깨어나고. 그동안 그는 몇 번이나 피를 탐하는 듯 연기했고, 속으로 역겨워하면서도 축운궁주의 피를 몇 모금 빨았다.

그는 계속 이 힘을 제어할 방법을 찾지 못하고 있었다. 그런데 설마, 반복된 발작 속에서 자신도 모르게 제어하게 된 걸까?

백리명천은 뛸 듯이 기뻤다! 그는 무척이나 이 힘을 시험해 보고 싶었지만, 일단은 참을 수밖에 없었다.

그는 다른 기분을 드러내지 않고, 여전히 냉랭하고 사악한 표정을 유지했다. 그는 축운궁주를 상대하지 않고 계속 앞으로 걸어갔다. 곧, 이상한 일이 다시 시작되었다.

예전에는 발작을 시작한 후 얼마 되지 않아 두 다리가 바로 얼음으로 뒤덮였고, 그는 혼수상태에 빠졌다. 그러나 이번에는 뜻밖에도 얼음이 어는 현상이 전혀 보이지 않았다!

어찌 된 일인가?

백리명천은 의아하게 여기면서도 계속 앞으로 걸어갔다.

축운궁주도 그런 그가 수상한지 미간을 찌푸린 채 바라보며 아무 말도 하지 않았다.

백리명천의 뒷모습이 사라질 때가 되어서야 그녀는 겨우 재빨리 따라오기 시작했다. 그리고 다시 한번 백리명천의 앞을 막아서며 외쳤다.

"멈춰!"

백리명천은 망설임 없이 차가운 표정 그대로 외쳤다.

"꺼져!"

이 기회를 틈타 그는 축운궁주에게 주먹을 휘둘렀다. 그러나 이번에는 축운궁주도 경계하고 있었기에 재빨리 백리명천의 손을 잡고, 그가 방출하는 힘을 생생하게 버텨 냈다!

백리명천은 역시 혈루의 힘을 담아 다른 손을 움직이기 시작했다! 이때 축운궁주가 완벽하게 경악한 표정으로 중얼거렸다.

"혈루를 부릴 수 있다니!"

백리명천도 경악했다. 그는 방금 의심하고 있었을 뿐이었으나, 지금은 사실이 되어 버린 것이다! 그는 혈루를 부릴 수 있었다!

한바탕 경악이 지나가자 그는 기뻤고, 또다시 주먹을 휘둘렀다.

이 주먹은 축운궁주를 정확히 가격했다. 그것도 축운궁주의 얼굴을.

피로 키운 것들은 사악하기 마련

백리명천의 주먹이 얼굴을 가격하자, 축운궁주는 깜짝 놀라 순간적으로 막아 내지 못했다.

쿵 소리와 함께 검은 가면이 부서졌다! 그리고 바로 그 순간, 축운궁주가 재빨리 몸을 돌려 순식간에 멀리 이동했다.

그 모습을 본 백리명천이 아연하여 중얼거렸다.

"영술?"

백리명천은 정신을 차리고 열심히 살펴보았다.

다시 보니 영술은 아닌 것 같았다. 축운궁주의 속도는 비록 빨랐지만 군구신에 비하면 한참 모자랐다. 뭐랄까, 연습하지 않은 영술 같다 할까. 보통 사람보다는 훨씬 빨랐지만, 영술을 익힌 자보다는 두 박자 느렸다.

축운궁주는 멀리 백리명천을 등지고 서 있었다.

방금 그 순간, 모든 일이 너무나 빨리 일어나 백리명천은 축운궁주의 얼굴을 제대로 살펴볼 여유조차 없었다. 그러나 그녀의 반응을 보는 순간 그는 분명히 깨닫게 되었다.

요사스럽게 붉은 그의 두 눈에 음험한 냉소가 떠올랐다.

"보아하니 본 황자의 추측이 맞았구나! 하하, 요사스러운 노파 같으니라고!"

백리명천은 제 두 손을 내려다본 후 재빨리 축운궁주를 쫓아갔다. 그가 혈루를 장악하고 있긴 했지만, 이 연극은 끝까지 철저하게 해야만 했다. 군구신과 비연이 올 때까지!

이 순간 축운궁주는 소매의 비단을 찢어 제 얼굴을 감싼 채 눈만 드러내고 있었다. 그녀의 눈은 하늘을 찌를 듯한 분노로 가득 차 살기마저 번득이고 있었다.

백리명천이 가까이 가기도 전에 축운궁주가 몸을 돌리더니 현한보검을 뽑았다. 이 검은 바로 입추에 백리명천이 그녀에게 건넨 것이었다.

지금 백리명천은 그녀의 역린을 건드린 셈이었다. 그녀는 어떻게든 그를 죽일 작정이었다!

백리명천은 축운궁주가 얼굴을 가린 걸 보고도 놀라지 않았다. 그는 여전히 사나운 표정을 지으며 한 걸음 한 걸음 축운궁주에게 다가갔다.

"네가 혈루를 장악했다 해서 본존이 너를 어쩌지 못할 것 같으냐!"

축운궁주가 손을 쓰려는 걸 본 백리명천은 재빨리 무릎을 꿇고, 제 몸을 끌어안은 채 고통스러운 표정을 지었다.

이것은…….

축운궁주가 멈칫하는 순간, 목구멍에서 겨우 쥐어짜 낸 듯한 백리명천의 목소리가 들려왔다.

"피…….".

피?

마침내, 분노하던 축운궁주가 냉정해졌다. 그녀는 차가운 눈으로 백리명천을 바라보며 움직이지 않았다.

백리명천이 속으로 냉소하며 연극을 계속했다.

"피……. 피, 피가 필요해……."

그는 예전에 발작할 때의 모습 그대로 축운궁주에게 기어갔다. 그러나 축운궁주는 바로 그에게 피를 주지 않고 한 걸음 한 걸음 뒤로 물러섰다.

백리명천은 마치 중독된 것처럼 계속 기어갔다. 점점 더 빠르게.

그가 축운궁주의 다리를 잡았을 때, 축운궁주는 사납게 그를 걷어찼다.

백리명천이 바닥에 쓰러지자 축운궁주가 바로 그를, 그에게 가장 치명적일 심장 부위를 짓밟기 시작했다.

백리명천은 두 손으로 그녀의 복사뼈를 끌어안은 후 계속 '피'라는 말을 중얼거렸다. 겉으로는 애걸하는 듯 보였으나, 실제로는 경계하는 중이었다. 그는 아무리 가능성이 있는 일이라 해도 제 목숨을 축운궁주에게 맡기는 도박을 할 생각은 없었다.

"피, 피……."

축운궁주의 두 눈은 여전히 차가웠다. 그녀는 백리명천을 한참 동안 바라보다가 냉랭한 목소리로 말했다.

"피를 원한다면 본존의 말을 순순히 들어야겠지!"

백리명천은 대답하지 않았다. 그는 피를 탐하는 척할 뿐 아니라, 이성을 잃고 '피'라는 단어만을 기억하는 것처럼 행동했다.

축운궁주는 백리명천을 죽일 마음을 버리고 현한보검을 다시 거둬들이면서도, 한참 동안 그에게 피를 주지 않고 관찰했다.

사실 그녀는 혈루에 대해 아는 것이 많지 않았다. 그녀는 백리명천이 혈루를 장악한 후 다른 변화를 보이지나 않을지 살펴보고 싶었다.

백리명천의 눈에 일말의 음험한 빛이 스쳐 갔다. 그는 불시에 축운궁주의 발을 끌어안더니 사납게 물어뜯었다. 축운궁주는 참지 못하고 비명을 질렀다.

백리명천은 예전처럼 두어 모금 피를 빤 다음 축운궁주를 놓아주었다. 축운궁주는 고통으로 제대로 서지도 못하고 그 자리에 주저앉았다.

예전이었다면 백리명천은 피를 마신 후 곧 혼수상태에 빠졌을 것이다. 그러나 이번에는 다른 계산이 있었다. 그는 정신을 잃지 않고 땅 위에 엎드린 채 축운궁주를 물끄러미 바라보았다.

축운궁주는 원래 백리명천이 정신을 잃은 후 제 상처를 치료하려 했다. 그러나 그가 평소와 다른 모습을 보이니 상처를 돌볼 여유가 없었다. 그녀는 백리명천을 바라보며 마음속으로 경계하는 동시에 기뻐했다.

자고로 피로 키운 것들은 사악하기 마련이지만, 동시에 주인을 알아보기 마련이었다. 그녀는 백리명천을 부리고 싶었기에 그에게 제 피를 내주었고, 이렇게 오랜 시간을 그와 함께 있었다. 이런 목적이 없었다면 입추에 현한보검을 받은 순간 바로 백리명천을 내치고 자기 스스로 군구신 일행을 상대하러 갔을 것이다!

축운궁주와 백리명천이 서로를 응시했다. 두 사람 모두 말이 없었다. 축운궁주가 몇 번인가 입술을 떼려 했지만, 곧 다시 멈췄다.

백리명천은 그녀의 표정을 제 눈에 담으며 마음속으로 냉소를 멈추지 않았다. 그는 잠시 기다리다가 천천히 일어났다. 그는 아무 말 없이 축운궁주 앞으로 다가가 고개를 숙였다. 마치 명령을 기다리는 것처럼.

두 사람을 둘러싼 공기는 더욱 고요해졌고, 서로의 호흡 소리마저 유달리 또렷하게 들려왔다. 축운궁주는 처음에는 표정 한번 바꾸지 않았지만, 시간이 흘러감에 따라 결국은 참을 수 없어졌다. 그녀가 시험하듯 말했다.

"고개를 들어라!"

백리명천이 바로 고개를 들었다. 그의 두 눈은 텅 비어 있었고 표정은 어딘가 어눌해 보였다. 축운궁주는 기뻐하면서도 여전히 신중하게 말했다.

"무릎을 꿇어라!"

백리명천이 마치 말을 잘 듣는 허수아비가 된 것처럼 무릎을 꿇었다.

축운궁주는 마침내 참지 못하고 큰 소리로 웃기 시작했다. 그녀는 재빨리 결계 밖에서 흑인어 병사들을 몇 명 부른 다음 백리명천에게 그들을 죽이라고 명령했다.

백리명천은 무표정하게 그녀의 말에 따랐다. 그는 어떤 무기도 쓰지 않고 혈루의 힘으로 눈앞에 있는 모든 흑인어 병사들을 죽여 버렸다!

축운궁주는 기뻐 어쩔 줄 몰라 하면서도 멈추지 않았다. 그녀는 직접 백리명천의 수하인 옥인어족 병사 몇 명을 데려와 백리명천에게 죽이라 명령했다!

백리명천은 마음속으로 머뭇거렸지만 겉으로는 드러내지 않았다. 수하들이 애걸하는 것을 보면서도 그는 바로 손을 썼고, 단 한 초식 만에 그들을 전부 죽였다. 선혈이 얼굴에 튀었지만 그는 미동도 하지 않았다.

마침내 축운궁주는 모든 경계심을 내려놓고 큰 소리로 웃기 시작했다.

"혈루가 본존의 손에 떨어질 줄이야! 이 얼마나 좋은 일인가! 네가 있으니 본존도 마음의 짐을 덜 수 있을 것이다! 본존이 건명력을 얻지 못한다 해도, 봉황력과 서정력을 두려워할 필요가 없을 테니!"

이 말이 끝나는 순간 백리명천이 다시 제 머리를 감싸더니 고통스러운 표정을 지었다.

축운궁주의 웃음이 문득 입가에서 굳어 버렸다.

백리명천은 머리를 저으며 중얼거렸다.

"내 머리, 나, 나…… 나는 누구야? 아파! 나는 대체 누구야! 수희, 해 장군……."

축운궁주의 안색이 크게 변했다.

백리명천은 두 손으로 제 머리를 놓지 않은 채 고통스러워하며 바닥에 주저앉더니, 마침내 몸부림치기 시작했다.

축운궁주는 그제야 정신을 차렸지만, 백리명천을 어떻게 제지해야 할지는 알 수 없었다.

"피, 피……."

그녀는 재빨리 백리명천의 입가에 제 팔을 들이댔다. 그녀는 백리명천에게 제 피를 먹일 생각이었지만, 백리명천은 그녀의 팔을 건드리지도 않고 계속 몸부림치다가 정신을 잃은 척했다.

필생의 바람

얼음집 안은 고요하고 따뜻했다.

백리명천은 침상 위에서 달게 자고 있었다. 방금 거짓으로 정신을 잃은 척하기는 했으나 사실 굉장히 피곤했기 때문에 정말로 자 버리자고 생각한 것이다.

축운궁주는 이미 검은 가면으로 바꿔 쓰고, 직접 백리명천 곁을 지키고 있었다. 그녀는 원래 멀리 떨어져 앉아 있었다. 그러나 얼마 지나지 않아 곧 침상 옆으로 다가와 백리명천을 관찰하기 시작했다.

그녀는 백리명천이 아직 이성을 잃지 않은 것은 아닐까 고민 중이었다. 바꿔 말하자면, 그녀가 아직 피로 제대로 길들이지 못해 필요할 때 부릴 수 없을까 봐 걱정하고 있었다.

그녀는 고민하던 와중에 백리명천의 얼굴에 시선을 고정했다. 비록 북강에서 함께한 시간이 짧지 않았지만, 이렇게 가까운 거리에서 그의 얼굴을 보는 것은 처음이었다.

백리명천의 얼굴은 사악해 보일 정도로 아름다웠다. 특히 웃기 시작할 때면 유달리 매혹적이었다. 그러나 달게 자는 그의 모습은 평소와는 전혀 다른 느낌을 주었다.

가늘고 긴, 동시에 요사스럽던 그 눈도 감겨 있으니 유난히 순수하고 고요한 느낌을 주었다. 아니, 심지어 순종적인 느낌마저도 풍겼다. 이렇게 가까운 거리에서 한참 동안 본 게 아니었다면 축운궁주는 분명 자신이 착각했다고 여겼을 것이다.

사람의 마음이 선하면 자는 모습 역시 정결하다는 말이 있다. 백리명천, 이 교활하고 음험한, 이 비틀리고 악랄한 자의 자는 모습이 어찌 이리 순수하고 깨끗해 보이는 걸까?

축운궁주가 놀라고 있을 때 백리명천이 천천히 눈을 떴다. 반 시진 좀 넘게 자고 일어난 그의 눈빛은 여전히 몽롱했고, 자신이 어디 있는지도 모르는 것 같은 표정이었다. 그러나 그는 축운궁주를 발견하는 순간 바로 정신을 차리고 제 처지를 인식했다.

그는 연극을 계속할 작정이었으나 이성을 잃은 척도, 두통에 시달리는 척도 하지 않을 생각이었다. 그는 축운궁주를 보며 재빨리 뒤로 물러나 차가운 목소리로 말했다.

"당신이 어떻게 여기 있는 거지? 본 황자는…… 본 황자는 왜 여기서 자고 있지?"

축운궁주가 의심스러운 듯 그를 바라보며 물었다.

"아무것도 기억나지 않는 건가?"

백리명천이 다급하게 물었다.

"내가 어찌 된 거지? 무슨 일이라도 있었나?"

축운궁주는 그에게 먹인 피가 부족한 건 아닌지 의심하고 있었으나, 백리명천의 이러한 모습을 보자 더 의심할 마음이 들지 않아 웃기 시작했다.

"아주 좋은 일이 있었지! 이번 발작에서는 얼음에 갇히지도 않았고, 게다가 혈루를 장악하게 되었어. 믿지 못하겠으면 시험해 봐도 좋아!"

백리명천은 일부러 놀란 척, 기뻐하며 물었다.

"정말인가?"

축운궁주는 몸을 일으켜 옆으로 옮겨 가며 큰 소리로 웃었다.

백리명천은 서둘러 침상에 가부좌를 틀고 앉았다. 운공을 시작하는 순간 바로 혈루가 자신의 내공처럼 존재하는 것을, 제 마음대로 움직일 수 있다는 것을 느낄 수 있었다. 그는 사납게 주먹을 내뻗었다! 순식간에 힘이 폭발하더니 앞에 있던 다탁이 그대로 부서졌다.

백리명천은 무척 기뻤다. 이 기쁨의 3할은 연기였지만, 나머지 7할은 진심이었다. 그는 큰 소리로 웃기 시작했다.

"과연 좋은 일이군!"

그는 침상에서 내려간 후 연이어 몇 번 주먹을 내리쳐 보았다. 강하게, 또 약하게……. 그야말로 얼음집을 무너뜨릴 기세였다!

축운궁주는 흥미로운 듯 바라보다가 백리명천이 멈추는 것을 보고 말했다.

"축하해!"

백리명천이 무척이나 방자한 태도로 웃으며 말했다.

"미인 동생, 우리 같이 기뻐해야 하는 거지, 응?"

그동안 몇 번이나 '미인 동생'이라 불렸지만, 축운궁주는 아직도 이 호칭에 익숙하지 않았다. 축운궁주는 잠시 멈칫했다가 겨우 대답했다.

"그래! 함께 기뻐하자고!"

백리명천이 축운궁주의 손목을 유심히 보더니 자못 다정한 목소리로 물었다.

"내가…… 또 너를 문 건가?"

축운궁주가 소매를 내리며 대답했다.

"늘 하던 대로 그랬지! 하하, 다행히도 너는 그렇게 탐욕스럽지는 않아. 아니라면 내가 너에게 전부 잡아먹혔을 텐데 말이야!"

그녀의 웃음은 어딘가 미묘한 느낌이 있었다. 백리명천은 속으로는 혐오감을 느끼면서도, 축운궁주보다 더 미묘한 표정을 지으며 그녀에게 가까이 다가갔다.

"너는…… 얼굴은 반드시 감싸고 있는 게 좋겠어. 아니면 본황자가 네 아름다운 모습을 보자마자 탐욕을 부리게 될 테니까! 그렇게 되면, 그때는 먹고 먹지 않고의 문제가 아닐 거야. 그보다는……. 하하, 어떻게 먹느냐의 문제가 되겠지."

축운궁주는 아무것도 모르는 어린 아가씨가 아니었고, 이런 말이라면 수도 없이 들어 봤다. 그러나 백리명천의 이 매력적인 미소며 유혹하는 듯한 눈길을 대하니 저도 모르게 허둥거렸다.

그녀는 몇 번이고 뒷걸음질을 쳐 백리명천과 거리를 벌렸다. 그러면서 속으로 중얼거렸다.

'망할 놈, 감히 이 어르신께 도전해 오다니! 때가 되면 네 꼴도 볼만할 거다!'

백리명천은 더 쫓아가지 않았다. 이런 연극을 하는 것 자체가 그 자신에게는 혐오스러운 일이었다.

축운궁주는 허둥거리던 차에 불안감마저 느끼기 시작했다. 그녀는 백리명천을 길게 상대하고 싶지 않아 서둘러 말했다.

"일단 잘 쉬어 두도록 해! 네 그 묘계란 것이 실패한 이상, 본존도 너를 괴롭히고 싶지는 않으니. 본존이 너에게 며칠의 기한을 늘려 주지. 본존의 인질이 도착하면 너도 반드시 군구신을 이곳으로 끌어들여야 해!"

축운궁주는 속으로 생각했다. 기한을 늘려 주는 척하며 며칠 더 피를 준다면, 아마 이 망할 녀석도 그녀의 수중에 완전히 떨어질 거라고.

백리명천은 축운궁주의 심사를 눈치채는 동시에, 아직 시간이 좀 더 남아 있음을 깨달았다.

현재 백초국의 형세를 명확하게 알 수 없으니, 그는 좀 더 기다리고 싶었다. 백초국과 천염국이 전쟁을 시작한 후에 그가 다시 손을 써야 군구신과 비연은 물러날 곳이 없을 것이다!

이렇게 좋은 계획인데, 한 번 실수한들 뭐가 문제일까? 그는 그들이 미처 손쓸 틈 없이 계략에 말려들어 낭패해하는 꼴을 반드시 봐야 했다!

축운궁주가 떠나려는 순간, 백리명천은 갑자기 한 가지 일을 떠올리고 서둘러 말했다.

"잠시만! 물어보고 싶은 게 있어."

축운궁주가 발걸음을 멈췄으나 고개를 돌리지는 않고 말했다.

"그렇게 예를 갖춰 묻다니. 그냥 물어도 되는 것을."

백리명천이 진지한 목소리로 물었다.

"아무것도 없는 공중에서 약을 꺼내거나, 아무것도 없는 공중에 약을 저장하거나 하는 술법에 대해 들어 본 적 있어?"

축운궁주가 바로 백리명천을 돌아보며 물었다.

"그 이야기, 어디서 들었지?"

백리명천은 물론 비연의 약왕정에 대해 말한 것이었다. 만약 연운간에서 직접 본 게 아니었다면 그는 이런 일이 존재한다는 걸 알지도 못하거나, 사람을 속이는 연극 정도로만 생각했을 것이다.

그는 수하를 파견해 고운원을 감시하려 했으나 계속 고운원을 찾지 못하고 있었다. 그는 축운궁주 앞에서 고운원에 대해 언급하고 싶지 않아 대충 둘러댔다.

"신농곡에서 들었어. 보아하니 그런 술법이 있긴 있는 모양이군!"

축운궁주의 눈빛에 갑자기 슬픈 빛이 어렸다.

"그건 그저 상고 시기의 전설에 불과해. 하늘에서 신농곡에 거대한 불길을 내렸고, 무려 49일을 태운 후에 약왕정을 만들어 냈지. 그 약왕정 안에는 신화가 숨어 있어 수많은 약방을 연마해 낼 수 있고, 솥 안에 공간이 있어 너른 약초밭을 일굴 수도 있었어. 약왕정에서 약을 꺼낼 수도 있고, 약을 약왕정에 넣을 수도 있었고 말이야. 옛사람들이 그걸 보고, 아무것도 없는 공중에서 약을 꺼내거나 저장한다고 말했지!"

백리명천은 속으로 더욱 놀라 연이어 물었다.

"신농곡의 전설은 그런 게 아니었는데!"

축운궁주가 물었다.

"그럼 어떤 것이지?"

백리명천이 대답했다.

"전설에 따르면, 천 년 전 현공대륙에 혼전이 있었는데, 사상자가 무수하게 많았을 뿐 아니라 전염병도 창궐했다더군. 하늘이 신농곡에 신화를 내렸고, 신비한 백의 약사가 상고 시기의 청동이며 오행의 정수로 신농정을 주조했지. 그리고 자신의 몸 역시 그 불 속으로 던졌다고 해. 스스로를 버려 세상 사람들을 고통에서 구원하기 위해서 말이야. 세상 사람들은 그 백의 약사가 누구인지 알지 못했기에, 약왕 신농씨의 재림이라 믿고, 그의 동상을 주조해 두었어. 그래서 그 골짜기의 이름도 신농곡이 된 것이고 말이야."

백리명천의 말을 들은 축운궁주가 큰 소리로 웃기 시작했다.

"전설에는 여러 판본이 있기 마련이야. 내가 들은 것은 천 년 전의 이야기고. 말해 두겠는데, 현공대륙에 혼전이 있기 전부터 신농곡은 이미 존재하고 있었어. 신농곡의 이름은 절대로 약왕정 때문에 생겨난 게 아니야!"

"그렇군!"

백리명천은 코를 쓰다듬었다. 마음속에 의혹이 적잖이 생겨나고 있었지만, 더 묻지는 않았다.

축운궁주 역시 그 이상 입을 열지 않았다. 어딘가 슬픈 빛이 어려 있던 그녀의 눈빛은 그녀가 몸을 돌리는 순간 바로 어두워졌다. 그녀는 얼음집을 나서며 중얼거렸다.

"약왕정, 약왕정……. 그것이 그의 필생의 바람이었지!"

똑같이, 부족하게 할 수는 없어

지금 현공대륙에는 신농곡이라는 이름에 대한 유래나 신농정에 대한 전설이 아주 많았다. 그러나 전설 속에서 얘기되는 시간은 천 년 전으로, 대부분 일치했다. 하지만 신농곡은 천 년 전부터 존재했고, 무슨 전설 때문에 그런 이름이 붙은 게 아니었다.

신농정에 대해서라면 천 년 전에도 적지 않은 전설이 있었다. 대신, 천 년 전 떠돌던 전설에서는 그 솥을 신농정이라 부르지 않고 '약왕정'이라 불렀다.

당시 수많은 약사들이 진상을 좇는 동시에 약왕정을 찾았다. 축운궁주의 입에서 나온 '그'를 포함하여.

축운궁주는 낙담한 표정으로 한 걸음 한 걸음 북해안으로 걸어갔다. 그녀는 저도 모르게 중얼거리고 있었다.

"나는 천 년을 살았지. 하지만 그게 무슨 소용이지? 그때 당신은 대체 어디로 간 걸까? 무엇 때문에 흔적을 전혀 남겨 두지 않은 거야? 알잖아, 나는 이제 자유로운데⋯⋯."

그녀의 목소리가 차가운 북풍에 휩쓸려 점차 작아졌다. 그녀의 그림자 역시 멀어지며 점차 작아졌다.

북해안에 도착한 그녀는 아주 잠시 멈췄다가, 가볍게 뛰어올라 바다로 들어갔다.

그녀는 백리명천과 함께 있는 동안에도 시간을 전혀 낭비하지 않았다. 어쨌든 그녀의 생명이 무궁무진하지 않으니, 남은 시간은 얼마 되지 않았다.

그녀는 몽족설역 전체를 두루 뒤졌지만 봉황력과 건명력을 찾을 수 없었다. 그녀로서는 도무지 이해할 수 없는 일이었다. 이 두 힘이 어디로 가 버린 걸까?

대진국의 황후와 연 공주는 10년 전에 죽었다. 그러나 봉황력은 사라지지 않고 독립적으로 존재하고 있었다.

건명력은 건명보검이 북강에 오지 않는 한, 아마도 천지간을 떠돌아다니며 결코 그 누구에게도 굴복하지 않을 것이다.

그녀는 수하들을 몽족설역 주변에 매복시킨 후 계속 설지와 빙원을 감시하고 있었다.

봉황력과 건명력은 아직 이 지역을 떠나지 않았을 테니, 그녀는 이제 주의를 북해로 돌릴 수밖에 없었다.

북강 전체에서 오로지 이 신비로운 바다만이, 봉황력과 건명력을 이렇게 긴 시간 숨겨 놓고 실마리 하나 드러내지 않을 수 있었다.

지금 축운궁주는 북해에 세 번째로 들어간 것이었다. 그녀가 바다로 들어갈 때, 백리명천은 여전히 얼음집에서 축운궁주가 이야기한 전설을 고민하고 있었다.

"신농정? 약왕정? 그 두 개가 같은 물건일까?"

그는 한참을 고민했지만 대체 어떤 전설이 진실에 가까울지 판단할 수 없었다.

그는 비연의 약솥을 알고 있었다. 그것이 바로 약왕정일 것이다!

그는 그 작은 약 솥의 모양을 열심히 떠올려 보았지만, 항상 멀리서만 봤기 때문에 대강의 윤곽밖에는 떠오르지 않았다.

"우리 연아, 능력이 정말 대단하구나! 대체 그런 보물을 어디서 얻었지? 본 황자가 골동품을 그리 오래 수집했어도 들어 본 적 없는 것을!"

왠지 모르게 갑자기 화가 치밀어 올랐다. 일순간 백리명천은 제 기분을 통제하지 못하고 의자 손잡이 위로 주먹을 내리쳤다. 산산조각이 난 손잡이를 바라보는 그의 눈빛에 붉은빛이 스쳐 갔다. 그는 다시 주먹을 뻗으며 차가운 목소리로 말했다.

"연아, 네가 가진 것이라면 본 황자는 무엇이건 절대 놓치지 않을 거다! 전부 다 갖고 말겠다!"

이번에는 주먹이 의자에 닿지도 않고, 그저 장풍만을 날렸을 뿐이었다. 그런데 의자가 산산조각이 났을 뿐 아니라 바닥에도 커다란 구멍이 패었다.

고요한 가운데 지하의 현빙에서 깨지는 듯한 소리가 점점 더 크게 들려왔다. 지하의 얼음 전체가 사분오열 깨지고 있는 모양이었다. 거의 동시에 백리명천은 다리 아래에서 밀려오는 한기를 느끼고 바로 정신을 가다듬었다.

그는 바닥을 흘깃 본 후 바로 얼음집 밖으로 뛰쳐나갔다. 그가 문에서 나오는 순간, 등 뒤에 있던 얼음집 전체가 무너져 내렸다!

백리명천은 발걸음을 멈춘 채 그대로 굳어 버렸다. 등 뒤에서 들려오는 굉음이 멈춘 후에야 그는 겨우 천천히 돌아볼 수 있었다.

마침내 그의 아름다운 눈에 평소에는 잘 떠오르지 않는 공포의 기색이 서리기 시작했다. 그는 얼음집이 무너져 내린 것 때문에 공포를 느낀 게 아니라, 방금 자신의 반응 때문에 공포를 느끼고 있었다!

그가 어찌 된 걸까?

대체 왜 그리 화가 났던 걸까?

자기 자신 같지 않았다.

그는 분노하거나 원한을 기억하는 순간이라 해도 결코 이런 모습은 아니었다. 축운궁주 앞에서 연기할 때 자신의 화를 제어하기 어렵다는 사실을 눈치채긴 했지만, 방금은 완벽하게 통제력을 잃었다.

"네가 가진 것이라면 본 황자는 무엇이건 절대 놓치지 않을 거다! 전부 다 갖고 말겠다!"

방금 했던 말을 다시 중얼거려 보았다. 갑자기 화가 치밀어 올랐고, 몹시도 초조한 감정이 들었다!

다시 한번 주먹을 쥐었고, 하마터면 그 주먹을 내지를 뻔했지만 다행히도 제때 억제할 수 있었다. 그리고 이 순간, 또다시 한기가 다리에서부터 전해져 왔다. 그 느낌은 그가 얼음에 파묻힐 때의 느낌과 매우 비슷했다.

비록 두 다리에 어떤 일도 발생하지 않았지만, 그는 이 한기가 그의 체내에서 나오고 있다는 사실을 눈치챘다. 방금 방 안에 있었을 때 느꼈던 한기 역시 마찬가지였다.

그는 자신이 혈루를 통제하기 시작한 후 다시는 얼음에 덮일 일은 없으리라 생각했다. 그러나 지금 보니 모든 것이 그대로였다. 분노가 치밀어 오르는 순간, 그의 마음에 원망과 살의가 생기는 순간 이 한기는 나타났다.

이 한기는 대체 어디서 온 걸까? 만약 혈루 때문에 생겨난 거라면……. 하지만 이 한기가 나타날 때면 그 자신을 통제할 뿐 아니라 분명 혈루마저 억누르고 있었다!

백리명천은 일단 이 이상 생각하지 않기로 했다. 그는 가능한 한 빨리 몸을 숨길 곳을 찾아야 했다. 얼음으로 뒤덮이는 모습이 축운궁주에게 발각되면 안 되기 때문이었다.

몸을 돌려 걷기 시작했다. 그러나 몸을 숨길 수 있을 만한 곳을 찾기도 전에, 그의 손바닥에 다시 따스한 기운이 퍼지기 시작했다. 그 따뜻한 느낌은 그의 팔을 타고 온몸 구석구석으로 퍼져 나갔고, 그의 다리로 올라오던 한기를 단숨에 몰아내 주었다.

백리명천은 재빨리 손을 펴 보았다. 화염 형태의 환영이 점차 옅어지며 사라지는 중이었다. 백리명천이 깜짝 놀라 중얼거렸다.

"고운원……. 대단하군! 당신은 대체 얼마나 신비로운 거지?"

연운간에 파견한 수하는 고운원을 찾지 못했고, 백리명천도 이제 고운원을 찾을 생각이 없었다. 그는 고운원이 감초 사탕을 남겨 두고 떠난 이상 조만간 다시 찾아오리라 생각해 기다릴 작정이었다. 고운원이 그의 몸에 대체 뭘 할 생각인지 지켜보면서!

생각이 여기에 이르자 다시 화가 치밀어 올랐고, 백리명천은 저도 모르게 주먹을 쥐었다. 그러나 곧 자신의 상태를 자각하고는 심호흡을 해 마음을 가라앉히기 위해 노력했다.

그는 자신이 자제력을 잃는 것이 혈루, 그 사악한 힘을 장악한 것과 관계가 있는지조차 확신할 수 없었다. 그는 이 힘을 잃고 싶지 않았고, 또 어떻게 해야 포기할 수 있는지도 알지 못했다.

그는 빙천 깊은 곳을 향해 가며 계속 고민했다. 분노를 가라앉히는 법을 반드시 찾아야 했다. 그는 결코 분노를 제어하지 못하는 사람이 되고 싶지 않았고, 그 무엇보다도 분노 때문에 일을 망치고 싶지 않았다!

북강은 여전히 고요했으나 백초국은 곧 난리가 일어날 참이었다.

비연과 군구신이 강평성에 도착할 무렵, 무척 놀라운 소식을 듣게 되었다…….

납치하되 죽이지는 않는다

비연과 군구신은 최대한 빠른 속도로 강평성으로 향했다. 강평성까지 사흘 남짓한 여정이 남았을 때, 그곳에 심어 둔 첩자로부터 밀서가 도착했다. 피해자 가족인 왕이평이 누군가에게 납치되었다는 것이었다.

이 왕이평이라는 자는 피해자의 시삼촌 되는, 왕씨 가문의 가주였다. 바로 두 피해자의 시신을 강평성 안 두 나라 경계선에 두고 갈등을 격렬하게 만든 사람이기도 했다.

백성들은 무 장군 저택 대문 앞을 막아서는 한편, 동성문에서 천염국 주둔군에게 항의하고 있었다.

비연과 군구신이 이번에 강평성에 온 가장 큰 목적은 바로이 왕이평을 조사하는 것이었다. 그들은 피해자 모녀가 자살한게 아니라, 왕이평이 누군가에게 매수되어 중간에서 못 할 짓을 한 것으로 의심하고 있었다!

비연이 매우 의아해하며 말했다.

"우리보다 먼저 납치하다니! 우리 입장에서는 적이 적을 납치한 셈이잖아? 이 왕이평은 확실히 문제가 있는 인물이야!"

왕이평을 납치할 가능성이 있는 세력은 비연 일행과 백초국 황제, 유 황후, 그리고 백리명천 등이었다. 비연은 그런 일을 한 적 없었고, 유 황후 쪽의 동정도 잘 알고 있어 배제할 수 있었다. 그러니 왕이평을 납치했을 가능성이 있는 사람은 황제와 백리명천뿐이었다.

황제건 백리명천이건 왕이평이 더욱더 시끄럽게 떠들어 주기를 원할 것이다. 그런데 무엇 때문에 왕이평을 납치한 걸까? 설마 왕이평이 그들에게 뭔가를 위협하기라도 한 걸까?

군구신이 고개를 끄덕이며 진지하게 말했다.

"분명 뭔가가 있지. 다만, 범인은 왜 왕이평을 죽여 입을 막지 않고 납치를 한 걸까?"

비연은 그제야 이 문제를 인식했다. 황제건 백리명천이건 왕이평을 죽이면 어떤 꼬투리도 잡히지 않을 것이다. 사람을 납치하는 것이 오히려 더 번거로운 일이었다!

군구신이 비연을 진지하게 바라보았고, 비연도 진지한 표정으로 눈을 들었다. 두 사람은 그렇게 서로를 마주 보며 생각에 빠져 있었다.

갑자기 비연이 놀란 소리로 외쳤다.

"그 강간범, 혹시 도망치거나 죽임을 당한 게 아니라 역시 납치당한 게 아닐까?"

이 말을 들은 군구신은 바로 깨닫는 바가 있었다.

"백리명천!"

비연이 말했다.

"백리명천이 일을 처리하는 방식이야! 황제와 결탁한 다음, 다시 그 강간범을 납치해서 황제를 위협하는 거지! 황제는 호랑이 등에 탄 셈이니 뭐든 그의 요구대로 할 수밖에 없을 테고!"

군구신이 웃으며 고개를 끄덕인 다음 다시 물었다.

"그럼 왕이평은 황제가 납치한 걸까? 아니면 백리명천일까?"

비연이 생각도 하지 않고 대답했다.

"물론 백리명천이지. 황제는 직접 죽여 버리고 싶어 안달일 테니까."

군구신은 고개를 저으며 비연에게 밀서를 건넸다.

비연은 밀서 안의 내용을 열심히 읽은 후 대오각성 한 듯 외쳤다.

"황제가 납치한 것이라니!"

이 밀서는 왕이평이 납치되었다는 사실뿐 아니라 군구신의 두 시위가 왕이평을 쫓으며 겪은 일도 설명하고 있었다.

군구신은 수하들을 시켜 왕씨 가문, 특히 왕이평의 동정을 살피게 했다. 덕분에 시위들은 왕이평이 복면을 한 검은 옷의 고수에게 납치당하는 것을 목격했다.

이 고수는 왕이평을 납치한 후 서성문 쪽으로 향했다. 시위들은 원래 왕이평을 빼앗으려 했으나, 서성문 밖 백초국 주둔군이 일부러 그 고수를 놔주는 걸 목격했다. 시위들은 경거망동하지 않고 몰래 서성문 밖으로 나와, 한 무리는 계속 고수를 쫓고, 다른 한 사람은 보고를 올린 것이다.

사건 발생 후, 강평성 동서 양쪽 성문은 모두 양국의 주둔군으로 경계가 삼엄했다. 백초국 주둔군이 복면 고수를 벗어나게 해 주었다면, 누군가가 이미 명령을 내려 두었다는 의미였다! 그럴 수 있는 사람은 백초국 황제 외에는 없었다.

비연이 의심스러워하며 말했다.

"보아하니 이 왕이평은, 황제의 사람도 아니고 백리명천의 사람도 아닌 모양이야. 황제가 그를 죽이지 않고 납치한 건 백리명천에게 응대하기 위해서인지도 모르겠어!"

군구신이 고개를 끄덕이며 칭찬을 아끼지 않았다.

"역시 영리해!"

비연이 의기양양하게 그를 바라보며 장난치듯 말했다.

"나도 내가 아주 영리한 것 같아!"

군구신은 잠시 아무 말도 하지 못하고 그저 웃기만 했다. 비연도 참지 못하고 소리 내어 웃었다. 그러나 곧 진지한 표정으로 되돌아왔다.

"우리, 다른 건 조사할 필요 없고, 이 왕이평만 잡는다면 모든 걸 처리할 수 있을 거야!"

군구신이 다시 말했다.

"역시 영리해!"

비연은 이번에는 자신을 치켜세우지 않고 대신 이렇게 말했다.

"당신도 아주 영리한걸!"

왕이평이 납치되었다는 소식은 비록 매우 놀라운 일이었으나, 그들에게 있어 아주 좋은 소식일 수도 있었다. 비연과 군구신은 시간을 아껴 가며 강평성으로 향했다.

사건이 발생한 지 이미 오래였으나 무 장군은 계속 군영에 머무르면서 얼굴을 드러내지 않았다. 비연과 군구신은 이 점도 이해할 수 없었다. 군구신은 무 장군 저택에 잠입하여 그를 탐색해 볼 생각이었다.

　무 장군의 저택은 강평성 서쪽, 백초국 영토에 있었다. 이 저택은 넓지는 않았지만, 사방이 높은 담장으로 가로막혀 있어 삼엄한 느낌을 풍겼다.

　사흘 후, 비연과 군구신이 강평성에 도착했다. 그들은 일단 배치해 두었던 밀정들, 그리고 동성문에 주둔 중인 장수들과 만나 상황을 파악했다.

　다음 날 밤, 군구신은 비연과 함께 무 장군의 저택에 잠입했다. 그들은 경비가 철저할 줄 알았던 무 장군의 저택을 실제로는 하인 두세 명이 지키고 있는 걸 보고 깜짝 놀랐다. 저택 안도 밖과 마찬가지로 몹시 소박했다.

　저택을 한 바퀴 둘러본 군구신과 비연은 객당 창문 아래에 앉아 휴식을 취했다.

　"여기, 버려진 곳은 아니겠지?"

　비연의 말에 군구신이 고개를 저었다.

　"그런 것 같지는 않아. 그리고 그렇지 않을 거야! 강평성에 무씨 성을 가진 사람은 무 장군 한 사람뿐이고, 그의 내력에 대해서는 이런저런 말들이 많지. 확실한 것은 단 하나, 그는 계속 혼자였다는 거야. 친척도 지인도 없고, 아내나 첩을 들인 적도 없지."

　비연이 말했다.

　"친척도 지인도 없다면, 그에게 있는 건…… 충성심 가득한,

그리고 기대에 가득 찬 백성들뿐이겠지. 그런데 무 장군이 이렇게까지 백성들을 돌보지 않다니. 지금 상황이 어떤지 알더라도 결국은 끼어들 수밖에 없지 않을까? 이 더러운 상황이 그를 향한 것은 아니지만! 온 백성들이 바보처럼 끌려가고 있는 상황에서, 그는 대체 어떻게 참고 있는 걸까?"

군구신도 이 점을 이해할 수 없었다. 무 장군이 장악하고 있는 군대에서도 별다른 소식이 들려오지 않았고, 무 장군의 저택 풍경도 이러하다니. 무 장군에게 무슨 말 못 할 사정이 있는 걸까, 아니면 미리 준비해 둔 거라도 있는 걸까?

군구신은 후자라 생각했다. 그러나 안타깝게도 화 고모는 지금까지도 군대 관련한 소식은 정탐해 내지 못하고 있었다. 때문에 군구신도 지금은 결론을 내릴 수 없었다.

잠시 쉰 다음 군구신이 몸을 일으키며 담담하게 말했다.

"가자. 일단 증인을 잡아야겠어. 어쩌면 무 장군 스스로가 우리를 찾아올지도 모르지!"

비연과 군구신은 성안의 집이 아니라 주둔군과 함께 머물며 계속 밀정의 소식을 기다리는 한편 강평성의 동태를 살폈다.

왕이평이 실종된 후, 백성들은 다시 선동당했다. 천염군은 또다시 사람을 납치했다는 누명을 써야 했다.

백초군 쪽에서도 성토의 목소리가 높았으나, 황제의 명령이 없으니 감히 무력 충돌을 벌이지는 못했다.

군구신과 비연이 며칠 기다리자 마침내 밀정이 소식을 보내왔다. 복면 고수와 왕이평이 백초국을 떠나, 천염국에 잠입해 신농곡 방향으로 가고 있다는 소식이었다.

비연이 분노하여 외쳤다.

"정말 대단한데? 아무래도 우리가 건원, 그 늙은 황제를 너무 얕봤던 모양이야!"

사람을 납치해 천염국에 숨긴다는 것만으로도 예상 밖이었다. 그런데 천염국 황족이 관여할 수 없는 신농곡으로 잠입하려 하다니, 더욱 생각지도 못한 일이었다.

건원 황제는 일단 유 황후에게 대적하여 내란을 안정시킨 후, 다시 왕이평을 데려와 백리명천과 거래할 생각인 게 분명했다.

군구신이 비연의 분노한 표정을 보며 말했다.

"아니, 그가 우리를 너무 얕본 거지. 자, 가시지요, 신농곡 영예 이사님. 돌아가 노집사 어르신을 뵐 때입니다."

다른 고수가 끼어들었다

다행히도 비연은 신농곡의 영예 이사였다. 그렇지 않았다면 1년 내내 신농곡에 한 번도 돌아가지 않았으니 이미 이사직에서 해임당했을 것이다.

이날 아침, 군구신과 비연은 강평성 동문에서 출발하여 천염국 내에 있는 신농곡으로 향했다.

망중은 백초국 황도에 남아 화 고모와 연합하여 한우아를 구하고, 수희를 납치할 계획이었다. 그리고 백초국 황도에 잠입 중인 소 숙부와 기욱도 감시해야 했다.

그런 까닭에 군구신과 비연 곁에는 진묵과 시위 몇 명만이 있었다. 그들은 말을 빠르게 달려 바로 신농곡으로 향했다.

도리에 따르면 먼저 신농곡 노집사를 만나러 가야 했지만, 안타깝게도 그들이 신농곡 정문에 도착하기도 전에 첩자가 총총히 다가와 외쳤다.

"전하, 왕비마마, 큰일입니다! 복면 고수가 왕이평을 데리고 길을 틀어, 신농곡 뒷산 쪽으로 도망쳤습니다……."

첩자가 보고를 끝내기도 전에 군구신이 다급하게 물었다.

"도망쳤다고? 우리 시위들이 발각되기라도 한 건가?"

군구신의 수하들은 계속 복면 고수와 왕이평을 쫓고 있었으나, 지금까지 손을 대지는 못하고 있었다. 그 이유는 다름이 아니라 그 복면 고수의 무공이 상당했기 때문이었다.

군구신과 비연 모두 위험을 무릅쓰고 싶지 않았고, 정말로 손을 쓴다면 실패할 가능성이 없는 상황에서만 쓰고 싶었다. 어쨌든 왕이평은 비연의 '싸우지 않고 이긴다'라는 계책에 있어 중요한 인물인 것이다!

첩자가 다급하게 보고했다.

"아닙니다. 우리 쪽은 발각당하지 않았습니다! 다른 이들이 그들을 쫓던 중에 발각당한 것 같습니다!"

이 말을 들은 비연과 군구신 모두 깜짝 놀랐다. 비연이 재빨리 물었다.

"누구지? 지금은 어떤 상황이고?"

첩자가 대답했다.

"그들 역시 복면을 쓰고, 흰옷을 입고 있었습니다. 우리가 쫓던 고수는 발각당하자 몇 초식을 주고받더니 왕이평을 끌고 도망쳤습니다! 우리 쪽도 여전히 쫓고 있으나, 쉽게 손을 쓰지는 못하고 있습니다."

군구신이 비연을 바라보더니 바로 결론을 내렸다.

"길을 안내하라!"

첩자는 말 위로 뛰어올라 달려가기 시작했다. 군구신과 비연도 마차에서 내려, 말 한 필에 같이 올라탄 후 그 뒤를 쫓았다. 진묵과 시위들은 길 양쪽에 숨어 다급하게 쫓아오기 시작했다.

신농곡 정문인 산문을 앞에 두고 그들은 우측으로 돌아 빠른 속도로 숲속으로 들어갔다. 그들은 신농곡 전체를 끼고 돌아 신농곡 뒤편에 있는 산맥에 도착했다. 상황이 급하니, 평소라면 꼬박 하루 걸릴 거리를 그들은 반나절 만에 도착했다.

산을 넘은 그들은 시냇가에서 잠시 멈췄다. 근처에 몸을 숨긴 채 기다리고 있던 밀정이 바로 모습을 드러냈다. 그리고 군구신이 묻기도 전에 보고를 시작했다.

"전하, 왕비마마, 마침내 오셨군요! 두 시진 전에 흑의 고수가 왕이평을 끌고 앞쪽 안개 숲으로 들어갔고, 그 백의 고수도 추격해 들어갔습니다. 우리는 일단 두 사람이 쫓아갔으나, 지금까지 아무 소식이 없습니다!"

군구신과 비연이 앞을 바라보았다. 시내 건너편에 대나무 숲이 있었는데, 흰 안개가 자욱해 다섯 걸음 거리에서도 상대를 제대로 볼 수 없고, 열 걸음 거리라면 상대를 아예 볼 수 없을 정도였다. 슬쩍 보기에는 신선이 살 것 같은 이 대나무 숲은, 신비롭고 앞을 예측할 수 없어 심지어 무서운 느낌도 들었다.

비연이 곧 확신에 차 말했다.

"안개에 독은 없어!"

군구신이 좌우 양쪽을 보았다. 이 대나무 숲은 넓지 않아, 좌우 양쪽으로 끝이 보였다.

그는 다시 대나무 숲 멀리까지 조망해 보았다. 대나무 숲 뒤편으로는 산이었고, 상당히 무성해 보였다.

첩자가 재빨리 말했다.

"전하, 시위들을 좌우 양쪽에서 지키게 했습니다만, 수에 한계가 있어 각각 한 명씩만 배치했습니다. 흑의 고수가 숲에 들어간 지 두 시진쯤 되었으니, 제가 보기에 그들은 아직 대나무 숲에 있든지, 아니면 숲 뒤의 산으로 들어간 것 같습니다."

군구신이 대답하기 전에 비연이 먼저 말했다.

"이 숲은 신농곡 뒤편에 있지만 신농곡이 통제하는 곳은 아니야. 그냥 야산, 버려진 숲 같은 거지. 오는 길에 귀한 약초를 꽤 많이 봤어. 이쪽으로는 약을 구하러 오는 사람도 많지 않다는 이야기겠지. 즉, 이곳은 위험한 곳이야. 근처에 사는 사람들도 쉽게 접근하지 못할 정도로."

"아무리 위험하다 해도 시간을 더 낭비할 수는 없지. 만약 사람이 죽는다면 우리는 그야말로 헛된 노력을 한 셈이 될 테니까!"

군구신은 바로 결단을 내려 데려온 사람들을 셋으로 나눴다. 두 무리는 좌우 양쪽으로 나누어 파수를 보게 하고, 나머지 한 무리는 신농곡으로 보내 이 숲에 대해 알아본 후 다른 길을 통해 대나무 숲 다른 편으로 오라고 명령했다.

시위들이 모두 명을 받아 떠나고 나니, 남은 사람은 비연 뒤에 조용히 서 있는 진묵뿐이었다. 군구신이 그에게 말했다.

"진묵, 냇가에 함정을 설치하고 기다리도록!"

진묵은 말없이 고개를 끄덕였다.

군구신은 바로 떠나지 않고, 진묵의 소매 속에 있던 대설을 끄집어내 비연에게 건넸다.

"대설을 데려가."

대설은 비연에게 가까이 가는 걸 허락받지 못했기 때문에 계속 진묵과 지내고 있었다. 그는 막 진묵의 소매 속에서 기어 나와 새로운 공기를 맡으려다가 대나무 숲을 보고 다시 숨어 있던 참이었다. 그는 위험의 냄새를 맡았고, 숲으로 들어가고 싶지 않았다.

대설은 비연의 손바닥 위에서 조그만 몸을 웅크린 채 가련한 눈으로 그녀를 바라보았다. 그는 분명 비연에게 애걸하고 있었다. 비연이 참지 못하고 웃음을 흘렸다.

"이 겁쟁이 쥐를 데려가서 뭘 하라고?"

군구신이 대답했다.

"대설의 코는 개보다도 예민하니까, 분명 사람의 냄새를 맡을 수 있을 거야. 잘 소통해 보도록 해."

즉, 군구신은 대설이라는 설랑을 개 대신 쓸 셈이었다!

비연은 피식 웃으면서도 시간을 낭비하지 않고 바로 대설과 소통을 시작했다.

대설은 군구신의 뜻을 이해하자, 특별히 더 싫다는 듯 갑자기 진묵에게로 도망치려 했다. 그러나 비연이 재빨리 그를 잡은 다음 경고하듯 말했다.

"이건 명령이야. 네가 그들을 빨리 찾으면 찾을수록 우리는 여기를 빨리 떠날 수 있어! 아니면 너를 저 안에 버려 늑대 밥으로 만들 거야!"

늑대 밥이라고? 대설이라는 설랑에게는 너무나 모욕적인 말이었다!

평소 잘 웃지 않던 진묵마저 참지 못하고 입가에 미소를 띠었다. 그러나 대설은 정말로 구제할 길 없는 겁쟁이였다. 그는 마치 털로 만든 조그만 공처럼 몸을 둥글게 말았다!

비연은 정말 창피하다고 생각하며 재빨리 대설을 소매 안에 넣었다. 그러자 군구신이 그녀의 허리를 안고는 영술을 사용해 시내를 건넜다. 그의 몸이 환영처럼 움직이며 멀어져 가더니 곧 대나무 숲 속으로 사라졌다.

대나무 숲에 들어간 군구신은 감히 비연을 내려놓을 생각도, 또 깊이 들어갈 엄두도 내지 못했다. 그는 가까스로 진입로를 볼 수 있는 곳에서 발걸음을 멈췄다. 눈앞의 모든 것은 새하얗게 아득하기만 했다.

비연이 억지로 대설을 끄집어냈다. 그녀가 뭐라 경고했는지는 알 수 없지만, 어쨌든 그녀가 사납게 한번 노려보자 대설은 온순하게 그녀의 손에서 뛰어내렸다. 그리고 정말 개가 된 것처럼 코를 바닥에 대고 엉덩이를 살랑거리며 냄새를 맡기 시작했다.

얼마 지나지 않아 대설이 다시 비연의 손바닥 위로 뛰어오르더니 앞발로 오른쪽을 가리켰다. 군구신은 바로 비연을 데리고 소리 없이 그쪽으로 움직였다.

두 사람은 대나무 숲 깊이 들어갔고, 이미 온 길을 볼 수 없는 곳까지 가게 되었다. 물론 방향도 분간할 수 없었고, 사방은 온통 흰색뿐이었다.

얼마 지나지 않아 대설이 공포에 질린 눈으로 앞을 가리켰다. 앞에서는…… 피비린내 섞인 악취가 풍겨 왔다!

이곳에 기화요초가

이 피비린내 섞인 악취는 정말이지 너무도 역겨웠다!

대설이 무서워하는 표정을 지었지만, 자신이 맡은 냄새를 설명할 수는 없었다. 비연과 계약을 맺지 않았다면 그는 아마 한참 전에 도망쳤을 것이다.

비연이 대설의 공포를 눈치챘다. 그녀도 불안하긴 했지만, 여전히 군구신과 함께 앞으로 걸어갔다.

얼마 지나지 않아 그녀와 군구신도 같은 냄새를 맡을 수 있었다. 두 사람 모두 깜짝 놀랐다!

그들은 이 냄새가 사람의 것인지 아니면 동물의 것인지 구분할 수 없었다. 어쨌든 잔인한 살육 후에 맡을 수 있는 냄새라는 건 짐작할 수 있었다.

앞쪽은 여전히 흰 안개로 자욱해 대체 어떤 위험이 숨겨져 있는지 알 수 없었다. 흑의 고수와 왕이평, 그리고 그 백의 고수가 재난이라도 당한 걸까? 아니면 앞쪽에서 추격전을 벌이고 있을까?

비연은 대설을 소매 속에 넣고 중얼거렸다.

"왕이평, 절대 죽어서는 안 돼!"

군구신은 비연을 더욱더 강하게 끌어안고 속도를 늦췄다. 썩은 듯한 피비린내가 점점 더 짙어졌고, 그의 속도도 점점 더 느

려졌다. 마지막에는 한 걸음 한 걸음, 신중하게 앞으로 나가게
되었다.

냄새가 어찌나 짙은지 구역질이 나올 정도였다. 비연은 약왕
정에서 박하잎 두 장을 꺼내 한 장은 자신이 물고, 다른 한 장
은 군구신에게 물려 주었다.

냄새를 맡아 보건대, 냄새의 원인이 되는 뭔가가 바로 앞에
있는 것 같았다. 그러나 앞은 여전히 새하얗기만 했고, 그들의
시야 속에는 풀 외에는 아무것도 없었다.

군구신이 발걸음을 좀 더 늦추면서 경계하듯 주변을 바라보
았다. 그러나 예상과는 달리 그들은 어떤 부패한 물건도 발견
하지 못했다. 대신 그들 앞 자욱한 안개 속에서 희미하게 하얀
빛이 바닥에 떠올라 있는 것이 보였다.

군구신과 비연 모두 발걸음을 멈췄다. 군구신이 나지막하게
속삭였다.

"이 빛은 야명주 같지는 않아. 그보다는 수정 같군."

이 썩은 듯한 피비린내가 아니었다면 비연도 분명 수정이라
고 생각했을 것이다. 심지어 수정 광맥에 도착한 건 아닌가 싶
기도 했다. 그러나 이 희미한 흰빛에 피비린내가 동시에 존재
하고 있으니…….

비연은 잠시 생각하다가 바로 어찌 된 일인지 알아차렸다!

비연도 속삭였다.

"수정란이야!"

군구신이 의아해하며 물었다.

"수정란? 난초?"

비연이 설명했다.

"죽음의…… 사망화라 불리기도 하지!"

사망화라는 이름을 듣는 순간 군구신도 바로 알아차렸다. 사망화는 부패한 물건 위에서 자라는 기이한 꽃으로, 오랜 기침을 멈추고 원기를 회복시켜 주는 귀한 약이기도 했다.

비연과 군구신은 가장 가까운 곳의 흰빛으로 다가갔다. 주변의 안개가 너무 짙어, 그들은 수정란 여러 뿌리 바로 앞에 가서야 겨우 수정란의 모습을 제대로 볼 수 있었다.

이 수정란의 뿌리는 썩은 식물 속으로 뻗어 있었으나, 꽃 자체는 눈보다도 새하얀 빛깔에 수정처럼 투명했고 희미한 빛마저 내뿜고 있었다.

수정란이 많지 않았다면 아마 이 난초의 흰빛은 분명 자욱한 안개에 파묻혀 보이지 않았을 것이다. 그러나 이곳에서 수정란은 거대한 원 형태의 군락을 이루고 있었고, 그 모습이 안개 속에서 마치 둥근 빛무리처럼 보였다.

약왕정은 결벽증이 있어 썩은 곳에서 자라는 식물을 좋아하지 않았다. 그래서 약왕정 밭에서는 수정란을 키울 수 없었다.

비연은 이렇게 많은 수정란을 보는 건 처음이라, 몇 뿌리 약왕정에 보관해 두고 싶다는 생각을 했다. 그러나 그녀는 곧 그 충동을 억눌렀다.

비연이 입을 열려는 찰나, 군구신이 물었다.

"사망화는 부패한 식물에서 자라나는 건가?"

비연이 고개를 끄덕였다.

"응. 하지만 이곳에서 피비린내가 나는 건 아마 다른 원인이 있을 거야."

두 사람은 서로를 바라보았다. 두 사람 모두 수정란을 넘어 앞으로 나아가도 될지 망설이고 있었다.

바로 이 순간, 한바탕 바람이 불어오더니 안개가 살짝 걷혔다. 수정란이 내뿜는 빛이 순식간에 밝아지면서 빛무리 안의 물건이 희미하게 드러났다! 비연과 군구신은 아무 예고도 없이 보게 된 셈이라, 동시에 경악하여 차가운 숨을 들이마셨다!

눈앞의 바닥에 희미하게 드러난 것은 원숭이 얼굴들이었다! 손바닥 크기의 원숭이 얼굴들이 하나하나 나란히 놓여 있었는데, 심지어 서로 교차되기도 할 정도로 **빽빽**해 대체 몇이나 있는지 셀 수도 없었다!

수많은 원숭이가 무릎을 꿇은 채 그들을 노려보고 있는 이 모습은, 언제라도 그들에게 달려들 것 같이 느껴졌다.

군구신은 본능적으로 비연을 제 등 뒤로 보내며 말했다.

"조심해!"

피비린내는 이 '원숭이'들 사이에서 나오는 것 같았다. 설마 흑의 고수와 왕이평, 백의 고수 모두 이 원숭이들 손에 죽은 걸까? 이 원숭이 무리가 흉악해 보이기는, 맹호에도 뒤지지 않을 것 같았다!

흰 안개가 다시 모이며 원숭이 무리가 안개 속으로 사라져 갔다. 군구신이 바로 건명보검을 뽑았다. 어느 정도 앞이 보이는 지금 손을 쓰지 않으면, 안개가 그들의 눈을 가렸을 때 저 원숭이 무리가 사방팔방에서 공격해 올지도 모른다. 원숭이들의 수는 백은 안 되어도 최소한 팔십은 되어 보였다!

군구신이 검을 휘두르려는 순간 비연이 다급하게 외쳤다.

"잠시만!"

비록 이 썩은 피비린내가 무척 역겨웠지만, 비연은 입에 물고 있던 박하잎을 뱉고 주변 냄새를 열심히 맡기 시작했다. 그녀는 방금 희미하게나마 귤 냄새를 맡았던 것이다!

잠시 후, 그녀는 마침내 썩은 듯한 피비린내 속에 푹 익은 귤 냄새가 숨어 있다는 것을 확신할 수 있었다!

비연이 군구신에게 말했다.

"귤 냄새가 나지 않는지 한번 맡아 봐!"

귤 냄새?

군구신은 자신이 잘못 들은 건 아닌가 의심하며 물었다.

"뭐라고?"

비연이 갑자기 그의 손에서 벗어나 앞으로 달려갔다. 군구신이 경악하여 외쳤다.

"연아!"

그가 바로 쫓아갔으나 비연을 막을 수는 없었다.

비연이 흰 안개 속에서 몸을 굽히더니 붉은빛을 띤 갈색 꽃을 한 송이 꺾었다. 이 꽃은 커다란 꽃잎 세 장으로 이루어져 있었는데, 위에 한 장, 좌우 양쪽으로 한 장씩 달려 있었다. 그리고 꽃 전체가 마치 원숭이의 얼굴처럼 보였다!

군구신이 의아해하며 물었다.

"이, 이건……."

비연이 웃으며 대답했다.

"이것도 난초야. 원숭이의 얼굴이라는 뜻으로 후검화라 부르는 난초! 이 꽃은 아주 특이하지. 꽃은 원숭이 얼굴을 닮았지만, 귤 냄새가 나거든!"

그러면서 군구신에게 꽃을 건넸다.

"믿지 못하겠으면 맡아 봐!"

군구신이 꽃을 코에 가져다 댔다. 정말로 익은 귤 냄새가 났다. 그가 감탄하며 말했다.

"세상에 정말 이렇게 기이한 꽃도 있군!"

이 꽃은 원숭이 얼굴과 매우 비슷했지만 가까운 거리에서 구분을 못 할 정도는 아니었다. 그들은 방금 놀란 마음에, 또한 아득한 안개 속에 있다 보니 착각한 것이다.

놀란 것은 놀란 것이고, 군구신은 중요한 일을 잊지 않았다. 그가 목소리를 낮춰 물었다.

"피비린내는 어찌 된 거지?"

비연도 그 일을 잊지 않고 있었다. 그녀가 군구신보다 더욱 낮은 목소리로 물었다.

"아마 이 꽃 덤불 속에 뭔가가 있을 것 같아. 우리가 찾아봐야 하지 않을까?"

군구신이 원숭이 얼굴 모양을 한 난초들을 바라보며 속삭였다.

"잠시만 기다려!"

그는 비연을 제 뒤로 물러나게 한 후 건명보검을 들어 앞쪽의 꽃들을 가리켰다. 비연이 그의 의도를 몰라 답답해하는 순간, 그는 이미 검을 휘두르고 있었다!

단 한 번 휘둘렀을 뿐이지만 검기가 무지개처럼 펼쳐지더니, 만 리 밖까지 닿을 기세로 뻗어 나갔다. 비연은 눈앞의 후검화들이 전부 떨어지는 걸 보았다. 이제 남은 것은 맹숭맹숭한 꽃대뿐, 그 빽빽하던 꽃들은 이제 보이지 않았다.

비연은 군구신이 이미 건명검법의 세 경지를 모두 익혔다는 것과 첫 번째 경지의 깊은 뜻을 깨달았음을 알고 있었다. 그러나 이 정도로 신의 경지에 이르렀다고는 생각지 못해, 그저 놀랍고 기쁘기만 했다!

꽃대뿐인 꽃 덤불은 이제 아무것도 가려 줄 수 없었다. 그제야 군구신은 비연의 손을 잡고 꽃 덤불 속으로 걸어갔다.

그들은 무엇을 보게 될까?

좋아, 돈을 주면 사람을 놔주지

　군구신은 한 손으로 비연을 잡고, 다른 손으로는 빽빽한 꽃
대를 향해 검을 휘두르며 한 걸음 한 걸음 덤불 깊은 곳으로 들
어갔다.

　군구신은 물론 단칼에 이 꽃 바다를 평지로 만들 수 있었다.
그러나 그 안에서 피비린내가 풍겨 오는 걸로 보아, 그들이 찾
는 사람이 그 속에 있을 가능성도 있었다. 군구신은 그가 죽지
않았기를 바라고 있었고, 혹시라도 자신의 검에 맞아 죽을 가
능성을 줄이고 싶었다.

　꽃 덤불 깊은 곳으로 들어가니 안개가 한층 짙어져 시야가
좁아짐과 동시에 피비린내가 더 진해졌다. 그에 따라 경계심은
계속 늘어나고 있었다.

　그리고 이 순간, 꽃 바다 가장 깊은 곳에 피 웅덩이가 생겨 있
었다. 왕이평, 흑의 고수와 백의 고수 모두 그 피 웅덩이 속에
누워 있었다.

　왕이평은 사지를 쭉 뻗은 채 꽃 속에 반듯하게 누워 정신을
차리지 못하고 있었다. 그의 몸에는 상처가 없었지만, 등 뒤에
서는 계속 선혈이 흘러내리고 있었다.

　흑의 고수는 그의 우측에 엎드린 채 그의 오른손을 꽉 잡고 있
었고, 백의 고수는 그의 좌측에 엎드린 채 그의 왼손을 꽉 잡고

있었다. 그들 두 사람은 분명 왕이평을 두고 다투는 중이었다.

두 사람 모두 정신이 맑은 상태였고, 차갑게 서로의 눈을 바라보며 대치 중이었다. 의아한 것은 두 사람 모두 상처가 없음에도 불구하고 몸에서 계속 선혈이 흘러내리고 있다는 점이었다.

어찌 된 일인가?

피가 계속 이렇게 흐른다면 아마도 죽게 될 것이다!

왕이평의 얼굴은 핏기라곤 전혀 없이 창백했고 입술은 파랗게 질려 있어, 정신을 잃은 건지 죽은 건지 구분하기 어려울 정도였다.

흑의 고수와 백의 고수는 얼굴을 드러내지 않고 있었지만, 이 순간 그들의 안색이라고 좋을 리 없었다. 그러나 그들은 자신의 상태에는 신경 쓰지 않은 채 있는 힘을 다해 왕이평의 손을 잡고 기회만을 노리고 있었다.

고요한 가운데 흑의 고수가 마침내 입을 열었다. 그는 가성을 사용했는데, 이상할 뿐 아니라 경박한 느낌도 배어 있었고, 도무지 나이대를 짐작할 수 없었다.

"누군가가 왔어. 검법을 보면 무공이 절대적으로 우리보다 위야! 네가 손을 놓지 않으면 본인에게도 좋은 일이 없을 텐데! 하하, 여기까지 온 걸 보면 저자는 분명 우리를 쫓아온 거겠지."

백의 고수 역시 가성을 사용했으나, 무척 평온한 느낌이었다.

"저들이 우리를 쫓아온 지는 오래되었지."

흑의 고수는 화가 났다.

"보아하니 너는 이미 알고 있었던 모양이군!"

백의 고수는 여전히 평온한 목소리로 말했다.

"그러면 또 어때서? 누가 너에게 왕이평을 납치하라 했나? 네가 가까운 곳을 피하고 일부러 멀리까지 와서 몸을 숨긴 걸 보면…… 무슨 혐의라도 피하려는 것 아닌가?"

흑의 고수는 바로 백의 고수의 말뜻을 알아차렸다.

백의 고수는 누군가가 그들을 쫓고 있는 걸 알고 있으면서도 아무 말도 하지 않았다. 뒤에서 쫓아오는 이들이 누구인지 똑똑히 알고 있다는 의미였다.

이 백의 고수는 대체 어느 세력의 사람일까?

그리고 그들을 쫓아오고 있는 저들은 또 누구일까?

천염국? 아니면 유 황후일까? 아니면 백리명천 쪽일까?

이렇게 중요한 시기에 백초국 황제의 꼬투리를 잡고자 하는 이들이라면, 바로 이 세 세력 중 하나임이 분명했다!

흑의 고수는 백초국 황제에게 고용된 몸으로, 당연히 황제를 배반할 수 없었다. 그는 왕이평의 손을 잡은 채 매우 신중하게 답했다.

"알려 줄 것이 없군!"

그 말에 백의 고수도 제 손에 힘을 더했다. 두 사람은 동시에 왕이평을 꽉 잡았고, 그들의 힘은 우열을 가릴 수 없어 다시 한 번 대치 상태에 빠졌다. 그리고 바로 그 순간 발걸음 소리가 들려왔다.

흑의 고수가 냉랭하게 말했다.

"그들이 왔군!"

백의 고수의 눈가에 일말의 복잡한 빛이 스쳐 갔지만, 그는 여전히 아무 말도 하지 않았다.

흑의 고수 눈에 망설이는 듯한 빛이 떠올랐으나, 곧 다시 입을 열었다.

"네가 손을 놓지 않는다면 우리 모두 도망치지 못할 거야. 내가 10만을 줄 테니 손을 놔라. 어때?"

백의 고수가 마침내 냉소하기 시작했다.

"보아하니 어딘가에 고용된 몸인 모양이군. 내가 20만을 줄 테니 손을 놓는 게 어떠냐?"

흑의 고수는 머뭇거리는 듯 오래도록 대답하지 않았다. 그리고 이 순간 발걸음 소리는 가까이, 아주 가까이 다가와 있었다.

백의 고수는 처음에는 냉정을 유지하고 있었지만, 발걸음 소리가 다가오자 조급한 듯 다시 말했다.

"10만을 더해 주지. 30만 금이면 어떠냐?"

흑의 고수가 마침내 승낙했다.

"좋아, 돈을 주면 놔주겠다!"

백의 고수는 더 머뭇거릴 시간이 없었다. 그는 다른 손으로 옥패 하나를 꺼내더니 흑의 고수 곁으로 던졌다.

"지금 지닌 돈은 없다. 그 옥패를 가지고 동래 전당포에 가면 50만 금은 줄 거다!"

흑의 고수도 다른 손으로 옥패를 주워 한번 들여다보더니 바로 왕이평의 손을 놓았다.

백의 고수는 기뻐하며 다급하게 왕이평을 잡아끌고 도망치려 했다. 그러나 그가 몸을 돌리는 순간, 흑의 고수가 갑자기 검을 들어 피에 젖은 왕이평의 등을 사납게 찔러 갔다!

거의 동시에 백의 고수가 돌아보고 경악하여 외쳤다.

"안 돼……!"

창졸간의 일이니 막을 수가 없었다. 백의 고수는 눈을 휘둥 그렇게 뜬 채 날카로운 검날이 왕이평의 등으로 다가가는 걸 지켜보았다!

그 찰나의 순간, 한 줄기 검망이 흑의 고수 검날을 내리쳤다. 흑의 고수의 검날은 왕이평의 등에 꽂히려는 순간 두 동강이 나고 말았다.

쨍그렁 소리와 함께 검이 바닥에 떨어졌다. 흑의 고수와 백 의 고수 모두 경악했다.

흑의 고수가 바닥에 쓰러진 채 다급하게 돌아보았고, 백의 고수 역시 왕이평을 잡은 채 돌아보았다. 자욱한 안개 속, 남자 하나와 여자 하나의 모습이 희미하게 보였으나 얼굴은 제대로 알아볼 수 없었다.

이 순간, 비연과 군구신 역시 흑의 고수와 백의 고수를 바라 보고 있었다. 그들 역시 상대의 움직임은 대충 볼 수 있었지만 얼굴은 제대로 살펴볼 수 없었다.

곧 정신을 차린 백의 고수가 왕이평을 잡고 앞으로 도망쳤 다. 흑의 고수 역시 다급하게 몸을 일으키더니 그 뒤를 쫓기 시 작했다.

군구신이 영술로 쫓으려 했을 때 비연이 다급하게 막아섰다.

"잠깐! 앞쪽 바닥을 봐!"

군구신이 앞쪽 바닥을 내려다보자 커다란 붉은빛이 보였다. 가까이 다가가 살펴보니 바닥에는 온통 피 웅덩이가 생겨 있었다.

거대한 식인초들이 그 피 웅덩이 속에서 커다란 입을 벌리고 있었는데, 몹시도 공포스러웠다. 이 식인초 중에서 가장 커다란 것은 성인의 손바닥 두 개를 합친 크기로, 날카로운 이가 가득했다. 그 거대한 입속에 찢어진 천 조각이 보였는데, 분명 왕이평의 몸에서 물어뜯은 것이었다!

비연과 군구신은 마침내 피비린내가 어디서 풍겨 왔던 것인지 알아차렸다. 후검화와 식인초가 함께 자라다니, 너무나 공교로운 일이었다.

후검화 덤불을 원숭이 무리로 착각한 상태에서 이 피비린내를 맡는다면, 보통 사람은 아마 바로 물러났을 것이다. 아니, 심지어 황망한 기분에 사로잡혀 도망쳤을 것이다.

거대한 자연에서 우연한 일이야 언제든 벌어지기 마련이지만, 비연에게는 이 일이 인위적인 것처럼 느껴졌다. 물론 그녀는 지금 그것에 대해 군구신과 토론을 벌일 마음은 없었다.

군구신은 그녀를 잡아끌어 다급하게 식인초를 피한 후, 바로 영술을 사용해 백의 고수와 흑의 고수를 쫓았다.

백의 고수가 앞에서 달려가고 흑의 고수가 그 뒤를 따르고 있었는데, 둘 사이의 거리는 멀지 않았다. 물론 그들 두 고수와 왕이평은 등에 상처를 입어, 피가 멈추지 않는 상태였다.

그들이 대나무 숲에서 나온 지 얼마 되지 않아 군구신이 비연과 함께 그들을 쫓아와 흑의 고수 목에 검날을 겨눴다.

"거기 서!"

사실 대나무 숲속에서도 군구신은 그들을 따라잡을 수 있었지만, 일부러 시간을 끌다가 지금에야 검을 겨눈 참이었다. 군구신은 대나무 숲 가득한 안개 때문에 의외의 사태가 발생할 가능성을 줄이고 싶었던 것이다.

흑의 고수가 발걸음을 멈추더니 놀란 소리로 외쳤다.

"군구신?"

그는 군구신이 자신을 어떻게 쫓아왔는지는 보지 못했지만, 얼마나 빠른 속도로 다가왔는지는 느낄 수 있었다. 가장 먼저 떠오른 건 '영술'이었다.

영술은 현공대륙에서 실전된 지 오래였으나, 천염국이 만진국을 공격할 때 군구신이 모두 앞에서 영술을 선보인 바 있었고, 그 일이 현공대륙 전체에 퍼져 있었다!

군구신은 직접 쫓아온 이상 제 신분이 드러나도 개의치 않았다. 그는 불시에 팔꿈치로 흑의 고수의 견갑골을 사납게 내려쳐 그를 바닥에 쓰러뜨렸다. 그러자 비연이 약속이나 한 듯 검을 뽑아 들고 흑의 고수 얼굴을 겨눴다.

"움직이지 마!"

타향에서 옛 친구를 만나다

비연은 최근 제 몸 안의 봉황력을 느끼지 못하고 있었지만, 군구신에게서 검술을 꽤 배운 참이었다. 또 대설도 함께 있으니, 군구신은 크게 걱정하지 않고 백의 고수를 좇아갔다.

흑의 고수는 비연을 바라보다가 시선을 곧 그녀의 검날 쪽으로 떨어뜨렸다. 그는 조금 불만스러운 듯했으나 함부로 행동하지는 못하고, 여전히 그 괴이한 목소리로 말했다.

"보아하니 네가 바로 정왕비 고비연이군!"

비연은 차갑게 그를 노려보며 아무 말도 하지 않았다. 그녀는 흑의 고수 얼굴이 무척 궁금했지만, 군구신이 오기 전에는 함부로 움직이지 않을 작정이었다.

비연이 대답하지 않는 걸 보고 흑의 고수가 다시 말했다.

"영술은 현공대륙에서 실전된 지 천 년이라던데, 정왕도 참 대단하군! 영술을 배울 수 있었다니!"

비연은 그가 자신을 탐색하는 중임을 알아차렸다. 그녀는 대답 없이 눈을 더욱더 차갑게 빛냈다. 흑의 고수는 무심결에 그녀의 얼음처럼 차가운 눈동자를 보고는 순간적으로 멍하니 굳어 버렸다!

비연이 원한 것이 바로 이것이었다. 군구신뿐 아니라 당정 등도 그녀의 눈빛이 모후보다는 부황을 닮았노라고, 그녀가 화를 내면 사람들을 겁에 질리게 만든다고 말한 적 있었다.

비연이 속으로 슬며시 웃었다. 그러나 흑의 고수는 겁에 질렸다기보다는 놀란 것처럼 보였다.

그는 자신이 살아 있는 동안 이렇게 얼음처럼 차가운 눈을 다시 볼 날이 있으리라고는 예상치 못했다. 안타깝게도 지금 마주하고 있는 눈빛은 옛 지인의 눈이 아니었지만.

그는 한참 후에야 겨우 정신을 가다듬었다. 그리고 고개를 숙인 채, 이 상황에서 어떻게 몸을 빼낼 수 있을지 고민했다. 그러나 그가 방법을 생각하기도 전에 군구신이 백의 고수와 인사불성인 왕이평을 데리고 돌아왔다.

군구신은 방금처럼 그렇게 담담하지 않아 보였다. 아니, 표정을 보면 상당히 당황하고 있는 것 같았다. 그는 백의 고수를 흑의 고수 옆으로 밀어 버리고, 제 검으로 그들을 위협하며 비연에게 다급하게 말했다.

"왕이평이 출혈이 너무 심해. 어서 치료해 봐!"

왕이평은 등을 하늘로 향한 채 바닥에 쓰러져 있었다. 비연은 그제야 그의 등에 식인초에게 뜯어먹힌 커다란 상처가 있는 걸 발견했다. 상처에서는 지금도 피가 흐르고 있었다!

비연은 깜짝 놀라, 왕이평이 이미 죽은 건 아닌지 의심스러운 눈으로 바라보았다.

군구신이 차가운 눈으로 흑의 고수와 백의 고수를 바라보며 말했다.

"어서. 아직 숨이 남아 있어."

비연은 잠시도 지체하지 않고 군구신 뒤로 갔다. 그리고 백의 고수와 흑의 고수를 등진 채 약왕정에서 약초를 혼합한 편을 꺼낸 다음, 피를 보해 주는 약을 연마하기 시작했다.

그녀는 다급하게 약초 편을 왕이평의 상처에 붙이고, 왕이평의 소매를 잘라 내 긴 붕대를 두 장 만들어 상처를 감싸 주었다.

그녀의 새하얀 얼굴은 진지하다 못해 엄숙했고, 그 누구도 감히 방해할 수 없을 정도로 위엄 있어 보였다. 그리고 손은 빠르고 정확했으며 전문적으로 움직이고 있었다. 그녀는 젊은 나이에 일개 약녀에 불과했으나, 그 태도며 움직임을 보면, 경험이 풍부한 늙은 의원에게도 절대 뒤지지 않았다.

백의 고수와 흑의 고수 모두 약속이나 한 듯 멍한 표정으로 그녀를 보고 있었다.

군구신은 비연이 사람을 구하는 틈을 타서 그들이 수작질이나 하지 않을까 계속 경계하고 있었다. 그런데 그들이 이런 눈빛을 보일 줄은 몰랐다. 어쨌든 그는 다른 남자가 이렇게 비연을 바라보는 게 몹시 싫었다!

비연이 사람을 구하고 있는 동안, 군구신은 백의 고수와 흑의 고수를 향해 불시에 검을 날렸다. 그리고 건명보검이 그에게로 돌아오는 순간, 흑의 고수와 백의 고수의 복면이 모두 산산조각이 나서 떨어졌다.

흑의 고수는 검과 같은 눈썹에 별과 같은 눈빛을 지닌 자로 상당히 고귀해 보이는 인상이었다. 나이는 마흔 남짓으로 보였으나 미간에 어린 영웅적인 기운은 젊은이에게 뒤지지 않았다.

이런 사람이라면 분명 신분이 높을 것이다.

군구신은 흑의 고수와는 처음 보는 사이였지만, 백의 고수얼굴을 보는 순간 놀라서 살짝 멈칫했다. 비연 역시 뒤를 돌아보다 경악하여 외쳤다.

"백소화!"

백소화는 고개를 숙인 채 코를 문지르며 아무 말도 하지 않았다.

"백소화? 천옥성의 성주?"

흑의 고수도 놀란 듯 외치며 백소화를 바라보았다. 그리고백소화를 바라보는 그 찰나의 순간, 그의 안색이 변했다.

"목청무!"

목청무?

비연과 군구신은 겨우 정신을 차리던 중 이 이름을 듣자 다시 경악하고 말았다.

백소화 역시 재빨리 흑의 고수를 돌아보더니 눈을 휘둥그렇게 떴다. 그는 한참 후에야 놀란 목소리로 외쳤다.

"태자 전하!"

태자 전하?

그렇다. 이 흑의 고수는 한때 태자라는 귀한 신분이었다. 그는 바로 빙해의 남쪽, 운공대륙 천녕국의 태자 용천묵이었으며, 비연의 부황인 용비야의 조카뻘 되는 사람이었다!

용비야는 어린 시절부터 천녕국 의태비의 손에서 자라 천녕국의 왕야가 되었으니, 바로 용천묵의 황숙이었다. 20여 년 전

천녕국에 내란이 일어났을 때, 용비야는 병사를 일으켜 천녕국을 통솔했을 뿐 아니라 운공대륙 전체를 통일한 후 대진국을 세웠다.

목청무는 천녕국 대장군부의 소장군으로, 태자 용천묵의 처남이기도 했다. 당시 그들은 용비야와 대립했고, 후에 목씨 가문은 심지어 용비야의 적에게 의탁하기도 했다.

천녕국이 멸망한 후 용천묵은 실종되었다. 대진국 건국 이후 고북월은 목청무를 놓아주었고, 그 후로는 역시 아무 소식이 없었다.

이러한 과거의 일들을 비연과 군구신은 어릴 때부터 듣고 자랐다. 물론 두 사람은 그 안의 복잡한 관계며 이익과 감정의 뒤엉킴을 완전히 이해할 수는 없었다.

그러나 그들은 어른들에게서, 목청무와 용천묵 두 사람은 절대로 큰 죄를 지은 이들이 아니며, 어쩔 수 없는 사정이 있었다는 이야기를 들었다.

군구신은 부친이 태학당에서 과거 이야기를 해 주며 특별히 자신과 태자에게, 혹시라도 이 두 사람을 만나게 되면 힘들게 하지 말라고 했던 걸 똑똑히 기억하고 있었다.

비연과 군구신은 '목청무'라는 이름을 듣는 순간 서로의 얼굴을 바라보며 흑의 고수 신분을 추측했다. 그리고 이 순간, 흑의 고수가 갑자기 큰 소리로 웃으며 목청무에게 말했다.

"천녕국은 이미 멸망했고, 이곳은 운공대륙에서 10만 8천 리는 떨어져 있거늘, 태자는 무슨 태자인가?"

그의 웃음에는 자조가 서려 있었으나, 그보다는 활달한 기색이 더 강했다.

"다 전생의 일이라 생각하세. 목청무, 나를 '용천묵'이라 불러 주면 돼. 나는 너를…… 처남이라 부를 테니!"

비연과 군구신은 그제야 목청무의 입에서 나온 '태자 전하'의 의미를 알아차렸고, 더욱 경악할 수밖에 없었다.

목청무는 비연과 군구신이 놀라고 있는 걸 눈치채지 못했다. 지금 그의 시선은 용천묵의 얼굴에서 떠나지 못하고 있었다. 그는 한마디 말도 없이 바라보고 또 바라보기만 했다.

언제나 평온한 그 눈에 눈물이 고이기 시작했다. 갑자기 그는 용천묵의 어깨를 끌어안았고, 용천묵 역시 거의 동시에 그의 어깨를 끌어안았다. 용천묵의 눈에도 눈물이 어리고 있었다.

오랜 가뭄 끝에 단비가 내린다고 했던가.

타향에서 옛 친구를 만났다. 타향에서 외롭게 지내던 중 과거의 지기를 만나는 것보다 더 기쁜 일이 있을까? 그리고 그보다 더 슬픈 일이 있을까?

고향에서 멀리 떨어진 현공대륙에서, 옛 지인들을 다시 보지 못하리라 생각하며 일부러 과거를 잊으려 했던 이들이었다. 그러나 옛 친구를 만나는 순간 모든 기억이 용솟음쳐 올라왔다.

마흔이 넘은 두 사내가 서로를 끌어안고 있었다. 과거의 모든 시간들, 사람들이며 기억들이 순식간에 물결이 되더니 그들의 눈에서 눈물로 변했다.

마침내 목청무가 목이 멘 듯한 목소리로 말했다.

"용천묵, 오랜만이다."

용천묵의 목소리 역시 울음기가 섞여 있었다.

"청무 형, 그동안 별일 없었던 거지?"

우리 모두 마찬가지인 것을

타향에서 옛 지인을 만난 것이 어찌 목청무와 용천묵뿐일까? 비연과 군구신도 그들의 신분을 알고 나니, 옛 지인을 만난 기분을 느낄 수밖에 없었다.

고향을 떠난 지 10여 년. 옛 지인을 만나는 것은 말할 것도 없고, 고향 말 몇 마디 듣는 것만으로도 감동하지 않을 수 없는 것이다.

비연은 흥분하여 저도 모르게 몸을 일으키려 했다. 그러나 이 순간, 군구신이 그녀에게 제지하는 듯한 눈빛을 보내며 물었다.

"왕이평 상황은 어때?"

그의 이 행동은 비연에게 가벼이 신분을 폭로하지 말고, 계속 사람을 구하라고 일깨우는 것이었다!

비연은 그제야 자신이 충동적이었음을 깨달았다. 그녀는 기분을 드러내지 않으려 조심하며, 서둘러 약왕정에서 연마된 생혈단을 꺼냈다. 그리고 그것을 왕이평에게 세 알이나 먹였다.

지혈도 끝나고 약도 먹었건만, 왕이평은 위험한 상황에서 벗어나지 못하고 있었다. 그는 너무 과다하게 피를 잃었고, 이 순간 몸이 반쯤은 식어 있었다. 가장 시급한 것은 바로 그의 몸을 따뜻하게 유지해 주는 것이었다.

비연은 모두를 등진 채 왕이평 곁에 쪼그리고 앉아 다급하게 약왕정을 꺼냈다. 그리고 1품 신화를 소환해 왕이평의 몸을 따뜻하게 해 주었다.

이때 목청무와 용천묵도 상봉의 기쁨에서 깨어난 후였다. 그들은 군구신을 바라보더니 곧 시선을 비연 쪽으로 돌렸다. 그녀가 무엇을 하고 있는지는 보이지 않았지만 어쨌든 치료 중이라는 것은 알 수 있었다. 그들은 서로의 현재 신분이 궁금했지만, 지금은 대화를 나눌 때가 아닌 듯하여 일단 침묵할 수밖에 없었다.

한참 후에야 비연은 겨우 왕이평의 목숨을 붙여 놓을 수 있었다. 그녀는 약왕정을 잘 갈무리한 후 몸을 일으키다가 그만 비틀거리고 말았다.

군구신이 서둘러 물었다.

"괜찮아?"

비연이 난처한 듯 웃었다.

"다리가 저려서 그랬어."

군구신이 그녀의 두 다리를 바라보더니, 진지하다 못해 엄숙한 표정으로 말했다.

"앉아서 좀 쉬어."

왕이평의 생명을 지켰으니 다른 일들은 급하지 않았다. 비록 부친이 과거 목청무와 용천묵을 만나면 힘들게 하지 말라고 말한 적 있지만, 그때는 그때고 지금은 지금이다!

그 누구도 10년 전 빙해에 그런 일이 벌어질 거라고는 생각지 못했고, 저들을 현공대륙에서 새로운 신분으로 만나게 되리라고도 생각지 못했다. 다른 것은 말할 것도 없고, 왕이평 사건만 보아도 그들은 현재 대립되는 입장이었다!

사람을 해칠 마음을 가져도 안 되지만, 사람을 경계하는 마음이 없으면 안 되는 법. 군구신은 이 둘이 친우가 될 수 있기를, 부친이 이 두 사람을 다시 만날 수 있기를 간절히 바라고 있었다. 그러나 그 전에 먼저 그들의 현재 신분과 진정한 입장을 탐색해 봐야 했다.

비연은 앉지 않고 군구신에게 말했다.

"외투를 빌려줘. 여기는 너무 냉기가 돌아. 따뜻하게 해 줘야 하는데, 왕이평이 지금 입고 있는 옷으로는 부족해."

군구신이 여전히 목청무와 용천묵을 겨눈 채 다른 한 손을 뻗자, 비연이 그의 옷을 벗겼다. 그때 목청무가 말했다.

"제 것을 쓰시지요. 저야말로 왕이평이 여기서 죽지 않기를 간절히 바라고 있으니!"

비연이 거절했다.

"자네 등에도 핏자국이 적지 않으니, 필요 없네."

목청무뿐 아니라 용천묵의 등도 축축하니 핏자국으로 얼룩덜룩했다. 모두 그 식인초에게 상처를 입은 모양이었다.

비연이 그의 옷을 벗긴 다음에야 군구신은 정식으로 목청무와 결판을 내기로 마음먹었다.

"보아하니 백 성주에게 다른 신분이 있으신 듯하군. 백 성주가 무엇 때문에 본 왕의 뒤를 밟았는지 말해 줄 수 있겠는가?"

목청무가 활짝 웃으며 말했다.

"정왕 전하께서도 수하를 보내 저를 감시하셨습니다. 그러니 서로 마찬가지 아닙니까?"

군구신은 웃음기 하나 없는 얼굴로 말했다.

"자네가 거짓으로 천옥성을 바친 다음 본 왕을 미행하니, 그대가 먼저 나쁜 마음을 먹었지. 아니라면 본 왕이 한가롭게 자네를 쫓을 리 있었겠는가?"

목청무는 과거 어쩔 수 없이 천옥성을 물려받았고, 그가 군구신에게 천옥성을 바친 것은 진심이었다. 군구신을 쫓은 것은 '현한보검'이라는 말을 들었기 때문이었다.

군구신의 차갑고 엄숙한 얼굴 앞에서 그는 잠시 망설이다가, 결국은 침묵을 선택했다.

용천묵은 상황을 모르니 곁에서 듣기만 할 뿐 끼어들지 못했다.

군구신이 계속 말했다.

"천옥성은 세상과 다투지 않는다고 하였는데, 멀리 강평성까지 와서 사람을 납치하다니. 백 성주, 자네는 대체 어떤 사람인가?"

목청무가 눈을 들어 군구신을 바라보았다. 하고픈 말이 있으나 나오지 않는 눈치였다.

이 순간 비연이 입을 열었다.

"백 성주, 아니, 우리가 무 장군이라 부르는 것이 합당할까?"

이 말을 들은 순간 목청무와 용천묵 모두 경악했다.

목청무는 비연이 자신의 또 다른 신분을 추측해 낸 것을 보고 깜짝 놀랐다.

그리고 용천묵에게는 목청무의 이 신분이 의외였다.

군구신은 놀라지 않았다. 비록 비연과 대화를 나눌 시간은 없었지만, 그 자신도 목청무가 무 장군일 거라 추측하고 있었다.

그들은 계속 백소화가 병사들을 이끌고 전투를 벌이던, 병법에 익숙한 사람 같다고 의심했었다. 그것을 오늘의 일과 연결해 보면 깨닫지 못할 수가 없었다.

'백소화白少禾'라는 이름은 바로 '목穆'이라는 글자를 나누어 쓴 것이었고, 무 장군의 '무武' 역시 '목청무穆淸武'의 '무武'에서 취한 것이 분명했다.

목청무는 곧 큰 소리로 웃더니 명쾌하게 인정했다.

"예! 본 장군이 바로 백초국의 무 장군입니다! 이 왕이평은 강평성 강간 사건의 주요한 증인입니다. 정왕 전하께서 진상을 밝히실 마음이 있으시다면, 본 장군이 이 사람을 데리고 돌아가도록 해 주십시오."

군구신이 용천묵을 바라본 다음 반문했다.

"본 왕은 지금도 진상을 밝힐 수 있다. 그런데 무엇 때문에 그대 손을 빌려야 하지?"

목청무는 보기에는 담담한 사람처럼 보였지만, 진지하게 이야기하기 시작하면 전혀 물러나지 않는 사람이었다.

"정왕 전하께서는 혐의를 피하셔야 하는 상황이니 제가 처리하는 것이 타당합니다! 그 강간범이 천염국의 수중에 있는지는 아직 확실하게 말할 수 없지 않습니까!"

군구신이 반박하려 했을 때 비연이 갑자기 끼어들었다.

"전하께서 혐의를 피하셔야 한다면, 무 장군은 더욱 그렇지 않은가? 그 강간범이 무 장군의 수중에 있는지 없는지도 미지수 아닌가?"

이 말을 들은 목청무는 바로 안색이 변했다.

"본 장군은 언제나 바르고 곧게 행동하였는데, 어찌 그리 비열한 일을 하겠습니까?"

비연의 눈가에 일말의 교활한 빛이 스쳐 갔다. 그녀는 계속 목청무를 자극하기 시작했다.

"바르고 곧게 행동한다고 스스로 이야기해 봤자 아무 소용 없다! 정말로 바르고 곧게 행동했다면, 무엇 때문에 강평성 백성들이 폭동을 일으키는 걸 지켜보기만 하고 모습을 드러내지 않았지? 마음에 찔리는 것이 없다면, 다른 생각이 있었던 거겠지!"

"허튼소리!"

목청무는 본래 시원시원하고 솔직한 사람이었다. 그는 조급한 나머지, 차라리 제 속마음을 훤히 드러내기로 했다.

"본 장군이 얼굴을 드러내지 않은 것은 마음에 찔리는 것이 있어서가 아니라, 다른 이에게 이용되고 싶지 않아서였습니다. 강평성에서 사건이 벌어진 후, 본 장군은 바로 조사에 착수했습니다. 본 장군은 이미 검시관에게서 보고를 들었습니다. 피해자 모녀는 자살이 아니라 타살당한 것이며, 그 여자아이는 아직 처녀의 몸이라 합니다. 왕이평은 분명 누군가의 교사를 받아 음모를 꾸민 게 분명합니다! 이 일은 건원 황제가 스스로 꾸민 일 아니면, 천염국이 상대의 계교를 역이용하는 셈으로 기름을 부은 것이겠지요. 바로 전쟁을 벌일 명분을 만들기 위해서 말입니다!"

선택, 입장을 중시하다

목청무는 단숨에 자신의 추측을 모두 털어놓았다. 그의 영웅적인 미간은 분노와 정의감으로 가득 차 있었다. 누구라도 그가 공명정대하게 말하고 있음을 눈치챌 수 있었다.

사실 비연과 군구신은 이 사건이 건원 황제와 백리명천이 결탁하여 벌인 일이라 생각했다. 백성들에게서 존경받고, 일관되게 평화를 주장하는 무 장군이 이런 비열한 짓을 벌일 거라고는 생각한 적도 없었다. 그러나 그들은 어쨌든 무 장군의 입장을 확실하게 파악해야 했다!

아주 많은 경우, 진상보다는 관련된 인물들의 입장이 더 중요하다. 종종 결과를 결정하는 것은 진상이 아니라 몇몇 사람의 입장이기 때문이다.

이 사건은 백초국이라는 국가의 체면과 관련되어 있을 뿐 아니라 강평성과도 관련이 있고, 심지어 백초국 백성들의 민심과도 관련이 있었다!

무 장군이 모반할 마음이 있는 게 아니라면, 외적 앞에서 장수로서 어떤 일이 있더라도 일단 건원 황제의 체면을 세워 주어야 했다. 그가 후에 황제와 독대하며 항의할 만큼 대담한지는 나중에 다시 생각할 일이었다.

목청무의 얘기를 들은 비연과 군구신은 약속이나 한 듯 조금 긴장했다. 이런 모습의 목청무는, 그들 역시 다시 만나 진심을 나누고 싶은 상대였다! 그들은 다소간이나마 고북월이 무엇 때문에 목청무를 놓아주었는지 이해할 수 있었다. 바로 목청무의 바른 기운 때문이었을 것이다!

바른 기운이란 기질과도 같은 것으로, 아무리 정성껏 재단한 옷이나 열심히 준비한 화장으로도 위장할 수 없는 것이다. 그 기운은 안에서 우러나오는 것으로, '마음에 따라 생겨난다'기보다는 '기질에 따라 생겨난다'고 하는 편이 옳을 것이다.

비연이 군구신을 바라보았다. 군구신은 그녀의 뜻을 알아차린 듯 고개를 끄덕였다.

비연의 눈에 어린 영리한 빛이 한층 짙어지더니, 계속 목청무를 자극하기 시작했다.

"내가 무슨 허튼소리를 했다는 거지? 내가 보기에는 자네야말로 허튼소리를 늘어놓고 있는 것을! 겉보기에는 자네가 이 납치범을 쫓아온 것 같지만, 실제로는 저자와 아는 사이 아니었나? 내가 보기에 자네는 저자와 결탁한 것이 분명해!"

이 말을 들은 목청무는 화가 나서 말이 나오지 않았다. 그리고 이 순간 용천묵도 화를 참을 수 없어 노한 목소리로 외쳤다.

"고비연! 어찌 그리 악독한 말로 중상모략을 하는 게냐! 우리 두 사람은 분명 방금에야 서로를 알아보았다! 너희들도 직접 봤지 않느냐! 설마 우리 두 사람이 할 일이 없어 그런 연극을 하고 있었겠느냐? 내가 말해 주겠는데, 나는 살수로, 건원 황제에게 고용되었다. 건원 황제는 나에게 왕이평을 납치해서, 반년 동안 다른 이의 손에 들어가지 않게 해 달라고 했다. 왕이평을 죽일지 죽이지 않을지는 명령을 기다리라고 하면서! 나는 그저 돈을 받고 일을 했을 뿐이고, 그가 강평성의 무 장군인 걸 알았다면 굶어 죽는 한이 있다 해도 이 일은 맡지 않았을 것이다!"

비연이 방금 했던 말은 목청무가 아니라 바로 용천묵을 자극하기 위한 것이었다.

용천묵의 이 말을 듣는 순간 그녀와 군구신은 서글픈 마음이 들었다. 과거 천녕국의 태자였던 자가 현공대륙에서 일개 살수로 전락해, 살인과 강도질로 생계를 유지하다니!

목청무라고 서글픈 마음이 들지 않을 리 없었다. 그러나 이 순간, 그는 그 서글픈 마음을 느낄 여유가 없었다! 그가 용천묵을 바라보며 외쳤다.

"그 말이 정말인가!"

목청무는 비록 왕이평 납치 사건의 주범이 건원 황제일 수도 있다고 생각하긴 했지만, 그보다는 백리명천 쪽으로 기울어져 있었다. 그는 황제가 전쟁을 벌일 야심이 있다는 걸 알고 있었으나, 자신이 다년간 쫓아온 황제가 이런 비열하고 잔인한 수단을, 무고한 여성과 아이에게까지 손을 쓰리라고는 믿고 싶지 않았다.

그는 마음속으로 계속 이 사건은 백리명천의 수하인 수희가 황제를 충동질해서 벌인 일이라 생각했다. 심지어 황제가 무슨 꼬투리라도 잡혀 어쩔 수 없이 벌인 일은 아닐까, 천염국이 여기에 기름을 붓고 있는 건 아닐까 의심하기도 했다.

그러나 지금 용천묵의 말이 그의 마음 깊은 곳, 황제에 대한 마지막 신뢰를 산산조각 내고 말았다.

목청무의 안색이 변하는 걸 보고 나서야 용천묵은 자신이 고용주가 황제임을 자백했다는 것을 알아차렸다. 그의 눈가에 복잡한 빛이 스쳐 가더니, 머뭇거리기 시작했다. 살수라는 직업을 지닌 이들이 가장 피해야 할 일이 바로 고용주를 자백하는 것이었으니까.

그 모습을 본 목청무가 잠시 침묵하더니 진지하게 말했다.

"천묵, 오늘 어차피 다 말해 버린 이상 나 때문에 거짓을 말할 필요는 없다! 모든 것을 솔직하게 말하도록 하자!"

용천묵은 재삼 망설이더니 결국은 가볍게 탄식하며 말했다.

"됐다, 됐어. 오늘 청무 형을 만났는데, 나도 규칙을 좀 더 깨는 것쯤은 두려워하지 말아야지! 내가 한 말은 모두 다 사실이야, 절대로 거짓이 없어! 청무 형, 건원 황제는 결코 좋은 사람이 아니야. 그가 나에게 왕이평을 납치하되 죽이지 말라 한 것은 다 이유가 있어서야. 형이 나보다 더 잘 알겠지!"

목청무가 중얼거렸다.

"퇴로를 만들려고 한 것 아니면, 백리명천과 이익을 다툴 생각이었겠지! 그래서……."

목청무는 여전히 망설이고 있었다. 비연이 그의 말을 이어 말했다.

"강간범은 백리명천의 손에 있으니, 황제는 왕이평을 지켜서 거래 조건으로 삼으려 했겠지. 무 장군, 당신도 백초국의 대장이니 잘 알겠지. 백초국 동북부의 3군이 다시 배치되는 중이고, 인어족 병사들이 출현하고 있다는 사실을."

이 말을 들은 목청무는 대오각성 했다. 황제는 확실히 백리명천에게 위협당하고 있다. 그러나 이 위협은 강평성의 사건이 발생하기 전이 아니라 그 후의 일이었다. 바꿔 말하자면, 강평성 사건은 황제가 핍박당해 벌인 일이 아니라 함께 꾸민 일이었다!

목청무의 반응을 본 비연과 군구신이 다시 한번 눈빛을 교환했다. 의심할 바 없이 그들은 흥분하고 있었다. 그들은 목청무가 명확한 태도를 보여 주기를 기다리고 있었다!

침묵 속에서 군구신이 입을 열었다.

"무 장군, 유 황후가 무엇 때문에 모반했는지 알고 있나?"

목청무가 눈을 들더니 물었다.

"무슨 말씀을 하고 싶으신 겁니까?"

계속 엄숙한 표정이던 군구신이 마침내 건명보검을 내려놓았다.

"솔직하게 이야기하고 싶다."

목청무는 경악했다.

유 황후가 한우아를 매수하여 암살을 시도하게 한 것이, 마음이 너무 급해서가 아니라 예전부터 계획한 일이었다고? 설마 여기에 다른 이유가 있는 걸까? 군구신이 어찌 이리 잘 알고 있을까?

목청무가 미간을 찌푸린 채 군구신을 바라보며 다음 말을 기다리고 있었다. 용천묵 역시 목청무 곁에서 여전히 경계 태세를 보였다.

그러나 군구신은 웃으며 말했다.

"한우아는 유 황후에게 매수당한 게 아니라 본 왕과 왕비의 지시를 받았지."

이 말을 듣자 목청무는 말할 것도 없고 용천묵조차 눈을 휘둥그렇게 떴다.

잠시의 침묵이 지나간 후, 목청무가 갑자기 분노하여 외쳤다.

"비열하다! 음험해!"

군구신이 설명하려 했을 때 비연이 끼어들어 반문했다.

"어디가 비열하다는 거지? 우리가 음험하다고? 지난 수개월 동안 백초국은 우리 천염국이 만진국과 전투를 벌이는 틈을 타서 우리 국경을 침범했지. 건원 황제 스스로가 전쟁을 벌이고 싶으면서도 어떻게든 상대방이 먼저 선전포고 하게 하려고 온갖 방법을 짜내던걸. 이것이야말로 비열하고 음험한 짓 아닌가? 여러 번 도전해도 실패하자, 강평성에서 그런 연극을 벌였지. 첫째로는 우리 천염국에게 누명을 씌우기 위해, 둘째로는 대장군인 당신을 진퇴양난의 상황에 몰아넣기 위해. 그것이야말로 비열하고 음험한 것 아닌가?"

비연은 그저 상황을 설명할 생각이었지만 말하다 보니 분노가 치밀어 올랐다. 그녀는 저도 모르게 한 걸음 앞으로 나와 진지하게 말했다.

"무 장군, 오늘 정왕 전하께서 솔직하게 말씀하셨으니, 본 왕비도 솔직하게 말씀드리지. 동궁의 태의는 본 왕비 사람이야. 백초국의 그 병약한 태자 전하께서는 남은 명이 길지 않아. 건원 황제가 죽으면 제위를 이을 수 있는 사람은 13황자인 우문엽뿐이지! 그리고 그 우문엽은 바로 우리 천염국 뇌옥에 있어⋯⋯."

목청무는 다시 경악하는 동시에 분노했다.

"당신들⋯⋯."

그러나 비연도 계속했다.

"우리? 우리가 비열하다고? 음험해? 정말이지, 건원 황제의 비열함과 음험함은 두 나라의 전쟁을 불러오기에 충분하지. 그리고 우리의 비열함과 음험함은 전쟁을 끝내게 될 거야! 우문엽이 두 나라 사이에 영원히 전쟁이 없을 거라고 약속하기만 하면, 우리는 그가 등극하는 것을 도울 작정이거든!"

목청무가 눈을 휘둥그렇게 떴다.

비연이 이어 말했다.

"무 장군, 시험 삼아 물어보지. 백초국이 이렇게 도전해 오는데 우리 천염국이 어찌 계속 울분을 참으며 아무런 말도 안 할 수 있지? 전쟁에 응하면 두 나라 백성들이 고통받겠지. 그런데 전쟁을 하지 않고 이기는 법이 있다면, 만약 무 장군이라면 무엇을 선택하고 싶지?"

목청무는 더욱 아무 말도 하지 못했다.

그러나 비연이 가장 묻고 싶었던 질문은 아직 남아 있었다. 그녀가 심호흡을 한 후 물었다.

"무 장군, 당신은 백초국의 장군으로서 지금도 자기 마음대로 할 수 없겠지. 그런데 당신은 건원 황제, 13황자와 우리 천염국, 이 둘 중에서 누구를 선택할 생각이지?”

비연은 여기까지 말한 다음 침묵했다. 군구신 역시 아무 말도 하지 않았다.

비연의 질문에 대한 목청무의 답이, 그들이 신분을 드러낼지 말지를 결정하게 될 것이다……

읍하다, 검을 보아도 사람을 본 것처럼

비연의 질문 앞에서 목청무는 침묵을 지켰다.

비연과 군구신은 말을 더 이을 생각이 없었고, 스스로 신분을 드러내어 목청무를 힘들게 할 생각도 없었다. 그들은 묵약이라도 있는 것처럼 마음의 준비를 하고 있었다.

목청무가 백초국에 충성하는 걸 선택한다면 그들은 오늘 '목청무'라는 이름을 듣지 못한 것으로 칠 것이다. 이 일은 원칙대로 해야 했다.

목청무가 포기를 선택한다면, 오늘의 만남은 정말로 큰 기쁨으로 남을 것이다.

고요한 가운데 용천묵이 갑자기 큰 소리로 웃기 시작했다.

"자기 마음대로 할 수 없는데, 누굴 선택할 거냐고? 하하, 하하하!"

목청무는 용천묵의 이 말에 뭔가 깨달은 듯, 그를 따라 큰 소리로 웃으며 비연에게 물었다.

"자기 마음대로 할 수 없는 거라면, 선택의 여지가 있습니까?"

비연은 '자기 마음대로 할 수 없다'와 '선택하다'가 모순이라 생각하지 않았다. 비연이 진지한 얼굴로 대답했다.

"당연히 있지! 자기 마음대로 할 수 없다는 것은 핑계에 불과하고, 선택이 없다는 것과 같지 않다! 자기 마음대로 할 수 없다는 것 역시 일종의 선택 아닌가? 무 장군, 정말로 당신이 마음대로 할 수 없다고 생각한다면, 그것 자체가 백초국을 선택하는 것이지!"

이 말을 들은 목청무와 용천묵은 멍한 표정이 되었다. 서로를 바라보는 그들의 시선이 분명 복잡해지고 있었다.

20여 년 전, 그들은 용비야, 한운석과 적이 되었다.

바로 이 '자기 마음대로 할 수 없다'는 것 때문에!

그 후로 그리도 오랜 세월이 흘렀다. 고향에서 멀리 떨어진이 현공대륙에서 성과 이름을 바꾸고 다시 시작하였건만, 어찌마지막까지도 '자기 마음대로 할 수 없다'는 것에서 벗어나지못하고 있을까?

이 순간 그들은 서로의 눈에 비친 복잡한 빛을 이해하는 동시에, 서로의 눈에 비친 자기 자신을 바라보고 있었다. 그들 모두 가슴이 답답해지는 것을 느끼며 침묵했다.

그리고 이 순간, 비연이 탁한 숨을 토하며 물었다.

"무 장군, 아무래도 자기 마음대로 할 수 없는 편을 선택하신모양이군요. 우리, 더 이야기할 것 없겠습니다!"

비연은 조금 실망감이 차오르는 걸 어쩔 수 없었다. 그러나그녀의 마지막 이 말이 목청무를 일깨운 듯, 목청무가 그녀를돌아보며 다급하게 외쳤다.

"아닙니다! 본 장군은 절대로 자기 마음대로 할 수 없는 사람이 아닙니다!"

비연이 몹시 기뻐하며 물었다.

"그렇다면?"

목청무는 혼수상태에 빠져 있는 왕이평을 흘깃 보더니, 단호한 눈빛이 되었다. 그는 바로 비연에게 대답하지 않고 곁에 있는 용천묵에게 물었다.

"천묵, 부탁이 하나 있다!"

어차피 같은 신세의 사람들이었다. 목청무가 말하기 전에 용천묵은 이미 그가 무엇을 바라는지 알고 있었다. 용천묵은 망설임 없이 승낙한 후 제멋대로 웃기 시작했다.

"어차피 규칙을 깬 이상, 당연히 이 사건의 증인이 되어 주지! 나 같은 살수는 자기 마음대로 할 수 없다거나 하는 일은 없어. 그 결과만 스스로 감당하면 그뿐이지!"

목청무는 말없이 용천묵의 어깨를 두드려 감사를 표시했다. 그리고 그제야 비연의 질문에 답했다.

"오늘부터 백초국과 천염국의 전쟁은 본 장군과 무관합니다. 본 장군은 지금부터는 백초국의 장군이 아니며, 그저 강평성의 장군일 뿐입니다. 왕이평이 깨어나면 이 사건의 내막을 물은 후, 본 장군은 바로 강평성으로 돌아가 백성들에게 설명하겠습니다!"

이 말을 들은 비연과 군구신은 마침내 활짝 웃었다. 목청무가 직접 얼굴을 드러내고 이 사건의 진상을 폭로한다면 그들의 승산은 더욱 커질 수밖에 없었다. 또한, 옛 지인에 속하는 이들과 적이 되지 않아서 기뻤다.

비연이 막 한마디 하려 했을 때 목청무가 진지한 표정으로 물었다.

"본 장군은 두 분이 올바른 분이라고 생각하며, 한 가지 여쭙고 싶은 일이 있습니다. 두 분께서 솔직하게 말씀해 주셨으면 좋겠습니다."

비연이 서둘러 말했다.

"무엇이건 말해 보세요."

목청무의 표정이 더욱 진지해졌다.

"감히 묻겠습니다. 백리명천이 어떻게 현한보검을 얻게 된 겁니까? 두 분은 무엇 때문에 그와 검을 다투고 계십니까?"

이 말에 용천묵이 깜짝 놀랐다.

"뭐라고? 현한보검?"

비연과 군구신은 그제야 깨닫게 되었다. 그들은 목청무가 천옥성을 바치고도 무엇 때문에 어둠 속에서 자신들의 뒤를 밟는지 이해할 수 없었는데, 이제 모두 알게 된 것이다!

비연은 웃고 있었지만, 눈에는 어쩔 수 없이 눈물이 고이고 있었다. 운공대륙에서는 부황과 아는 사람이건 부황과 알지 못하는 사람이건 모두 현한보검이, 부황이 과거 손에서 떼어 놓지 않았던 패검임을 알고 있었다!

목청무와 용천묵은 물론 부황과 아는 사람이었다. 타향에서 부황의 물건을 알아보는 이들을 만나다니, 이 얼마나 좋은가.

비연은 계속 등에 지고 있던 현한보검의 검집을 꺼냈다. 그리고 잔잔한 미소를 머금은 채, 검집을 감싼 면포를 하나하나 풀기 시작했다.

목청무와 용천묵은 눈 한번 돌리지 않고 그대로 지켜보고 있었다. 마침내 현한보검의 검집이 드러난 순간, 그들은 몹시 감동하여 한참 동안 말을 잇지 못했다.

현한보검은 상고 시기의 명검으로 본래 평범하지 않았지만, 용비야와 여러 해를 함께하며 더더욱 비범한 패기를 발산하게 되었고, 검집 하나만으로도 사람들을 두렵게 만들기에 충분했다.

무술을 익힌 사람에게 있어 몸에 지니고 다니는 무기는 스스로를 상징하는 것이나 마찬가지였고, 검을 익힌 자라면 검을 보는 것을 사람을 보듯 했다!

목청무와 용천묵은 현한보검의 검집을 바라보며 일순간 황홀경에 빠졌다. 20여 년의 시간이 마치 한바탕 꿈이었던 양, 모든 것이 예전과 같기만 했다. 목청무는 여전히 목 장군부의 소장군이고, 용천묵은 여전히 천녕국의 태자고……. 용비야를 보며 한 사람은 '진왕 전하'라 불렀고 다른 한 사람은 '황숙'이라 불렀다.

비연은 두 손으로 검집을 받쳐 든 채 기쁨과 안타까움을 동시에 느끼고 있었다. 그녀가 물었다.

"이것이 현한보검의 검집입니다. 무 장군, 이 보검에 대해서는 왜 물어보시는 건가요?"

목청무는 그제야 비연을 바라보며 한참 머뭇거리다가 결국은 대답했다.

"이 물건은 옛 지인의 물건입니다."

말을 마친 그는 한 걸음 물러서더니, 검집을 향해 공손하게 두 손 모아 읍했다.

그 모습을 보고 용천묵 역시 한 걸음 앞으로 나오더니 읍했다. 그 동작은 목청무보다도 훨씬 공손해 보였다.

비연은 그들이 이런 행동을 보일 줄 몰랐기에 순간적으로 넋이 나간 표정을 지으며 꼼짝도 하지 못했다. 그녀의 눈에 눈물이 점차 고이더니 결국은 눈시울을 적셨다. 그러나 그녀는 곧 다시 웃기 시작했다.

울기는 왜 운단 말인가? 그녀는 기뻐해야 옳았다. 자랑스러워야 했다! 그녀의 부황은 하늘에도 땅에도, 가족에게도 친우에게도 부끄럽지 않을 뿐 아니라 적에게도 부끄럽지 않은 사람이었다. 아니, 모든 이들이 존경하는 영웅이었고, 모든 이들이 경외하는 성군이었다. 과거 대립했던 적조차도 이렇게 마음 깊이 그를 존경하고 있지 않은가!

비연의 두 눈에 눈물이 가득 고인 걸 보고 목청무와 용천묵이 의아한 표정을 지었다.

비연은 눈물 고인 눈으로 웃으며 물었다.

"두 분이 이야기하는 옛 지인이란 제 부황, 대진국의 황제 용비야겠지요?"

이 말을 들은 목청무와 용천묵은 얼이 나간 표정을 지었다.

비연은 눈물을 닦고 다시 웃으며 말했다.

"제 모후의 성함은 한운석입니다. 두 분, 아직 기억하시는지요?"

목청무는 눈을 휘둥그렇게 떴고, 용천묵은 연신 고개를 흔들며 이해할 수 없다는 표정을 지었다. 한참 후에야 두 사람은 겨우 중얼거리기 시작했다.

"너는⋯⋯."

"너는⋯⋯. 너는⋯⋯."

비연이 대답했다.

"저는 운공대륙 대진국의 공주 헌원연입니다."

어떻게 그녀를 잊을 수 있을까

비연의 진짜 신분을 알게 된 목청무와 용천묵은 오래도록 정신을 차리지 못했다. 그들 두 사람에게 있어 너무나 놀라운 일이었다!

그들이 운공대륙을 떠날 적에 한운석은 회임했을 뿐 아직 아이를 낳지 않은 상태였다. 그들은 현공대륙에 도착한 후 운공대륙의 소식을 들을 수 없었을 뿐 아니라 일부러 들으려 하지도 않았다. 과거의 모든 것에서 멀리 떨어져 홀로 조용한 여생을 보내고 싶었던 것이다. 스스로를 구원할 길을 찾으며.

10년 전 빙해가 독에 감염되었고, 두 대륙 간의 왕래가 완전히 끊겼다. 그들의 마음 역시 그때 모두 죽어 버리고 말았다. 그들은 다시 현한보검을 보게 될 날이 오리라고는 생각지 못했다. 그리고 용비야와 한운석의 딸을 보는 날이 오리라고는 더더욱 생각지 못했다!

그들은 눈시울을 붉힌 채 비연을 물끄러미 바라보았다. 아무리 보아도 부족한 것만 같았다. 보면 볼수록 눈매가 한운석을 닮은 것 같기도 하고 용비야를 닮은 것 같기도 했다.

비연에게는 한운석 특유의 고집스러움도 있었고, 용비야만의 패기도 있었다. 그들이 예전에 몇 번이나 비연을 보면서 옛 지인을 떠올린 것도 이상한 일이 아니었다.

비연은 그들이 아무 말도 하지 않는 걸 보고, 그들이 믿지 않는 건 아닐까 두려워 예전 천녕국이며 목 장군부에 대해 아는 모든 것을 말했다. 그녀가 한참 동안 이야기한 후에야 목청무가 겨우 정신을 차린 다음 그녀의 말을 끊었다.

"얘야, 말은 필요 없다! 내가 백골로 변하는 한이 있더라도 결코 네 부황과 모후를 잊을 수는 없지! 내 이 목숨은 네 모후가 준 것이나 마찬가지란다!"

용천묵도 갑자기 큰 소리로 웃으며 가슴을 두드렸다.

"얘야, 내 이 목숨 역시 네 모후가 준 것이다! 나도 일평생 그녀만은 결코 잊을 생각이 없다!"

비연은 자신의 모후가 이 두 사람의 목숨을 구해 주었다는 사실을 알지 못하고 있었다. 그녀는 다시 한번 자부심을 느끼는 동시에 부황과 모후가 그리워졌다. 오늘 이곳에 그분들이 함께 계시면 얼마나 좋을까!

목청무가 갑자기 다급하게 물었다.

"얘야, 네 부황과 모후는 어디 계시냐? 혹시 현공대륙에 오신 거야? 현한보검이 어찌 백리명천, 그 녀석의 손에 들어가 있는 거지? 너희, 혹시 무슨 일이라도 생긴 건 아니냐?"

해야 할 이야기가 너무나 많았다. 비연은 대체 어찌 말해야 할지, 또 무슨 말을 해야 할지도 알 수 없어 순간적으로 머뭇거리다가 계속 침묵하고 있던 군구신을 돌아보았다.

군구신이 그제야 앞으로 한 걸음 나왔다. 그는 현재의 신분을 내려놓고, 몹시 예의 바르게 목청무와 용천묵을 향해 읍하며 말했다.

"부친께서는 두 분을 깊이 근심하셨습니다. 오늘 이리 우연히 만나 뵙게 되었으니, 남신이 부친을 대신하여 두 분께 안부를 여쭙겠습니다."

군구신은 군씨 가문의 적장자가 아닌가? 그런데 뜻밖에도 다른 신분이 있었다니! 남신은 대체 어느 집안의 자식이지?

목청무와 용천묵이 의아한 표정을 지었다.

목청무가 서둘러 물었다.

"부친의 성함이 어찌 되시는가?"

군구신이 진지하게 대답했다.

"천녕국 태의원의 원수셨고, 대진국의 태부이신, 고, 북 자, 월 자를 쓰시는 분입니다."

이 말을 들은 목청무와 용천묵은 다시 한번 놀라는 동시에 비할 데 없는 기쁨을 느꼈다. 특히 목청무는 재빨리 군구신을 부축해 일으키며 위아래로 열심히 살펴보았다. 그는 몹시도 감개무량한 듯 말했다.

"내가 어찌 이리 어리석었담! 진작에 생각해 냈어야 하는데!"

용천묵이 어쩔 수 없다는 듯 웃으며 말했다.

"그러게. 우리 모두 미리 알아챘어야 했지!"

두 사람은 군구신이 영술을 익혔다는 걸 알았을 때 제일 먼저 고북월을 떠올렸다. 하지만 더 깊이 생각하지는 않았다. 영술은 현공대륙에도 존재했던 무공으로, 지금은 실전된 것에 지나지 않았기 때문이다.

놀라고 기뻐하는 와중에도 목청무는 방금의 질문을 잊지 않고 있었다. 그가 다시 비연에게 물었다.

"얘야, 부황과 모후는? 현공대륙에 오신 거냐? 현한보검은 어째서 백리명천에게 있는 거지? 대체 무슨 일이 있었던 거냐?"

비연은 대체 어디서부터 이야기를 시작해야 할지 알 수 없었다.

군구신이 부근의 풀밭을 찾아 왕이평을 편하게 눕힌 다음, 모두 함께 앉자고 제안했다. 목청무와 용천묵이 비연에게 '나의 이 목숨은 네 모후가 준 것이나 마찬가지다'라고 말했을 때, 군구신은 그들에게 사정을 숨길 필요가 없다는 걸 깨달았다.

그는 모든 진상을 솔직하게 이야기했고, 목청무와 용천묵은 이야기를 들으면 들을수록 경악하고 분노했다.

목청무가 분노하여 몸을 일으켰다.

"이 원한은 반드시 갚을 것이다! 나 목청무는 원한을 갚기 위해서라면 이 목숨조차 아끼지 않겠다!"

용천묵 역시 몸을 일으켰다.

"오늘부터 나 용천묵은 두 사람을 따를 것이다. 아무리 위험한 곳이라 해도, 내가 두 사람을 대신해 길을 열겠다!"

화가 나서 하는 말도, 터무니없이 내뱉는 말도 아니었다. 그들은 현공대륙에 온 후 무예를 익히고 기를 수련했다. 10년 전 진기가 모두 사라져 버렸지만, 그들의 권법이며 검술 등은 예전보다 훨씬 훌륭한 상태였다. 그들의 이 맹세는 마음 깊은 곳에서 우러나온 것으로, 진실한 정과 의리가 담겨 있는 것이었다!

비연과 군구신은 가슴이 감동으로 벅차올랐다. 그들은 부모의 옛 지인을 만나게 되었다고 생각했을 뿐, 이렇게 깊은 마음을 받게 되리라고는 미처 생각지 못했다.

오늘 그들이 받은 이 정과 의리야말로 부모들이 그들에게 남겨 준 가장 큰 재산이 아니겠는가! 그들 눈앞에 있는 두 사람뿐 아니라, 계속 그들을 찾는 것을 포기하지 않았던 고칠소며 승 회장 일행 역시 바로 부모가 물려준 정과 의리 때문이 아니었던가.

정과 의리를 아는 사람들은 돌아오게 마련이었다. 혹 늦게 오기는 해도, 자리를 비우지는 않았다!

비연이 코를 훌쩍이며 웃었다.

"무 장군, 그럼 이제 제가 무 숙부라 부를게요."

목청무 역시 웃으며 말했다.

"감당할 수 없겠는데!"

비연이 용천묵을 바라보았다. 그러자 그녀가 입을 열기도 전에 용천묵이 말했다.

"애야, 항렬로 생각하면 나는 네 오라비뻘이다!"

비연은 한참 생각하다가 말했다.

"좋아요. 그럼 저도 당정처럼 무 장군을 화 형이라 부르고, 또 오라버니를 묵 형이라고 부를게요. 어때요?"

용천묵이 대답했다.

"너만 좋다면 나도 좋지!"

목청무는 용천묵이 이리 말하는 걸 듣고 자신도 반대하지 않았다.

이때 군구신이 진지한 표정으로 이야기하기 시작했다.

"두 분, 강평성 사건을 빨리 해결할수록 우리에게 큰 도움이 될 겁니다. 다른 문제는, 지금으로서는 상황이 불분명하나 적들이 곳곳에 숨어 있습니다. 두 분께서는 경거망동하지 말아 주십시오. 만약 필요한 일이 생기면 우리 두 사람이 언제라도 예를 차리지 않고 부탁드리겠습니다."

목청무 역시 진지하게 말했다.

"축운궁주 관련한 일이라면 저는 끼어들기 어렵습니다. 그러나 백초국 쪽이라면 안심하고 맡겨 주십시오!"

그리고 잠시 생각에 잠기더니, 더욱 진지한 표정으로 비연과 군구신을 바라보며 말했다.

"엽십삼을 본 장군에게 보내 주신다면, 본 장군이 반년 내로 백초국 전체를 드리겠습니다! 그리하면 황후마마께서 제 목숨을 구해 주신 은혜에 보답할 수 있을 뿐 아니라…… 고 태부께서 저를 살려 주신 은혜에도 보답할 수 있겠지요!"

비연과 군구신이 대답하기 전에 용천묵이 말했다.

"나도 잊지 말라고! 엽십삼을 허수아비로 세우겠다는 계책은 훌륭하지만, 길게 갈 수는 없는 계책이야. 건원 황제가 힘을 잃고, 유 황후는 인심을 얻지 못한 상태니, 각 가문은 모두 호시탐탐 기회를 노리고 있겠지. 우문엽이 허수아비 황제가 된다면 장래에 내분이 일어나는 건 피하기 어려울 거야! 차라리 지금 우문 황족을 폐하고 백초국 전체를 얻는 게 나을 수도 있어!"

이 말을 들은 비연은 남몰래 감탄했다. 용천묵은 확실히 태자였던 사람다웠다. 살수로 전락했다 하나, 조정의 판세가 어찌 돌아갈지 훤하게 알고 있었다.

엽십삼을 허수아비 황제로 세우는 것은 확실히 일시적인 조치일 뿐, 백초국 전체를 장악하기 위해서는 장래 적지 않은 공을 들여야 할 것이다. 그녀와 군구신은 당분간 그렇게 많은 힘을 쏟을 여력이 없었다. 그러나 목청무와 용천묵이 그들을 대신해 신경 쓰고 노력해 준다면, 그 이상 좋을 수가 없었다.

비연이 군구신에게 고개를 끄덕이자, 군구신도 결국 목청무와 용천묵에게 고개를 끄덕였다.

목청무가 직접 왕이평을 떠메며 진지하게 말했다.

"강평성의 일이 매우 급하고, 이곳은 오래 머물 만한 곳이 아니니, 우리는 먼저 강평성으로 돌아가겠습니다!"

네 사람이 막 떠나려 했을 때였다. 비연의 허리에 매달려 있던 약왕정이 갑자기 흔들거리기 시작했다……

분명 이 근처에

비연은 약왕정이 이상하다는 것을 눈치채고 무심결에 내려다보았다. 약왕정이 흔들리고 있었는데, 흔들리는 폭은 크지 않았지만 속도가 무척 빨랐다. 마치 흥분한 것 같기도 하고 초조한 것 같기도 했다.

비연은 계약을 맺은 주인으로서 약왕정의 기분을 느낄 수 있었다. 그러나 도무지 이해할 수 없었다. 약왕정이 이렇게까지 흥분한 것은 처음이었던 것이다. 예전에 약광석을 만났을 때에도 이렇지는 않았다.

비연은 이미 주변 환경을 두루 살펴본 다음이었으나, 희귀한 약재는 보이지 않았다! 게다가 약광석을 제외하면 약왕정을 이렇게까지 흥분시킬 수 있는 것은 없을 듯했다. 도저히 이해할 수 없으니 답답하기만 했다.

이때, 군구신과 목청무도 약왕정이 이상하다는 것을 눈치챘다. 비록 군구신이 방금 그들에게 약왕정과 고운원에 대해 이야기하기는 했지만, 목청무는 약왕정이 이렇게 신령스럽다는 것을 직접 보고도 도무지 믿기 어렵다는 표정이었다.

비연은 군구신을 바라본 다음 다시 약왕정을 바라보며, 어찌해야 할지 몰라 당황하고 있었다. 그녀가 약왕정을 품에 안아 가라앉히려 했으나, 약왕정이 갑자기 공중으로 떠오르기 시작했다.

비연이 점점 더 의심스러운 표정으로 물었다.

"너 이 녀석, 대체 뭘 하고 싶은 거야?"

약왕정으로서는 대답할 방법이 없었다. 대신 재빨리 앞으로 날아올랐는데, 그 힘이 어찌나 센지 비연까지 끌려갈 정도였다.

비연은 그제야 약왕정이 그녀를 앞쪽으로 데려가고 싶어 한다는 걸 눈치챘다. 설마 앞쪽에 약광석이라도 있는 걸까? 그것도 아주 많은 양의 약광석이?

비연은 약왕정을 묶어 둔 끈이 끊어질까 봐 재빨리 약왕정을 안아 흥분을 가라앉히려 했다. 약왕정은 비연이 제 뜻을 알았다는 걸 깨달은 듯 그녀의 손안에서 점차 조용해지더니 그 이상 움직이지 않았다.

비연이 군구신 등에게 물었다.

"앞쪽에 뭔가 있는 것 같아. 우리 가서 살펴보는 게 어때?"

이 말이 끝나자마자 대설이 갑자기 그녀의 소매에서 뛰쳐나오더니 순식간에 거대한 설랑의 모습을 드러냈다. 대설은 비연을 한번 돌아본 다음 다시 약왕정을 바라보더니, 나는 듯이 앞을 향해 달리기 시작했다.

비연과 군구신도 뭔가 깨달은 듯 서로를 바라보았다. 목청무와 용천묵은 서로를 바라보며 놀라고만 있었다. 비연과 같은 젊은 여자가 맺고 있는 계약이라기엔 정말로 너무 놀라웠다!

목청무가 멀어져 가는 설랑의 뒷모습을 바라보며 물었다.

"저, 저건 네 모후와 함께 다니던 그 늑대가 아닌 것 같은데?"

비연이 그의 말에는 신경 쓰지 않고 갑자기 놀란 목소리로
외쳤다.

"분명 사부일 거야! 그래, 사부야! 분명!"

지난번 그녀가 약왕정의 이상으로 인해 현기증을 느끼고 있
을 때, 설랑이 그들을 데리고 사부를 찾으러 갔었으나 안타깝게
도 만나지 못했다.

군구신이 수하들을 연운간으로 보냈으나 역시 아무 소식도
없었다. 그녀는 이 일을 계속 마음에 담아 두고 있었으나 사부
의 행방을 도무지 알 방법이 없었다. 혹시 약왕정이 잘못될까
싶어, 최근에는 약왕정 수련조차 감히 시도하지 못했다.

비연이 대설을 쫓아가기 시작했고, 군구신도 재빨리 그들을
따랐다. 목청무가 용천묵에게 말했다.

"내가 여기 남아 왕이평을 지킬 테니 가 보도록 해. 도움이
필요할 수도 있으니까!"

용천묵이 사양하지 않고 비연과 군구신을 쫓아갔다.

대설은 계속 앞으로 달려갔고, 비연 등이 그 뒤를 쫓았다. 대
설은 높은 관목숲을 지나서 겨우 멈췄고, 비연 일행도 따라 멈
췄다.

눈앞에 펼쳐진 것은 끝이 보이지 않는 낭과 덤불의 바다였
다. 낭과는 약재로도 쓰이는 과일로, 엄지손가락만 한 크기의
타원형이었다. 익기 전에는 녹색을 띠는데, 미량의 독이 있어
먹으면 구역질이 나고 어지럼증, 발열 등의 증세가 나타났고 심
한 경우 사망에 이르기도 했다. 하지만 선홍빛으로 익고 나면

달콤새콤한 맛에 즙이 많아 갈증을 해소하기 좋을 뿐 아니라 피를 식히고 간을 보해 주는 효능이 있었다.

낭과의 존재를 아는 사람들은 아주 많지만, 낭과를 먹을 엄두를 낼 수 있는 이들은 적었다. 그러나 늑대들은 이 낭과를 아주 좋아했다. 낭과라는 이름 역시 늑대들이 좋아하며, 유일하게 먹는 식물성 먹이라 하여 붙은 것이었다.

대설이 곧 낭과 덤불에 뛰어들어 맛있게 먹기 시작했다. 비연은 낭과 덤불을 보고 눈을 휘둥그렇게 떴다.

군구신이 의심스럽다는 듯 물었다.

"대설이 낭과 때문에 여기로 온 건가? 그 약왕정은 왜……."

"아니야!"

비연이 갑자기 낭과 덤불 속으로 들어가더니 사방을 둘러보았다. 그녀의 눈시울이 붉어지더니 얼굴에 감동의 빛이 어렸다.

군구신은 그런 그녀가 뭔가 이상해 보여 재빨리 다가와 물었다.

"연아, 왜 그러는 거야? 뭐라도 발견한 거야?"

비연이 대답하지 않고 뭔가 찾으려는 듯 주변을 둘러보았다. 그러고는 바로 낭과 덤불을 헤치고 앞으로 뛰어가며 계속 두리번거렸다.

그렇게 그녀는 아주 오랫동안 달려 마침내 낭과 덤불을 빠져나왔다. 주변에는 여전히 키가 작은 관목들이 무성했고, 앞쪽에는 높은 산이 있었다.

비연이 산을 바라보며 빠르게 달려갔고 군구신과 용천묵도 뒤를 따라갔다. 그들이 산기슭에 도착했을 무렵, 산 아래에 거대한 동굴이 있는 게 보였다. 그 동굴 주변에도 낭과가 가득 자라 있었다.

비연은 망설임 없이 안으로 들어가려 했으나, 군구신이 마침내 그녀의 손을 잡아끌며 제지했다.

"연아, 대체 왜 그러는 거야?"

비연이 붉어진 눈으로 그를 돌아보며 말했다.

"백의 사부가 가장 좋아하던 과일이야. 빙해영경 약왕곡에 낭과가 가득한 곳이 있었지. 방금 그곳과 완벽히 똑같은! 빙해영경은 분명히 이 근처에 있어! 반드시!"

이 말을 들은 군구신과 용천묵은 깜짝 놀랐다.

군구신은 미간을 찌푸리며 용천묵에게 물었다.

"그런데 무엇 때문에 신농곡으로 가지 않고 왕이평을 끌고 여기로 오셨던 겁니까?"

용천묵이 대답했다.

"오는 길에 약사 한 명을 우연히 만났는데, 신농곡에서 약왕을 위한 제사를 지내기 때문에 신농곡에 들어가려면 줄을 서야 한다고 말하더군. 그리고 이쪽으로 오는 길을 가리키며, 신농곡 뒷산으로 가면 신농곡으로 바로 들어갈 수 있다고 가르쳐 주었지."

비연이 서둘러 물었다.

"혹시 그 약사가 흰옷을 입고 있지 않았나요? 나이는 20대 중반 정도고?"

용천묵이 재빨리 고개를 끄덕였다.

"맞아. 마치 신선처럼 흰옷을 입고, 예의도 아주 바른 사람이었어. 말을 할 때도 어찌나 고상한지, 약간 케케묵은 느낌도 들더군."

비연이 다급하게 용천묵의 팔을 잡고 물었다.

"그 사람은요? 어느 길로 갔어요?"

용천묵이 고개를 저었다.

"내가 급한 나머지 신경 쓰지 못했다. 이 근처 어디에선가 약을 캐고 있을 것 같은데."

"그 사람이에요! 분명 그 사람이야! 빙해영경이 분명 여기 어디 있는 거야!"

비연은 자신이 긴장한 건지, 흥분한 건지, 그도 아니면 조급한 건지도 구분할 수 없었다. 그녀는 계속 주변을 둘러보다가 산동굴 속으로 들어가려 했다.

이번에는 군구신도 그녀를 제지하지 않고 대신 용천묵에게 말했다.

"묵 형, 귀찮겠지만 여기서 좀 기다려 주십시오. 우리가 하루 안에 나오지 않으면, 그때 사람들을 모아 쫓아와 주십시오."

용천묵은 군구신의 진지한 얼굴을 보며 마음속으로 감탄했다. 한운석의 딸이 이런 남자와 함께라니.

군구신은 용비야보다 패기는 덜해 보였지만 대신 훨씬 다정한 것 같았다. 고북월에 비하면 보수적인 면이 덜한 대신 좀 더 예리해 보였다. 그리고 그들과 같은 점은, 혼자서도 모든 일을 타당하고 공정하게 처리한다는 점이었다.

용천묵이 즉시 고개를 끄덕였다.

"안심해도 좋다!"

군구신이 비연의 손을 잡고 함께 산동굴 속으로 들어갔다.

이 산동굴은 몹시 길어 거대한 산을 꿰뚫다시피 하고 있었다. 군구신은 비연의 손과 깍지를 꼈다. 아무 말도 하지 않았지만, 열 손가락을 서로 깍지를 낀 것만으로도 위로가 되었다.

군구신이 전해 오는 위안 덕에 비연은 다소간 냉정을 되찾을 수 있었다. 그러나 앞에서 익숙한 약초 냄새가 훅 끼쳐 오며 약왕정이 다시 한번 요동치기 시작하자, 결국 냉정을 유지하기 힘들 지경이 되었다.

점차 짙어지는 이 약초의 냄새, 분명 빙해영경 내 약왕곡의 냄새였다! 그녀가 10년 동안을 맡아 온 냄새니 결코 착각할 리 없었다!

화가 난 약왕경

　장장 10년 동안 살았던 곳이고, 장장 10년 동안 맡아 온 약초
향이었다. 비연이 틀렸을 리 없었다.

　그러나!

　그녀와 군구신이 산 동굴의 출구로 나왔을 때 그들 앞에 펼
쳐진 것은 낯선 골짜기였다. 이 골짜기의 형태는 빙해영경의
약왕곡과 매우 비슷했지만, 형상만 그럴 뿐이었다. 이곳에는
산을 가득 메운 약초밭도, 나는 듯이 떨어지는 폭포도, 산머리
에 가지런히 지어져 있던 집도 없었다. 그리고…… 백의 사부
도 보이지 않았다.

　이곳은 사람의 흔적이 거의 닿지 않은 골짜기임이 분명했다.
사방으로는 높은 산에 깎아지른 듯한 절벽이 있고, 골짜기에는
초목이 무성했으며, 산에는 야생의 약재들이 두루 있었다. 골
짜기 안에 강물이 흐르는 듯 공기가 축축했고, 어디서건 진흙
냄새며 약초 냄새를 맡을 수 있었다. 그러나 이 냄새를 제외하
면 빙해영경과 같은 부분은 하나도 없었다.

　비연은 동굴을 나오자마자 발걸음을 멈춘 채 눈앞의 모든 것
을 멍하니 바라보았다.

　군구신은 빙해영경이 어떤 곳인지 직접 본 적은 없었지만 구
려족의 고묘에서 빙해영경의 벽화를 본 적이 있었다. 지금 그

는 몹시 놀랐지만 곧 어딘가 이상하다는 걸 알아차렸다. 그가 서둘러 물었다.

"연아, 약초 냄새를 잘못 맡지 않았다고 확신해?"

비연은 그제야 정신이 돌아온 듯했다. 그녀 역시 어딘가 이상하다는 걸 느끼며 고개를 끄덕였다.

"틀렸을 리 없지."

그녀는 산골짜기 안으로 계속 들어가며 주변의 약초들을 살펴보았다.

빙해영경의 약초밭에 있던 약초들은 모두 백의 사부가 까다롭게 골라서 심은 것들이었다. 게다가 어떤 약초들은 달이기 전에는, 혹은 꽃을 피우지 않았을 때에는 향을 내뿜지 않기도 했다. 이곳이 빙해영경이 아니라면 어떻게 이렇게 같은 냄새가 피어오르고 있는 걸까?

그녀의 추측이 결코 틀렸을 리 없었다. 빙해영경은 분명 근처에 있다. 이 산골짜기에는 어쩌면 빙해영경으로 통하는 다른 길이 있을지도 모른다.

군구신은 비연 곁에서 한 걸음도 떨어지지 않고 주변의 모든 것을 경계했다.

비연은 빙해영경에서 항상 볼 수 있던, 향이 짙은 약초를 여럿 발견했다. 예를 들자면 정향, 산수유, 백지 같은 것들이었다.

비연과 군구신이 산골짜기 중심으로 들어갈수록 주변의 초목은 더욱 무성해졌고 공기도 더욱 습해졌다. 비연은 익숙한 약재를 더욱 많이 볼 수 있었다. 그러나 다른 곳으로 향하는 길은 찾을 수 없었다. 이 골짜기는 그들이 들어온 동굴 외에는 거의 밀폐된 공간인 것 같았다.

마침내 비연이 소합향 나무 한 그루 앞에서 발걸음을 멈췄다. 그녀는 나무를 살펴본 후 의아한 표정으로 말했다.

"이 소합향 나무는 천 년은 묵은 거야. 하지만 나는 한 번도 본 적 없어."

어딘가 이상했다. 그러나 어디가 이상한지는 도무지 알 수 없었다. 비연은 재빨리 약왕정을 꺼내 조금 화난 기색으로 물었다.

"왜 움직이지 않는 거야? 방금 왜 그렇게 움직이려 했던 거고? 말 좀 해 보라고!"

그 모습이 군구신은 우습기도 하고 사랑스럽기도 했다. 그는 비연을 나무 아래 앉히며 말했다.

"일단 좀 쉬어."

그는 주변에 위험한 게 없음을 확인한 후 비연 곁에 앉았다. 그림자 시위에게 있어 언제나 경계심을 유지하며 대비하는 것은 일종의 습관이었다. 그리고 남편에게 있어 언제나 경계심을 유지하며 대비하는 것은 아내에 대한 책임이었다.

비연도 조금은 냉정을 되찾고, 두 손으로 약왕정을 꼭 쥔 채 노려보며 말했다.

"대설은 낭과에 이끌려 그렇게 달렸던 거겠지. 그런데 너는……. 여기의 냄새가 우연일 뿐이고, 약광석 때문에 이끌려 온 거라 말할 생각은 하지 마! 어찌 된 일인지 알기 전에는 난 여기서 떠나지 않을 테니까!"

순간 약왕정이 다시 요동을 시작했다. 비연과 군구신 모두 깜짝 놀랐다.

약왕정은 몇 번 요동치더니 비연의 손에서 날아올라 몹시 빠른 속도로 날아가기 시작했다!

비연이 막 몸을 일으켜 쫓아가려는 순간, 군구신이 그녀를 안고 빠른 속도로 달렸다. 약왕정은 산골짜기의 중심을 향해 날아갔고, 군구신도 놓치지 않고 그 뒤를 따랐다.

마침내 약왕정은 산골짜기 중심에 도착하자 공중에서 멈췄고, 비연과 군구신도 발걸음을 멈췄다. 그들의 눈앞에는 도무지 상상하기 어려운 장면이 펼쳐져 있었다.

이 산골짜기의 중심은 가장 습하고 초목이 무성해야 마땅했다. 그러나 이곳에는 거대한 원을 그리듯 말라 있는 토양만이 있을 뿐, 풀은 한 포기도 없었다. 이게 어찌 된 일일까?

약왕정은 여전히 허공에 뜬 채 계속 빙글빙글 돌고 있었다. 심지어 희미하게 빛마저 발하고 있는 것이, 무척이나 흥분한 것 같았다!

군구신이 이유를 묻기도 전에 비연이 어찌 된 일인지 깨닫고 실망한 목소리로 말했다.

"여기 약광석이 있어. 아마 양도 적지 않을 거야! 게다가 분명 뜨거운 성질의 약광석일 거야. 그래서 여기 땅이 이렇게 마른 거지."

대설은 낭과에 이끌려 뛰었고, 약왕정은 약광석 때문에 흥분했다. 이 골짜기에 가득한 약재의 냄새는…… 정말 우연의 일치인 걸까?

비연은 도저히 믿고 싶지 않았다. 그러나 '우연'을 제외하면 이 모든 것을 설명할 방법이 없었다.

비연은 실망한 채 미동도 하지 않았다. 약왕정은 흥분한 채 그녀에게로 날아왔다. 어서 이곳에 매장되어 있는 약광석을 파내 자신 안에 담아 주기를 재촉하는 듯한 모양새였다.

약왕정이 가볍게 비연에게 몇 번 부딪쳤지만, 비연은 슬픈 표정으로 움직이지 않았다. 그러자 약왕정은 마치 화가 난 것처럼 아주 세게 부딪쳤다.

비연은 창졸간의 일이라 뒤로 두어 걸음 물러난 후에야 겨우 균형을 잡을 수 있었다. 안 그래도 기분이 나쁘던 참이라 그녀가 화난 목소리로 물었다.

"반항할 셈이야?"

약왕정은 뜻밖에도 다시 한번 비연에게 부딪치려 했다.

비연이 몸을 피하기도 전에 군구신이 손을 뻗어 약왕정을 제지했다. 약왕정은 잠시 버티려 했으나 결국은 포기했다. 약왕정은 갑자기 쿵 소리가 나도록 마른 땅 위로 떨어지더니 움직이지 않았다.

그 모습을 본 군구신이 놀리듯 말했다.

"화가 난 모양이지?"

비연도 그런 약왕정을 보고 조금 누그러졌다. 그녀는 울 수도 웃을 수도 없는 기분으로 일단 약왕정을 주워 재빨리 닦아 준 다음, 의식을 발동해 약광석을 모두 저장 공간으로 불러들이기 시작했다.

곧 메마른 땅에서 크고 작은 약광석이 천천히 떠오르기 시작했다. 그러나 그것들이 약왕정 안 공간으로 들어가기도 전에 비연은 깜짝 놀라 그대로 멈추고 말았다. 비연과 군구신은 눈앞의 크고 작은 약광석을 보며 그야말로 눈을 휘둥그렇게 떴다.

이 약광석은 바로 그 보기 드물다는 적령석이었다!

비연은 깜짝 놀라 재빨리 약왕정을 꽉 잡았다. 약왕정이 그녀의 명령을 어기고 함부로 적령석을 전부 빨아들일까 봐 두려웠던 것이다!

그녀는 계속 약왕정의 승급이 적령시와 관계있는 건 아닌지, 백의 사부의 이상하던 모습도 적령시와 관계있는 건 아닌지 의심하고 있었다. 지난번 대설이 초조해하던 걸 보면, 백의 사부의 상태는 분명 아주 나쁠 터였다.

대지 위는 온통 적령석으로 가득 차 있었다. 큰 것, 작은 것……. 그 수를 셀 수 없을 정도였다. 만약 이 적령석을 전부 약왕정 안으로 들여보낸다면 그 결과는…… 상상하기 어려울 정도였다.

군구신이 미간을 찌푸리며 물었다.

"여기에 왜 이리 많은 적령석이 있는 거지?"

그의 의문은 이것만이 아니었다. 그는 어째서 적령석이 약왕정을 승급시킬 수 있는지, 적령시는 어떻게 건명보검을 봉인할 수 있었는지 몹시 알고 싶었다. 그리고 백의 사부가 구려족과 대체 어떤 관계인지도.

비연 역시 같은 의문을 품고 있었다. 그녀는 한참 전부터 적령석은 약광석이 아니라 백의 사부가 만들어 낸 것이 아닐까 의심하고 있었다.

그녀가 적령석에 대해 아는 것은 백의 사부가 적어 둔 의약서에서 본 것이 전부였다. 그리고 세상 사람 중에서 적령석이 약광석이라는 사실을 아는 이는 하나도 없고, 모두 보석으로만 여기고 있었다.

비연이 생각에 빠져 있노라니 군구신이 고개를 들어 공중을 바라보았다. 그는 시간이 궁금해 해를 보고 시간을 가늠할 생각이었다. 그러나 그의 시선은 곧 앞쪽 높은 산의 절벽 위로 향했다.

군구신이 놀란 목소리로 외쳤다.

"연아, 여기가 어디인지 알 것 같다!"

속임수, 약왕곡 유적

"약왕곡!"

군구신이 확신에 가득 찬 말투로 말했다.

"연아, 이곳이 바로 약왕곡이야. 빙해영경이 아니라!"

연아가 미간을 찌푸리며 바라보았다. 군구신이 무슨 말을 하고 있는지 이해할 수 없다는 표정이었다.

약왕곡은 그녀와 백의 사부가 살았던 골짜기로, 바로 빙해영경에 있었다. 바꿔 말하면, 그녀가 항상 말하던 빙해영경이 곧 약왕곡이었다.

그녀는 빙해영경의 약왕곡에서 10년을 살았다. 그녀가 약왕곡을 떠난 것은 겨우 두어 번, 약재를 캐기 위해서였고 그나마 골짜기에서 멀리 가지도 않았다. 그래서 아주 분명하게 기억하고 있었다. 약왕곡 밖에는 낭과 덤불이 아주 많았다.

군구신은 앞쪽의 절벽을 가리키며 말했다.

"저 절벽을 봐. 우리가 구려족 고묘에서 보았던 벽화 같지 않아?"

비연은 그제야 구려족 고묘의 벽화를 떠올렸다. 그녀가 적령석 안료를 거둬들이기 전 그 벽화에 바로 이런 절벽이 있었다. 절벽 위에 구려족 사람들이 있었고, 또 백의 사부도 있었지. 그리고 절벽 아래 산골짜기에 불길이 활활 타오르고 있었다!

그녀는 아주 잘 기억하고 있었다. 그때 그 벽화에 '빙해영경'이라고 적혀 있지 않았다면 그녀는 그곳이 빙해영경이라는 사실을 전혀 알아채지 못했을 것이다.

후에 그녀가 벽화의 적령석 안료를 거둬들였을 때, 벽화 위에 다시 빙해영경 약왕곡의 모든 것이 떠올랐다.

비연은 절벽을 한참 바라보다가 다시 주변을 둘러보았다. 그제야 그녀는 이곳이 벽화 속의 그 골짜기와 몹시 닮았다는 것을 알아차릴 수 있었다!

대체 어찌 된 일인가? 이곳에 빙해영경의 약왕곡이 있는 걸까? 하지만 이곳은 그녀가 살았던 약왕곡과는 몹시 달라 보였다!

군구신이 말했다.

"약왕곡은 약왕곡이고, 빙해영경은 빙해영경인 거야. 연아, 아마 네가 속았던 것 같아!"

이 말에 비연은 머리를 한 대 맞은 듯 멍해졌다.

군구신이 계속 말했다.

"고묘의 벽화를 보면, 빙해영경과 북해영경은 빙해와 북해 근처에 각각 따로 있었고, 구려족에게 속해 있었어. 네 사부는 고씨 가문의 약사였고, 고씨 가문은 구려족과는 관련이 없어. 그러니 빙해영경의 주인이 어찌 네 사부일 수 있겠어?"

비연이 재빨리 말했다.

"하지만 그 벽화는……."

군구신이 그녀의 말을 잘랐다.

"연아, 내가 방금 했던 말을 냉정하게 생각해 봐."

군구신은 영리한 비연이라면 이 일이 어찌 된 일인지 이해하리라 믿었다. 그러나 안타깝게도 그녀는 백의 사부와 관련한 일이라면 마치 부모의 일을 대할 때처럼 이성적으로 판단하지 못하곤 했다.

비연이 군구신을 바라보며 숨을 깊이 들이마시고는 고개를 끄덕였다. 그녀는 군구신이 했던 말들을 생각하며 다시 골짜기를 관찰했다. 점차, 그녀도 익숙한 느낌이 들었다.

이 익숙한 느낌은 산골짜기에 퍼져 있는 약재 냄새 때문이 아니라, 같은 곳에 있다는 익숙한 느낌이었다. 이곳의 산, 바람, 그리고 푸른 하늘과 흰 구름.

"북쪽."

그녀가 중얼거리며 북쪽의 높은 산을 바라보았다. 약왕곡의 북쪽 산기슭에는 폭포가 있었고, 또 그녀와 사부가 살던 집이 있었다. 그리고 산 정상까지 이어지는 돌계단이 있었지…….

지금 그녀가 바라보는 북쪽 산기슭에는 그녀의 기억 속에 있는 모든 것이 존재하지 않았다. 그러나 그 산은 그녀와 사부가 살았던 산인 것처럼 보였다.

"남쪽……. 동쪽……. 서쪽……."

비연이 중얼거리며 하나하나 익숙한 곳을 찾아냈다. 마지막으로 그녀는 눈을 감고 이곳의 바람을 느껴 보았다.

"이곳이야. 틀렸을 리 없어! 바로 여기라고!"

그녀는 중얼거리다가 갑자기 눈을 뜨고 바닥 위 적령석을 바라본 다음, 다시 군구신에게 경악한 눈빛을 보냈다. 그렇다, 그녀는 이제 이해한 것이다!

혈제와 건명보검은 구려족이 장악하고 있었다. 바꿔 말하면, 천살과 지살을 제어하고 북해와 빙해를 수호하는 것이 바로 구려족의 사명이었다.

빙해영경과 북해영경은 구려족이 빙해와 북해를 수호하기 위한 곳으로, 비밀에 부쳐 사람들이 알지 못하는 곳이었다. 백의 사부가 구려족의 영역에서 약왕정을 주조할 이유가 없었다!

구려 고묘 벽화 속 빙해영경에는 절을 하는 구려족 사람들도 있었고 백의 사부도 있었으며 활활 타오르는 불길도 있었다. 그 벽화는 구려족이 수호하는 빙해영경과 약왕곡을 합친 것이었을지도 모른다.

백의 사부가 그녀를 속였을 수 있었다. 지난 10년 동안 그녀가 있었던 곳은 사실 약왕곡이고, 빙해영경이 아니었던 것이다.

실제로는, 빙해영경은 빙해영경이고 약왕곡은 약왕곡이었다. 빙해영경은 빙해 근처에 있고, 그들이 지금 있는 곳은······ 약왕곡의 유적이었다!

이곳은 천 년 전 어떤 모습이었을까. 분명 비연이 본 모습 그대로였을 것이다. 이곳이 지금처럼 황폐하게 변한 것은 아마도 천 년 전의 그 화재 때문일 것이다.

군구신은 마른 땅에 무릎을 꿇고 적령석을 하나 들어 보았다. 뜻밖에도 손에 와 닿는 감촉이 몹시 뜨거웠다. 그가 담담하게 말했다.

"연아, 우리의 추측이 맞다면, 이 적령석은 천 년 전 하늘에서 큰불이 내려왔을 때…… 네 사부가 약왕정을 주조하면서 남겨 둔 것이겠지."

비연이 적령석을 바라보며 중얼거렸다.

"신농곡에 전해 오는 전설에 따르면, 신비로운 백의 약사가 상고 시대의 동과 오행의 정수를 사용해 신농정을 주조했다고 했어. 그리고 자신의 몸을 불길 속에 던져 세상 사람들을 질곡에서 구했노라고."

군구신이 고개를 끄덕였다.

"적령석은 분명 신농정을 주조하던 중 남은 재료일 거야. 그래서 네 약왕정을 연속으로 승급시킬 수 있었고. 우리가 예전에 추측했던 게 맞았어. 네 사부는 이 약왕정의 영혼이야!"

비연은 한참 동안 침묵한 끝에 겨우 말했다.

"약왕정을 주조한 후 약왕곡은 무너지고 말았지. 그 10년 동안, 나는……."

비연은 말을 이을 수가 없었다. 지금 떠오른 생각을 받아들이고 싶지 않아서일까, 아니면 문득 치밀어 오르는 두려움 때문일까. 그녀는 한참 동안 아무 말도 하지 않았다. 도저히 계속 말을 할 수가 없었다.

그러나 군구신은 잔인하게 사실을 이야기했다.

"지난 10년 동안 너는 계속 네 사부와 함께 약왕정 안에서 살았던 거야. 네가 보았던 약왕곡은 아마 네 사부가 약왕정 안에서 재창조한 곳이었겠지. 그리고 바로 그랬기 때문에 그 10년 동안 너는 죽은 것도 산 것도 아니었던 거고, 봉황력도 계속 사라지지 않았던 거야! 네 사부가 너에게 빙해영경에서 살고 있노라 말해 준 것은 분명 너를 빙해로 이끌기 위해서였을 거야! 네가 기억을 잃은 것도 아마 그와 관계가 있을 거고. 그가 무엇 때문에 너를 10년이나 곁에 둔 걸까?"

비연은 침묵했지만 군구신이 계속 말했다.

"적령석은 약광석이 아니라 약왕곡에서만 나는 물건이지. 네 추측은 틀리지 않았어. 네 사부의 서적은 네 사부가 편찬한 것이었던 거야. 건명보검도 아마 네 사부가 봉인했겠지. 적령시로 건명보검의 봉인을 깰 수 있다는 전설도 아마 네 사부가 퍼뜨린 걸 거야! 구려족 고묘의 벽화 역시 네 사부의 손을 거친 거야! 네 사부가 모든 것을 장악하고 있고, 모든 이들을 이끌고 가고 있는 거지. 그의 목적이 대체 뭘까?"

비연은 군구신의 말을 제대로 소화할 수가 없었다. 아니, 정확히 말하자면 그녀로서는 백의 사부의 마음을 의심할 수가 없었다.

그녀는 구려족 고묘에서 백의 사부를 보았고, 그가 천하의 백성들을 위해 스스로를 희생한 전설 속 약사라는 걸 확인했을 때 너무나 기쁘고 자랑스러웠다. 백의 사부가 그녀를 인정하지 않는 것에는 나름의 고충이 있으리라 믿었다.

그러니 지금 그녀로서는 백의 사부가 이 모든 일을 주재하고 있다는 사실을 믿을 수 없었다. 그렇게 좋았던 10년이 그저 음모였다고? 그리고 지금 다시 만나더라도 좋은 마음을 품고 있지 않다고?

이런 뒷모습 하나

그녀도 쪼그려 앉아 손이 닿는 대로 적령석을 하나 파냈다. 이곳의 적령석은 따뜻했다. 심지어 손이 델 것 같은 열기도 느껴졌다. 이 온도가 바로 천 년 전에, 이 산골짜기에 있었던 거대한 불의 기억을 담고 있는 것이리라.

비연은 침묵했다. 군구신도 뭐라 표현할 수 없이 실망한 그녀의 얼굴을 보고 가볍게 탄식하더니 그녀를 품에 안아 주었다.

오래 침묵한 덕분일까. 비연은 결국 현실을 마주하고, 군구신이 추측한 모든 것을 받아들였다.

그녀의 어두워진 눈동자에 차가운 기운이 떠올랐다. 그러나 그 차가운 기운이 냉정함인지, 아니면 얼음과도 같은 차가움인지는 구분하기 어려웠다.

그녀가 물었다.

"그분이 묵 형을 이곳으로 끌어들인 이유는, 우리를 이곳에 오게 하기 위해서였을까? 대체 무엇 때문이지?"

군구신이 말했다.

"우리를 이곳으로 끌어들여 진상을 파악하게 하기 위해서가 아닐까? 어쩌면…… 이 적령석 때문일 수도 있고."

"승급을 위해서?"

비연은 원래 고운원이 약왕정 승급으로 인해 어떤 부상이라도 입은 게 아닌지 걱정하고 있었다. 지금 그녀로서는 정말로 이해할 수 없었다.

"이게 그분에게 무슨 이익이 되는 걸까? 그분은 이미 약왕정 안에서 입신의 경지에 이르기까지 수련한 거잖아!"

군구신이 그녀의 말을 고쳐 주었다.

"아니야. 그가 원하는 것은 네가 약왕정을 장악하는 거지. 최고 등급까지 수련하는 것."

비연이 화가 나서 물었다.

"내가 약왕정을 최고 등급까지 수련하면 어떻게 되는데? 이게 천살이나 지살이랑 무슨 관계가 있어? 그는 내 기억을 빼앗고, 빙해영경이라는 말로 나를 빙해로 이끌었어! 그는 대체 뭘 바라는 거지?"

비연은 도무지 상상할 수 없었다. 그녀가 만약 기억을 되찾지 못했다면 어떤 결과가 벌어졌을까? 어떤 방식으로 이용당했을까?

결국 나쁜 쪽으로 생각할 수밖에 없었다. 그녀는 고운원이 예전에 신농정을 주조한 게 백성들을 구하기 위해서가 아니라 다른 목적이 있는 건 아닌지, 혹시 천살과 지살을 이용하려 했던 건 아닌지 두려웠다!

이때 약왕정이 갑자기 공중으로 튀어 오르더니, 희미하게 불빛까지 내뿜으며 요동치기 시작했다.

비연은 사부가 자신에게 준 유일한 선물이라는 생각에 약왕정을 몹시도 아꼈지만, 지금은 영 다른 기분이었다. 그녀는 몸을 일으켜 약왕정에 연결된 줄을 사납게 잡아당긴 다음, 허리에 매달지 않고 씩씩거리며 소매 속에 넣어 버렸다. 그러고는 군구신을 향해 말했다.

"그가 대체 뭘 하고 싶은지 알게 되기 전에는, 약왕정을 최고 등급까지 수련하지 않을 거야! 우리 일단 적령석이나 처리하도록 해!"

군구신이 고개를 끄덕이며 역시 몸을 일으켰다.

군구신과 비연은 골짜기를 떠나 용천묵과 함께 안개 숲으로 돌아왔다. 목청무가 계속 왕이평을 지키며 그들을 기다리고 있었다.

고운원의 일이 확실한 게 아니었기에, 비연과 군구신은 대강 언급하기만 하고 자세한 사정은 이야기하지 않았다.

두 사람은 목청무와 함께 강평성으로 돌아가지 않고, 대신 신농곡으로 가서 노집사를 만나 신농곡의 전설에 관해 물어보기로 했다. 그들은 지금 신농곡의 곡주를 만날 수 있기를 간절히 바라고 있었다. 신농곡의 진짜 역사에 대해서는 곡주만이 알 가능성이 컸으니까.

숲을 나온 그들은 이제 헤어져야 했다.

군구신이 말했다.

"강평성 사건은 두 분께 맡기겠습니다. 망중에게, 두 분께 최선을 다해 협력하도록 명령해 두겠습니다."

용천묵이 어쩔 수 없다는 듯 웃으며 말했다.

"그렇게 예의 차릴 필요 없네!"

목청무가 잠시 망설이다가 말했다.

"우리가 백초국을 차지한 후…… 혹시 고 태부를 뵐 수 있을는지요?"

군구신이 재빨리 대답했다.

"두 분이 현공대륙에 계시는 걸 부친께서 아시면 분명 기뻐하실 겁니다. 언제라도 뵐 수 있고말고요!"

목청무가 막 입을 열려 하자 용천묵이 선수를 치며 말했다.

"나중에 다시 이야기하지! 나중에 다시! 일단 중요한 일부터 해치우고!"

용천묵은 마치 옛 사람들을 만나게 될까 봐 두려워하는 것 같았다.

목청무는 그를 흘깃 보더니, 더 말하지 않고 군구신에게 고개를 끄덕였다.

이곳은 신농곡에서 매우 가까웠다. 신농곡 주변으로 100리에 걸쳐 인가가 없어, 의원은 더더욱 찾기 어려울 터였다. 비연은 기분이 아주 좋지 않은 상태였지만, 그래도 왕이평의 상처가 벌어져 다시 피를 흘리지 않도록 약을 충분히 준비해 목청무에게 건넸다.

이렇게 네 사람은 작별했다. 비연과 군구신은 목청무와 용천묵이 떠나는 걸 지켜본 후 진묵에게, 수하들을 시켜 골짜기 속 적령석을 파내어 진양성으로 운반하게 하라고 명령했다.

진묵은 언제나 담담한 성격으로, 어떤 일에도 달리 흥미를 보이지 않았다. 심지어 목청무와 용천묵에게도 전혀 호기심을 보이지 않을 정도였다. 그러나 그는 비연의 기분이 저조한 것을 눈치채고 바로 물었다.

"주인님, 무슨 일이라도 있었어?"

군구신을 제외하면, 비연이 기분이 좋지 않을 때 대화가 가장 잘 통하는 사람은 바로 진묵이었다. 비연은 길게 설명하지 않고 중얼거렸다.

"고운원이 사기꾼이었어!"

영리한 진묵은 그 이유를 얼마간 알아챈 듯, 더 묻지 않고 고개를 끄덕였다.

"기억해 둘게."

군구신이 직접 말을 끌고 오며 말했다.

"가자. 날이 어둡기 전에 신농곡에 닿을 수 있을 거야."

말에 오른 비연이 대설을 떠올렸다.

그녀가 몇 번이나 소환한 후에야 마침내 대설이 덤불 사이에서 기어 나왔다.

대설은 여전히 설랑의 모습이었지만, 전혀 위엄 있어 보이지 않고 오히려 해학적으로 보였다. 너무 많이 먹은 나머지 배가 빵빵하게 불러 있었기 때문이다. 마치 임신이라도 한 암컷처럼!

대설은 느릿느릿 걸어왔다. 마치 나무늘보라도 된 것처럼, 한 걸음 내딛는 것도 몹시 힘겨워 보였다.

그 모습에 평소 잘 웃지 않던 군구신, 그리고 항상 무표정하던 진묵조차 피식 웃었다. 비연은 계속 얼굴을 굳히고 있었지만, 대설의 모습을 보다 보니 결국은 입 끝이 저절로 올라갔다.

자부심 강한 대설은 모두가 자신을 보고 웃자 바로 빙려서의 모습으로 돌아갔다. 그러나 빙려서의 몸으로 돌아가는 순간 바로 바닥에 자빠지더니, 그 빵빵하게 부른 배 때문에 몸을 일으키지 못하고 버둥거렸다.

그 모습에 비연은 마침내 피식 소리를 내며 환하게 웃기 시작했다.

군구신은 가능한 한 빨리 신농곡으로 가고 싶었다. 그는 이 모습이 우습긴 해도 시간을 오래 끌고 싶지는 않았다. 그는 원래 진묵에게 대설을 데려가게 하려 했으나, 비연이 웃는 걸 보자 마음을 바꿨다.

대설은 한참을 버둥거렸으나 여전히 몸을 뒤집지 못하고 있었다. 비연이 직접 말에서 내려 그를 제 손 위에 올려놓고 말했다.

"또 이렇게 욕심 부리면! 널 소환하지 않고 버려두고 갈 거야!"

배를 불뚝 내밀고 비연의 손바닥 위에 앉은 대설은 마치 무시하듯 다른 곳을 바라보았다. 아무래도 비연이 자신을 보고 웃었다고 삐친 모양이었다.

비연은 대설의 배를 살살 긁어 준 후, 더 따지지 않고 진묵에게 넘겼다.

대설은 진묵의 손에 넘겨지자마자 불룩 튀어나온 제 배도 신경 쓰지 않고 재빨리 몸을 일으켜 동쪽을 바라보았다.

비연은 대설의 이런 동작에 깜짝 놀라 함께 동쪽을 바라보았지만, 무성한 초목을 제외하면 별다른 것이 보이지 않았다.

대설이 찍찍 울며 비연에게 뭔가를 전하려는 듯 앞발로 동쪽을 가리켰다. 비연이 의아한 표정으로 군구신을 바라보자, 그가 명쾌하게 대답했다.

"말에 올라. 가서 보자!"

진묵은 대설을 어깨 위에 올려놓고 자신도 말 위에 올랐다.

한참을 달렸으나 별다른 이상은 보이지 않았다. 그러나 마침내 관목숲을 빠져나갔을 때, 앞쪽 풀덤불 속에서 익숙한 뒷모습이 보였다.

비연은 말할 것도 없고, 군구신처럼 냉정한 인물조차 놀랐다. 키가 크고 마른 그 뒷모습은 우아한 자태로 조용히 그곳에 서 있었다. 세상의 번잡한 그 무엇도 그가 있는 이곳에서는 아무것도 아닌 것처럼 여겨질 것만 같은 모습이었다.

비연이 아무리 실망하고 화가 났다 해도, 그 뒷모습을 보는 이 순간만큼은 자신도 모르게 중얼거릴 수밖에 없었다.

"사부……."

당신도 그리 생각하시나요?

울먹이는 비연의 중얼거림이 그리도 간절하건만, 고운원이 들었는지는 알 수 없는 일이었다.

군구신과 진묵은 물론 비연의 중얼거림을 들었고, 깨달을 수 있었다. 비연은 사실 지금까지도 사부를 진정으로 원망한 적 없었다. 그녀가 분노하는 것은 두려움을 감추기 위한 것이었고, 두려워하는 것은 진실에 대한 공포 때문이었다.

고운원이 곧 허리를 굽혔다. 약재를 캐고 있는 것 같았다.

군구신이 말을 달려 나가려 했지만 비연이 제지했다. 그녀가 심호흡 후에 말에서 내려 고운원에게 다가가며 소리쳤다.

"앞에 계신 공자님! 이 근처에 신농곡으로 통하는 길이 있나요?"

이것은…….

군구신은 이유를 알 수 없어, 그저 비연을 따라 말에서 내리는 수밖에 없었다. 진묵도 미간을 찌푸리더니 그 뒤를 따랐다.

비연이 두 번째로 물었을 때 고운원이 마침내 돌아보았다. 그의 그 진지하고 융통성 없는 표정은 뒷모습이 주는 느낌과는 완전히 달랐다. 그는 비연을 보자마자 깜짝 놀란 듯 외쳤다.

"왕비마마!"

비연은 분명 참을성을 발휘하기 위해 노력 중이었다. 그녀도 일부러 놀란 표정을 지으며 말했다.

"고 의원! 이거 참 우연이네요!"

고운원이 재빨리 비연에게 읍한 후, 다시 그녀 등 뒤의 군구신에게도 읍했다.

"정왕 전하, 오랜만에 뵙습니다."

읍을 하는 그의 동작은 무척이나 예의 바른 동시에 판에 박힌 듯한 느낌을 주었다. 그는 발음도 정확하고 어조도 부드러웠으나, 그 동작 하나, 말 한마디 모두 어딘가 시대에 뒤떨어진 느낌을 풍겼다. 모르는 사람이 본다면 그를 은거 의원이 아니라 융통성도 재미도 없는, 뽐내기 좋아하는 서당 훈장쯤으로 보았을 것이다!

어쨌든 비연이 이리 행동하니 군구신도 따라 할 수밖에 없었다. 그는 고운원에게 고개를 끄덕이는 것으로 예를 대신했다.

비연이 고운원의 눈을 똑바로 보며 물었다.

"고 의원, 몇 달이나 보지 못했네요. 그간 안녕하셨나요?"

이 말에는 분명 다른 뜻이 숨어 있었다. 그러나 고운원은 그것을 알아차리지 못한 듯 미소 지으며 대답했다.

"아주 좋습니다. 왕비마마와 정왕 전하께서도 안녕하셨는지요?"

군구신은 대답할 생각이 없었고, 비연이 대답했다.

"아주 안녕하지 못했답니다."

고운원이 바로 미간을 찌푸렸다.

"두 분, 무슨 어려운 일이라도 만나셨습니까?"

비연이 웃으며 말했다.

"백초국와 천염국이 강평성에서 벌어진 사건으로 인해 계속 대치 중입니다. 전쟁이 곧 벌어질 가능성이 있는데, 우리 두 사람이 어떻게 안녕할 수 있겠어요? 납치범을 쫓아 이곳까지 왔는데, 그가 약재를 캐던 의원에게서 이곳에 신농곡으로 통하는 길이 있다고 들었다는군요. 혹시……."

비연의 말이 끝나기도 전에 고운원이 다급하게 앞쪽을 가리키며 말했다.

"바로 저쪽입니다! 저 오솔길로 가면 신농곡으로 들어갈 수 있습니다. 제가 며칠 전 길을 가는 사람에게 알려 준 적이 있습니다만……. 그 사람이 마마께서 잡으려던 납치범이었습니까? 그, 그렇다면…… 제가 죄를 지었군요! 저는 정말로……."

비연이 그의 말을 끊었다.

"괜찮아요. 그 일은 이미 처리했으니까요. 의원께서는 어째서 연운간으로 돌아가지 않으셨나요? 어째서 여기 있는 거죠?"

"최근 한가하기에 약재를 캐러 왔습니다."

고운원은 제 손에 들려 있던 어성초[5]를 비연에게 건네주었다.

"보십시오. 이 어성초의 품질이 어떻습니까?"

비연은 어성초를 받아 형태며 색을 살핀 후, 냄새를 맡고 맛을 본 다음 결론을 내렸다.

"정품입니다."

---

5 약모밀. 삼백초과의 여러해살이풀.

대화를 듣고 있던 군구신은 상당히 답답했다. 어성초는 흔히 볼 수 있는 약재로, 약학에 상식이 조금이라도 있는 사람은 바로 분별해 낼 수 있었다. 그러니 당연히 모조품도 없을뿐더러, 비슷하게 생긴 약재도 존재하지 않았다. 고운원이 품질을 물었으니 비연은 좋고 나쁨을 이야기하면 그만인데 왜 정품이라고 답한 걸까?

그러나 고운원은 전혀 이상하지 않다는 듯 웃으며 말했다.

"안목이 대단하십니다."

비연이 갑자기 웃음기 없는 얼굴로 말했다.

"어성초는 실열實熱[6], 열독熱毒[7], 습사濕瀉[8]를 치료할 수 있고, 기침을 멈춰 주고 열도 내려 주지요. 하지만 물가나 습한 곳에서 자라야만 그 약효가 있다고 하겠습니다. 그렇지 않으면 약효가 극히 낮아, 다른 약재를 쓰니만 못하지요. 그런고로 습한 곳에서 자란 어성초를 진정한 정품이라 하고, 다른 것은 모두 질이 낮다고 합니다."

고운원이 자못 진지한 얼굴로 고개를 끄덕였다. 그런데 비연이 갑자기 화제를 돌렸다.

"이 모든 것은 백의 사부께서 가르쳐 주신 거랍니다. 사부께서는 약효가 부족한 약재는 진짜와 가짜, 좋고 나쁨에 상관없이

---

6 몸에 사악한 기운이 성할 때 열이 나는 병.

7 열증을 일으키는 병.

8 설사의 한 종류.

모두 정품이 아닌 것으로 판단하고, 절대 써서는 안 된다고 하셨습니다. 그렇지 않으면 약방의 전체적인 치료 효과에 영향을 끼치게 되고 병세를 질질 끌게 될 수 있으니, 가짜 약으로 사람을 해치는 것과 다를 바 없다 하셨지요. 고 의원, 의원께서도 그리 생각하시나요?"

고운원은 살짝 멈칫했으나 곧바로 반응했다. 그가 손을 들어 읍하며 말했다.

"스승께서 극히 옳은 방식으로 가르치셨습니다. 저는 감탄하고 탄복할 뿐입니다! 요행히라도 그분을 뵐 날이 오면, 저도 가르침을 받고 싶습니다."

비연이 말을 이으려 했을 때, 고운원이 먼저 물었다.

"왕비마마, 빙해영경은 찾으셨습니까? 무슨 실마리라도 찾으셨는지요?"

이 말이 나오는 순간 분위기가 가라앉았다. 비연이 고운원의 눈을 노려보며 한참 동안 대답하지 않았다.

정말 화가 나는 것은 고운원이 비연의 시선을 피하지 않을 뿐 아니라, 그녀를 바라보며 답답하다는 표정을 지었다는 것이다. 마치 자신은 무고하다는 듯이.

항상 냉정하고 담담하던 군구신조차 화가 치밀어 올랐을 정도니, 비연은 말할 나위가 없었다.

그녀는 원래 고운원을 넌지시 떠볼 작정이었지만, 지금 기분으로는 그와 대화를 나누고 싶지도 않았다. 아니, 심지어 손을 올리고 싶은 마음도 들었다.

이렇게 된 이상, 비연은 우연히 마주친 고운원을 그대로 가게 하고 싶지 않았다. 그녀는 아예 자포자기한 것처럼 얼굴을 굳히고 차갑게 말했다.

"빙해영경을 찾긴 뭘 찾아요? 내 사부는 사기꾼이었어요! 사부가 살던 곳은 빙해영경이 아니라 약왕곡이었다고요!"

이 말을 들은 고운원의 안색이 분명하게 변했다.

비연이 계속 이어 말했다.

"아마 영원히 그분을 찾지 못할 거예요. 왜냐하면 사부는 당시 자신의 몸을 솥에 던져 약왕정의 기령이 되었거든요! 사부가 이야기한 빙해영경이니 약왕곡이니 하는 곳들도 다 약왕정 안에 있는 약초밭일 뿐이었어요! 그때 그분은 나를 구한 다음나를 약왕정 안에 감췄죠. 그리고 내 모든 기억을 지우고, 나에게 빙해영경에 있는 거라고 말했다고요!"

고운원이 복잡한 안색으로 한 걸음 물러섰다. 그러나 비연은 바로 그에게 다가서며 계속 말했다.

"진실을 숨기려 했다는 걸 알고 있는데⋯⋯. 숨겼으면 그만이지 또 일부러 드러내다니. 말해 봐요. 이런 사람은 힘이 남아돌아 쓸데없는 짓을 한 걸까요? 아니면 무슨 나쁜 마음이라도 먹었던 걸까요?"

그러면서 다시 한 걸음 옮겨, 매섭게 고운원의 코앞까지 다가갔다.

"말해 봐요!"

고운원은 한 걸음 물러서다 그만 엉덩방아를 찧고 말았다.

그 모습을 본 비연이 발걸음을 멈췄고, 고운원은 그녀의 두 눈을 보며 멍한 표정을 지었다.

이 순간 시간마저 멈춰 버린 것 같았다. 지금 그들이 사제로서 서로를 바라보고 있는 건지, 아니면 친우로서 서로를 보고 있는 건지는 그 누구도 분간할 수 없었다. 아마도 고운원과 비연, 본인들조차 알 수 없을 것이다.

비연은 마치 기다리는 듯 침묵을 지켰으나, 사실 이미 절망하고 있었다. 고운원이 엉덩방아를 찧던 순간 깨달은 것이다. 그의 안색이며 반응은……. 그는 정말로 놀란 게 아니라 이 순간에도 모든 것을 연기하고 있었다.

마침내 고운원이 입을 열었다.

"이, 이건 정말 너무…… 너무, 제 생각을 넘어서는 일입니다! 이, 이건…… 정말 나쁘군요!"

그가 맡겨 달라고 한다

나쁘다고? 본인도 자신이 나쁘다는 걸 아는 건가?

비연은 차가운 눈으로 고운원을 바라보며 욕설을 내뱉었다.

"그냥 나쁜 정도겠어요? 그야말로 지극히 나쁘지!"

고운원은 뜻밖에도, 인정하듯 고개를 끄덕였다.

비연이 다시 말했다.

"절대로 용서받지 못할 죄라고!"

고운원이 여전히 고개를 끄덕였다.

비연이 이를 악물고 다시 말했다.

"영원히, 다시는 환생할 수 없을 거야!"

고운원이 멈칫했으나, 곧 다시 고개를 끄덕이며 말했다.

"왕비마마, 제자 되신 몸으로 스승을 그리 저주해서는 아니 되는 법입니다. 그러나 저도 마마께서 지나치다고 생각지 않습니다!"

비연이 계속 말했다.

"용서 못 해!"

고운원이 고개를 끄덕이려 할 때, 비연이 갑자기 한마디 덧붙였다.

"나는 낳아 준 부모를 잊고, 모든 가족을, 친구를, 내 나라를 잊었어요! 사부는 내 기억을 빼앗으면서 내 부모를, 내 모든 것을 빼앗은 거나 마찬가지인 거죠. 사부는 기억이란 것이 마지막 벗과 같은 거라는 걸 알까요? 나는 장장 10년을 외롭게 지내야 했어요! 나는 내가 누구인지도, 어디서 왔는지도 몰랐다고요! 꿈에서 스스로를 보면서도 그게 나 자신인지도 모르고! 우습지 않아요? 아니면 재미있나?"

여기까지 들은 고운원의 표정이 다시 굳었다. 이 순간만은 그도 연기하고 있는 것 같지 않았다.

그가 연기하는 건지 아닌지 생각할 여력은 이미 없었다. 비연은 그저 계속 말하고 싶을 뿐이었다. 마음속에 담아 둔 모든 것을 오늘 다 털어놓지 않으면 안 될 것 같았다.

"그분에게 다른 생각이 있었건, 아니면 각별하게 마음을 써 준 것이건 다 상관없어. 나는 영원히 그분을 용서하지 않을 거야!"

고운원의 눈에 슬픈 빛이 어렸으나 곧 사라졌다. 그 누구도 알아채지 못했다. 그는 여전히 고요한 표정이었다.

비연이 소매에서 약왕정을 꺼내며 말했다.

"약광석은 그때 이 약왕정을 주조하고 남은 재료였어요. 동시에 이 약왕정을 가장 빠른 속도로 승급시키는 수단이겠죠? 나는 사부를 만나기 전에는 절대로 이 약왕정을 승급시키지 않을 거예요!"

이 말은 위협이라기보다는, 비연이 고운원에게 마지막으로 기회를 주는 것이라 해야 옳았다.

바로 전에 영원히 용서하지 않겠다고 말하고는, 다시 최후의 기회를 주었다. 군구신과 진묵은 모두 그녀의 뜻을 알아차렸다.

그녀는 정말로 그를 미워하고 싶지 않았고, 그와 적이 되고 싶지도 않았다. 하지만 그는? 그도 알아들었을까?

모든 이들이 고운원을 지켜보았다.

그가 몸을 일으키더니 엄숙한 태도로, 아니 심지어 의분에 찬 듯한 모습으로 말했다.

"왕비마마, 왕비마마께서 무슨 이야기를 하시는 것인지 제가 완벽히 알 수는 없으나, 저는 마마를 지지합니다!"

비연은 그대로 굳어 버렸다. 찰나의 순간, 그녀의 눈에서 눈물이 떨어지기 시작했다. 뚝, 뚝, 뚝. 안 그래도 적막하던 분위기는 더욱 고요하게 가라앉았다.

비연은 입술을 깨문 채 힘차게 눈물을 닦고 의연한 태도로 몸을 돌렸다. 그녀는 계속 눈물을 흘리며 앞으로 걸어갔다. 울고 싶지 않았지만, 어떻게 해도 눈물이 멈추지 않았다. 걸음걸이마다 눈물이 더욱더 빠르게 흘러내렸다.

고운원이 어쩔 줄 몰라 하며 군구신에게 말했다.

"왕비마마는…… 왜 이러시는 겁니까?"

"연아!"

군구신이 어디 고운원을 상대할 여유가 있을까.

군구신이 비연을 쫓아가려 했을 때, 비연이 갑자기 발걸음을 멈추더니 눈물을 깨끗하게 닦아 냈다. 그녀의 눈에 단호하고도 차가운 빛이 떠올랐다.

그녀는 다시 몸을 돌리더니, 늘 지니고 다니던 금침을 꺼내 고운원에게 건넸다. 이것은 흑삼림에서 작별할 때 고운원이 그녀에게 돌려준 것이었다.

그 당시 그녀는 집착적으로 그와 함께 빙해영경을 찾으려 했다. 하지만 구려족 고묘에서 그가 솥에 몸을 던진 걸 알게 된 그녀는 그를 더 괴롭힐 수가 없었다.

그러나 지금은 안타까운 마음이라고는 전혀 들지 않았다. 그녀는 반드시 그를 괴롭혀야 했다! 10년이나 속아 온 이상, 10년 동안 그의 뜻대로 끌려온 이상! 어찌 되었건 그녀는 그를 경계해야 했다!

그녀가 말했다.

"고 의원, 마지막 금침입니다. 저를 대신하여 한 사람을 구해 주세요!"

고운원의 눈에 안타까운 빛이 스쳐 갔다. 그는 비연의 시선을 피하며 재빨리 금침을 받아 들었다.

"왕비마마, 울지 마십시오. 누구를 치료하고 싶으시건 말씀만 하십시오! 제가 침을 받은 이상 최선을 다하겠습니다!"

비연이 대답했다.

"우리와 함께 가요. 그 사람을 보면 알게 될 거예요."

아무리 어리석은 사람이라도 비연의 이 말이 핑계라는 걸 알수 있을 것이다. 그녀는 그저 고운원을 곁에 묶어 두고 싶은 것이다. 군구신은 마음에 짚이는 게 있었지만, 고운원은 더 캐묻지 않고 연신 고개를 끄덕였다.

"좋습니다, 좋아요!"

"그럼 가요. 일단 신농곡에 갈 거예요."

비연이 먼저 길을 가기 시작했고, 군구신은 진묵에게 눈짓한 후 비연을 쫓았다. 이렇게 군구신과 비연이 말 한 필에 같이 올라타고 앞에서 가기 시작했다.

진묵이 고운원에게 말을 내준 후 뒤에서 그들을 수행했다.

비연은 군구신 품에 기댄 채 유달리 조용하게 전방을 주시하고 있었다. 군구신이 그녀의 차가운 눈빛을 보며 속삭였다.

"무엇 때문에 내키지 않는 일을 하는 거야? 저자를 나에게 맡겨 줘."

비연이 바로 대답했다.

"아니야, 이 일만은 당신이 끼어들면 안 돼. 나는 반드시 내 손으로 그의 가면을 벗겨 내고 말 거야. 반드시!"

군구신은 잠시 망설이다가 아무 말 없이 그녀의 머리카락에 입을 맞추었다.

고운원이 용천묵에게 거짓말을 하지 않았던 모양이었다. 이곳에는 정말로 신농곡으로 통하는 오솔길이 있었다.

해가 질 무렵, 그들은 신농곡에 도착했다. 고운원이 말했던 대로 신농곡은 약왕제를 거행하고 있어 사람들이 많았다. 신농곡으로 드나드는 대문 앞에서도 줄을 서야 했다.

비연과 군구신은 자신들이 온 오솔길이 은폐되어 있어, 이곳에 익숙하지 않은 사람은 근처에 가더라도 길을 찾지 못할 거라는 사실을 알아차렸다. 두 사람은 이 사실을 마음속에 기억하며, 고운원에게는 묻지 않았다.

신농곡에 도착해 보니 노집사가 약왕제를 주재하고 있었다.

비연 일행은 시종의 안내를 받아 남산 꼭대기로 가서 노집사를 기다렸다. 그들은 각루에 선 채 신농곡 전체를 내려다보았다. 신농곡은 사람들로 가득 차 유달리 시끌벅적했다.

때마침 일몰 무렵이었다. 황금빛 태양의 몽환적인 빛이 온 산골짜기에 가득 차, 신농곡 입구에 우뚝 솟아 있는 약왕 신농 씨의 신상을 비췄다. 소의 머리에 사람의 몸을 한 이 신상은 3장[9]이 넘는 높이로 하늘을 향해 솟아 있어, 그 기세가 웅혼하고 감동스러웠다.

신상의 사지는 물론이고 얼굴에도 등나무 덩굴이 가득했는데, 특히 돌로 이루어진 몸이 보이지 않을 정도였다.

햇빛을 받은 신상의 윤곽을 따라 황금빛이 흐르고 있었다. 마치 하늘에서 신이 강림한 듯한 모습이었다.

이 순간 노집사가 곡주를 대신하여 제자들을 이끌고 신상을 향해 절을 올렸다. 그 경건한 모습에 다른 이들도 자신도 모르게 신상을 우러르며 무릎을 꿇었다.

비연과 군구신은 신농곡에 처음 함께 왔을 때 신상 발아래에서 한참 동안 멈췄던 적이 있었다. 신상의 발아래 있노라면 마치 높은 산 아래 있는 것처럼 스스로가 몹시 미미한 존재처럼 느껴졌다.

이 순간, 그들은 높은 남산 꼭대기에서 신상을 내려다보고 있었지만, 뜻밖에도 여전히 경외심이 피어났다.

---

9 약 10미터.

비연이 합장하고 삼배를 올린 후 감개무량한 목소리로 말했다.

"약학을 공부하는 이들에게 있어 조사이시니."

군구신이 말했다.

"신농은 약왕이고, 약왕은 곧 신농이지. 약왕곡이 곧 신농곡이고, 신농곡이 곧 약왕곡이고 말이야."

군구신이 무심결에 내뱉은 이 말이 비연에게는 달리 들렸다. 그녀는 깊이 생각에 잠겼다가 말했다.

"전설에 따르면, 하늘에서 이 산골짜기에 신화를 내렸고, 신비한 백의 약사가 상고 시기의 현동과 오행의 정수를 모아 신농정을 주조한 후 스스로 그 안에 뛰어들어 세상 사람들을 질곡에서 구했다지. 이 골짜기는 그로 인해 신농곡이라고 이름 붙여졌고, 천하의 약사들이 모두 이곳에 모이게 되었고 말이야. 그렇다면 내 그 사기꾼 사부가 약학의 조사가 되는 셈 아닌가? 어떻게 그럴 수 있지?"

군구신도 그 점을 인지한 상태였다. 그가 웃으며 말했다.

"신농곡은 그 전부터 존재했겠지. 신농정의 전설도 아마 한참 전부터 있었을 거야. 천 년 전에 하늘이 불을 내렸다는 것은 아마 전설이 맞을 거야!"

두 사람은 앞을 바라보는 척하면서도 곁에 있는 고운원에게 흘깃 시선을 던졌다. 이 순간 고운원은 아무 말도 듣지 못한 듯 멀리 신상을 바라보고 있었다······.

빼앗기다, 일단 상황을 지켜보기로

고운원은 난간에 기대서 있었다. 그가 입고 있는 흰옷이며 먹처럼 검은 머리카락이 바람에 나부꼈다. 그는 지극히 고요한 모습으로 전방의 거대한 신농신상을 바라보고 있었다.

비연과 군구신이 저도 모르게 그를 돌아보았다. 그들은 이 순간 고운원의 고요한 모습을 표현할 길이 없었다. 그저 시간이, 고요한 가운데 정지된 것처럼 느낄 뿐이었다.

멀리 보이는 저 신상은 천 년을 서 있었다. 천 년을 침묵하고 있었다.

눈앞의 이 남자는 마치 이곳에 천 년을 서 있었던 듯 보였다. 천 년의 고요를 지키고 있었던 것 같았다.

해가 서서히 저물고 하늘도 점차 어두워졌다. 마지막 남은 빛이 거대한 신상을 지나 고운원에게로 쏟아졌다.

그 순간 그의 몸을 타고 황금빛이 발산되는 것이 마치 하늘에서 내려온 신처럼 신성해 보였다. 사람들에게 절을 받는 저 신상이라도 그 앞에서는 굴복할 만큼 그는 존귀해 보이기도 했다.

얼굴도 마음에 따라 생겨나는 것이고, 기질도 마음에 따라 생겨나는 것이라 했지.

고顧운원, 고孤운원, 당신은 대체 어떤 사람인 걸까!

마지막 남은 빛이 빠른 속도로 고운원의 몸에서 물러나더니, 남산 정상을 지나 신상의 몸에 이르렀다. 곧이어 산골짜기에서도 물러난 빛은 마침내 서쪽 하늘가로 사라졌다.

하늘이 온통 검었다.

신농곡 신상 발아래로 불더미 여럿이 원을 이루며 산골짜기 전체를 밝게 비추고 있었다. 동서남북의 네 산에도 등불이 밝혀지고, 골짜기는 대낮보다 더 시끌벅적한 것 같았다.

비연 일행 뒤에 있는 객당에도 등불이 환하게 밝았다. 이때 시녀가 등불을 가져와 처마 아래에 걸었다.

고운원이 갑자기 비연과 군구신을 바라보았다. 그의 눈길을 예상치 못한 비연과 군구신이 무의식적으로 시선을 피했다. 그리고 그 순간, 그들은 고운원의 입가에 떠오른 미소를 놓치고 말았다.

그의 미소는 담담하면서도 몹시 흐뭇한 듯했다. 하늘이 무너져도, 땅이 꺼지는 일이 있더라도 그는 이렇게 아무렇지 않은 듯 환한 표정일 것 같았다.

비연과 군구신은 곧 뭔가 이상하다는 것을 눈치챘다. 그들이 시선을 피해서는 안 되는 것 아닌가!

두 사람이 다시 고운원을 바라보자, 고운원은 이미 그들에게 읍을 하고 있었다.

"보아하니 노집사께서는 한밤중까지 바쁘실 것 같습니다. 저는 피곤해 먼저 들어가 보겠습니다. 내일 함께 노집사님을 뵙기로 하지요."

비연은 여기까지 오는 동안 마음을 가라앉혔다고 생각했지만 고운원의 이런 모습을 보자 다시 화가 났다. 그녀는 고운원을 노려보며 아무 말도 하지 않았다.

군구신이 곁에 있던 시녀에게 물었다.

"노집사께서 오시려면 얼마나 기다려야 하지?"

"약 한 시진 정도 더 기다리셔야 합니다."

시녀의 대답에 군구신은 고개를 끄덕였다. 그는 노집사를 내일 만나기로 한 후, 시녀에게 머물 곳을 안배하도록 했다. 어쨌든 그와 비연도 몹시 피곤한 상태였다.

이날 밤, 그들은 신농곡 남산의 객방에 머물게 되었다. 작은 정원을 사이에 두고 비연과 군구신은 왼쪽 방에, 고운원은 오른쪽 방에 방문을 마주하고 머물게 되었다.

비연은 보통 약왕정을 베갯머리에 두곤 했지만, 오늘 밤은 탁자 위에 올려놓았다. 그리고 잠시 고민한 끝에 제 외투로 약왕정을 덮어 버렸다.

옆에서 서신을 읽던 군구신도 비연의 행동을 보더니, 몸을 일으켜 제가 곁에 입고 있던 장포를 벗어 역시 약왕정을 덮어 버렸다.

비연이 그에게 물었다.

"아직 안 잘 거야?"

"일단 자도록 해. 나는 택아에게 답신을 써야겠어. 이 녀석, 내가 대자사 주지에게 가서 염진을 환속시키고, 궁에 데려와 주기를 바라고 있어!"

비연은 몸을 눕힌 후 다시 물었다.

"염진은 계속 궁에 있었던 거 아니었어? 택아가 괜히 번거로운 일을 하는 거 아냐?"

군구신이 웃으며 대답했다.

"그래, 계속 택아와 함께 있었어. 같이 밥 먹고, 같이 잠을 자고. 아주 그림자라도 된 듯 떨어지지 않는다더군."

"사이좋은 형제는 원래 그런 거지."

비연 역시 웃다가 갑자기 벌떡 일어나 진지하게 물었다.

"아직도 택아에게 진실을 이야기하지 않을 작정이야?"

군구신은 잠시 생각한 후 말했다.

"진양성에 돌아간 후에 얘기할까 해. 이런 일은 아무래도 얼굴을 보면서 말해야겠지."

군구신은 군자택에게 그들의 다른 신분이나 빙해와 관련한 일에 관해서는 이미 이야기했다. 그러나 아직 꺼내지 못한 말이 하나 있었다. 이 일은 군구신 역시 구려족 고묘에서 고북월을 만난 후에야 알게 된 일이기도 했다.

군구신의 양모이자 고북월의 부인 진민은 수년 전 어린 아들 고명신을 데리고 집을 떠났다. 모두 그들 모자가 실종되었다고 생각했으나, 고북월은 그들의 행방을 아주 잘 알고 있었다.

진민과 고명신은 수년 내내 어디도 가지 않고 천염국 대자사 근처에 은거하고 있었다. 대자사의 주지가 거둬 키운 어린 사미승 염진이 바로 군구신의 동생인 고명신이었던 것이다!

진민은 방해받고 싶어 하지 않았다. 때문에 고북월은 지금까지 그들을 남몰래 지킬 뿐 감히 모습을 드러내지는 못했다.

군구신은 고북월에게서 얘기를 들은 후 모친을 몹시 만나고 싶었지만, 또 감히 함부로 행동할 수도 없었다. 그는 고북월이 대진국의 홍수와 관련한 문제를 처리한 후 현공대륙으로 돌아오기를 기다리고 있었다. 그때 함께 모친을 만나러 갈 생각이었다.

어쨌든 그는 지금도 모친이 동생을 데리고 집을 떠난 진짜 이유를 알지 못했다. 그가 기억하는 한, 모친은 결코 충동적이거나 경솔한 사람이 아니었다.

진민 이야기가 나오자 비연은 저도 모르게 공기봉리와 개나리를 떠올렸다. 정확히는 자신과 군구신이 공기봉리와 개나리를 통해 기억을 찾으려 했던 나날들이. 분명 이미 1년이 넘게 지난 이야기인데도 마치 어제 일어났던 일인 것처럼 눈앞에 생생했다.

비연이 장난스럽게 말했다.

"망중이 한우아를 구출하면, 다시 한번 공기봉리에 대해 정확히 물어봐야겠어!"

군구신이 어쩔 수 없다는 듯 웃었다.

이때 밖에서 문 두드리는 소리가 들리더니, 진묵이 망중의 친필 서신을 가져왔다.

군구신은 서신을 열어 본 후 바로 안색이 변했다. 비연이 다급하게 물었다.

"무슨 일이야?"

군구신이 서신을 그녀에게 건넸다.

"한우아와 수희가 동시에 사라졌는데, 현재로서는 행방을 알수 없는 상태야. 그리고 혁소해와 기욱도 놓쳤다는군!"

비연 역시 몹시 놀랐다.

"설마 혁소해가 한우아와 수희를⋯⋯?"

백초국에 가기 전, 군구신은 소 숙부와 기욱의 행방을 조사해 계속 감시하고 있었다. 그러나 건원 황제를 상대하느라 바쁜나머지 소 숙부 쪽에 신경 쓸 여유가 많지 않았다. 게다가 소 숙부와 기욱이 백초국에 간 목적을 알고 싶어 바로 손을 쓸 생각도 없었다.

군구신이 미간을 슬쩍 찌푸린 채 말했다.

"보아하니 그들도 한참 전에 우리를 발견했던 것 같아. 그리고 우리의 계교를 역이용해서, 기회를 엿보았다가 움직인 거지! 한우아와 수희 모두 그들이 데려간 것 같아!"

비연이 말했다.

"천염국과 만진국의 형세는 이미 정해진 거나 마찬가지고, 백초국은 황제와 황후가 다투고 있는데, 그들이 수희와 한우아를 납치한들 무슨 쓸모가 있지? 이미 축운궁주를 배반했는데, 혁소해가 또 상황을 뒤집을 수 있기나 할까? 아니면 설마⋯⋯ 다시 옛 주인에게 돌아가려고 하는 걸까?"

군구신이 대답했다.

"강평성 사건의 진상이 밝혀지고 나면 백리명천도 분명 찾아오겠지! 아마 축운궁주도 함께 올지 모르겠어. 우리는 일단 사태가 변하는 것을 지켜봐야 할 것 같군."

비연이 고개를 끄덕이며 물었다.

"최근 흑삼림 쪽에 새로운 소식이라도?"

군구신이 고개를 젓더니 목소리를 더욱 낮춰 말했다.

"하지만 북강 쪽에서는 오히려 새로운 소식이 도착했어. 하소만이 바다에서 옥씨 가문의 옥여의 제기를 찾았어. 하소만이 꽤 시간을 들여 겨우 건져 낸 모양이야."

비연이 자리에 앉더니 진지하게 말했다.

"그걸 건지느니 차라리 영원히 바다에 남겨 두는 게 나았을 텐데. 혈제는 결코 다시는 있어서는 안 될 일이니까!"

부황과 오라버니는 북해 근처에서 절대 서정력을 사용하여 천살을 불러내지 않을 것이다. 그녀와 모후가 얼음을 깨기 위해 봉황력을 불러낸다 해도, 그렇게 많은 인어를 희생하지는 않을 것이다.

그들은 군구신이 장악한 건명력에 의지해서만 천살과 지살을 억제할 생각이었다.

군구신이 말했다.

"이왕 찾았으니 옥씨 가문에게 되돌려 줘야겠지. 소 부인이 잘 보관하면 될 거야. 그 물건은 쓰여서는 안 될 물건이니, 다른 이들의 손에 떨어지지 않도록 해야 해. 상황을 오판하고, 이 두 해역을 통해 영생의 힘을 얻으려는 이들이 적지 않으니 말이야!"

비연은 그제야 고개를 끄덕였다.

"하소만이 정말 고생했겠어."

그날 밤 비연이 잠든 후, 군구신은 바쁘게 모든 일을 마치고 예전처럼 검을 연습하러 나갔다.

진묵이 문밖에서 파수를 보고 있는 걸 발견한 군구신은 정원 밖으로 나갔다. 고운원과 대설이 멀지 않은 곳 지붕에 앉아 자신을 보고 있다는 것도 모르고……

좀 더 기다려야 한다, 아직 때가 되지 않았으니까

깊은 밤이었지만 약왕곡은 여전히 등불로 휘황찬란하고 시끌벅적했다. 그러나 남산 위는 매우 고요했다.

입추가 지나 점차 서늘해지고 있었다. 게다가 산속이다 보니 밤은 마치 물처럼 차가운 느낌이었다.

건명보검을 감싸고 있던 검은 비단이 바닥에 떨어졌다. 군구신은 보검을 잡은 채 춤을 추듯 한 초식 한 초식 놀라운 검법을 선보였다.

그의 몸이 때로는 빠르게, 또 때로는 느리게 흔들렸고 검 역시 그러했다. 검이 사람을 따르고, 사람이 검을 따라 움직이는 듯한 모습이었다. 속도가 빨라질 때면 환상처럼 나타나는 그림자가 그의 그림자인지 검의 그림자인지 구분하기 어려울 정도였다.

고운원은 멀지 않은 곳 지붕에 앉아 자못 흥미진진하게 구경하고 있었다. 다른 이였다면 군구신의 동작에서 눈도 떼지 못하고 열중할 테지만, 그는 그저 한가롭게 즐기고 있었다. 군구신의 저 검법을 보는 것이 일상다반사인 것처럼, 혹은 손바닥을 뒤집듯 쉬운 일인 것처럼.

대설이 고운원 어깨 위에 서 있었는데, 역시 한가로워 보였다. 물론 대설은 고운원처럼 안목이 있는 게 아니어서 검법을 이해하지 못했다. 그의 눈에는 그저 그림자 하나가 흔들리고 있는 것으로 보일 뿐이었다.

한참 후 대설이 고운원의 팔을 따라 내려와 떠나려 했다. 고운원은 군구신을 보면서도 고개 한번 돌리지 않고, 손을 뻗어 아주 정확하게 대설을 잡았다.

대설을 다시 안아 든 고운원이 시선을 떨어뜨렸다. 그 맑은 눈에 잔잔한 웃음기가 서려 있어, 뭐라 형용할 길 없이 보기 좋았다.

그가 길고 보기 좋은 손가락으로 대설의 턱을 간지럽혔다.

"본존과 조금 더 있어 주려무나. 네가 이해하지 못한다면 본존이 가르쳐 주면 되겠지."

대설은 그가 무슨 얘기를 하는지 알지 못했다. 그러나 자신에게 남아 달라는 뜻인 것은 대강 이해할 수 있었다.

대설이 아주 과감하게 고개를 저었다. 그가 이곳에 온 것은 낭과의 냄새에 이끌려서였다. 만약 그가 자신에게 커다란 낭과 세 개를 먹여 주지 않는 한, 대설은 이 거대한 괴물 곁에 있지 않을 작정이었다!

그날 밤 숲속에서 대설은 그의 몸이 투명해지다가 마침내 사라지는 걸 직접 보았고, 지금까지도 기억에 깊게 남아 있었다!

대설이 힘차게 고개를 젓자 고운원이 웃기 시작했다. 그의 다른 손이 마술이라도 부리듯, 주먹 크기의 낭과 하나를 꺼냈다.

그 모습을 본 대설의 눈이 아주아주 커지더니 빛나기 시작했다. 지금까지 본 중 가장 큰 낭과라 해 봤자 손가락 크기였다.

그런데 이렇게 거대한 낭과라니!

대설은 찍 소리를 낸 후 바로 낭과에게 달려들어 과육을 맛보기 시작했다. 거의 동시에, 멀지 않은 곳에 있던 군구신이 멈추더니 소리가 난 곳을 바라보았다. 그러나 별다른 것을 발견하지 못했다.

군구신은 그것이 대설의 소리라는 걸 알았기 때문에 크게 마음에 두지 않았다. 그가 검을 연습할 때 대설이 주변을 돌아다니는 것에는 이미 익숙했다.

군구신이 검을 다시 휘두르기 시작하자 몸을 눕히고 있던 고운원이 소리 없이 일어나 앉았다. 그는 대설의 꼬리를 잡아 과육에서 떼어 낸 다음 제 어깨 위에 올리고 다시 낭과를 건네주었다.

대설은 제 얼굴에 묻은 과즙을 혀로 한번 핥더니 낭과를 끌어안고 맛있게 먹기 시작했다. 고운원은 어쩔 수 없다는 듯 고개를 흔들며 잔잔하게 웃었다.

"천 년 전과 똑같이 좋아하는구나. 안타깝게도 기억력은 좋지 않지만."

그는 다시 군구신을 바라보며, 대설이 듣건 말건 상관하지 않고 설명하기 시작했다.

"군구신이 연습 중인 것은 건명검술이다. 분명 세 번째 경지인 '무아무검'을 연습 중인 것 같은데, 안타깝게도 첫 번째 경지의 깊은 뜻만을 이해한 상태인 것 같구나. 이 검법에 영술을 더한다면 현공대륙에는 적수가 없을 거야. 어쨌든 군구신의 적수는 천살과 지살이겠지만."

그는 중얼거리다가 갑자기 멈췄다. 뭔가 떠오른 듯 잠시 생각에 잠기더니, 다시 어찌할 도리가 없다는 듯 웃기 시작했다.

그러나 이 어찌할 도리가 없다는 게 정말로 아무것도 할 수 없다는 것은 아니었다. 이 세상 어떤 일이라도 그가 완벽하게 어찌할 도리가 없다고 생각하게 하는 일은 없을 것 같았다.

그는 다시 군구신을 바라보며 중얼거렸다.

"좀 더 기다려야지. 때가 아직 되지 않았으니까. 일을 너무 서두르면 오히려 망치는 법이야."

이때 대설은 낭과를 즙 한 방울 남기지 않고 다 먹어 치운 참이었다. 고운원은 다시 손가락으로 대설의 둥근 배를 쓰다듬으면서, 웃음기 어린 목소리로 다정하게 말했다.

"됐다. 본존의 낭과를 먹었으니 가면 안 된다."

대설은 원래 자리를 뜰 생각이었으나, 고운원이 이리 쓰다듬어 주자 저도 모르게 트림을 했고, 갑자기 나른해졌다. 대설은 고운원의 어깨 위에 엎드린 채 꼼짝도 하지 않았다.

고운원의 시선은 이제 군구신의 움직임을 넘어 더 먼 곳을 향하고 있었다. 점점 더 먼 곳을 바라볼수록 밤은 더욱 고요히 깊어져 가는 것 같았다. 이 순간 그가 고顧운원인지 아니면 고孤운원인지는, 대설이라 해도 제대로 구분할 수 없었다.

방 안에 있던 비연은 침상에서 뒤척이며 군구신의 품을 찾다가, 문득 옆자리가 비었음을 깨닫고 바로 눈을 떴다. 그녀는 주변을 둘러본 후 정신을 차렸다.

군구신이 보이지 않았지만 그다지 걱정되지는 않았다. 지난 몇 달 동안 그녀는 한밤중에 그를 보지 못하는 것에 이미 익숙해져 있었다.

그녀는 군구신이 검을 연습하러 나갔다는 사실을 알고 있었다. 그러나 그를 찾으러 나간 적은 한 번도 없었고, 오히려 그가 돌아와 자신을 재우려 할까 봐 두려워하곤 했다.

비연은 침상 위에 가부좌를 틀고 앉아 마음을 수련하려고 노력했다. 그녀는 이미 몸 안의 힘을 희미하게 느낄 수 있었다.

비연은 군구신에게 자신이 정체기라는 걸 말하지 않았다. 일단 이 정체기를 돌파하기만 하면 그녀는 반드시 성공할 테니까!

봉황력은 모후가 그녀에게 준 가장 큰 선물이었다. 그녀는 반드시 이 선물을 느끼고, 필요한 곳에 이용할 것이다!

다음 날, 이른 아침이었다. 비연 일행이 아침 식사를 하기도 전에 노집사가 그들을 찾아왔다. 노집사는 비연과 군구신을 보며 무척 기뻐했다.

"정왕 전하, 왕비마마, 두 분이 혼례를 치르시는데 이 늙은이가 직접 가서 축하주도 마시지 못했으니, 지금까지도 항상 마음에 걸려 하고 있습니다!"

비연이 웃으며 말했다.

"그럼 우리가 혼례를 한 번 더 치를 테니, 그때는 꼭 와서 신나게 드셔 주세요! 노집사님께서 그리 술을 사랑하시니……."

노집사가 재빨리 비연의 말을 잘랐다.

"그런 불길한 말은 함부로 하시면 안 되지요. 이 늙은이가 평생 마음에 간직할 테니, 다시 혼례를 치른다거나 하는 일은 없어야 합니다.”

비연이 군구신을 흘깃 보며 몰래 웃었다. 군구신은 그녀의
뜻을 이해하고 있었기에 새어 나오는 웃음을 어쩌지 못하면서
도 상황을 설명하지 않았다.

노집사가 그제야 고운원을 바라보며 물었다.

“이 공자께서는⋯⋯.”

원래 노집사가 그들에게 고운원이라는 은거 의원을 추천해
주었다. 비연이 예전에 물어보았을 때 노집사는 고운원을 한
번도 본 적이 없다고 답하긴 했지만, 그녀와 군구신은 마음속
에 약간의 의심을 품었다.

비연이 일부러 탐색하듯 말했다.

“노집사님, 아무리 귀인은 옛 친구를 잊기 마련이라지만, 이
분을 잊으시면 아니 되지요! 잘 생각해 보세요!”

노집사가 고운원을 열심히 들여다보더니 고개를 저었다.

“본 적은 없는 얼굴이지만, 어쨌든 약 냄새가 나는 걸로 보아
의원 아니면 약사시겠지요. 정왕 전하와 왕비마마께서 이 늙은
이 있는 곳까지 모셔 올 정도라면 분명 대단한 분이시겠고.”

고운원이 바로 겸손하게 웃으며 말했다.

“아닙니다. 그런 과찬은 감당할 수 없습니다.”

그리고 앞으로 한 걸음 나오더니, 역시 그 판에 박힌 태도로
읍하며 말했다.

“저는 연운간의 고운원입니다.”

위협, 양자택일

고운원이 가문을 소개하자 노집사가 멍한 표정을 지었다.

비연과 군구신은 함께 고운원과 노집사를 유심히 살피던 참이었다. 두 사람 다 노집사의 이런 반응을 보고도 안색 하나 바꾸지 않았다.

노집사가 멍한 표정인 걸 보고 고운원이 다시 읍하며 말했다.

"저는 연운간의 고운원입니다. 노집사님을 뵙습니다."

노집사는 그제야 정신이 돌아온 듯했다.

"자, 자네가…… 자네가…… 자네가 바로 연운간의 고 의원이었군! 생각지도 못했네, 정말이지 생각지도 못했어! 이렇게 젊다니 말이야. 하하, 청출어람이라더니, 연운간 고씨 가문의 앞날이 기대되네! 이 늙은이가 자네를 직접 오게 만들다니, 거참. 이 늙은이가 직접 만나러 가야 하는데 말일세."

고운원이 연신 손을 내저으며 겸손하게 말했다.

"아닙니다, 어찌 어르신께서 후배를 찾아오신단 말씀입니까? 당연히 후배 된 도리로 선배를 찾아뵙는 것이 옳지요. 다만 고씨 가문의 규칙이 엄하여 제가 사교 활동을 쉽게 하지 못하고 있었을 뿐이니, 노집사 어르신께서 양해해 주십시오. 저는 자격도 경험도 아직 부족하고, 재능도 학문도 얕습니다. 노집사 어르신께서 너무 과찬하십니다."

노집사도 서둘러 손을 내저었다.

"아니, 아닐세. 이 늙은이는 사실을 이야기한 게야! 은거 의원의 명성은 아무나 감당할 수 있는 것이 아니지. 이제 겨우 20대 중반으로 보이는데, 이렇게 젊은 나이로 감당할 수 있으니, 그리 겸손하게 굴 것 없네."

고운원이 즉시 다시 손을 내저었다.

"아니, 아닙니다……."

마침내 비연이 참지 못하고 나섰다. 그녀와 군구신은 그들 두 사람이 서로 겸손하게 예의를 차리는 걸 보러 여기 온 게 아니었다.

"노집사님, 앉으시지요! 고 의원도 그렇게 서 있지 말고 앉아서 천천히 대화하죠!"

노집사는 케케묵은 예의에 집착하는 사람이 아니었다. 비연이 이렇게 이야기하자 바로 상황을 파악하고 웃으며 말했다.

"자, 앉게나. 모두 앉읍시다."

노집사는 하인에게 좋은 차를 내오라 이른 후 진지하게 물었다.

"서쪽에서 곧 전쟁이 발발하는 것 아닙니까? 두 분이 어찌 여기까지 오셨는지? 그것도 고 의원까지 모시고 말입니다."

군구신이 대답했다.

"전쟁보다 더 중요한 일이 있어, 노집사께 여쭈러 왔습니다."

노집사가 호기심이 인다는 듯 웃으며 말했다.

"정왕 전하께서는 너무 예를 갖추실 필요 없습니다. 무슨 일이건 말씀해 보시지요."

군구신은 단도직입으로 신농곡 곡지谷志를 요구했다.

이곳 주변 100리는 신농곡이 직접 관할하며, 다른 군이나 현은 없었다. 무예를 수련하던 시기건 황제가 권력을 잡은 시기건, 신농곡은 언제나 독립적으로 존재했다. 신농곡이 있는 이 지역의 지리, 역사, 그리고 풍토와 인심은 오로지 신농곡 곡지에만 기록되어 있었다.

군구신과 비연은 신농곡에 대한 의문이 적지 않았고, 명확한 답안을 얻기 위해서는 곡지를 읽는 게 가장 좋다는 결론을 내렸다.

노집사의 표정이 진지해졌다.

"정왕 전하, 곡지는 무엇 때문에 원하시는 겁니까? 혹시 우리 신농곡과 관련된 무슨 일이라도 있었습니까?"

군구신과 비연은 노집사에게 적령석의 존재를 알리는 것이 두렵지 않았다. 그들 생각에는 노집사를 속이느니 일부라도 털어놔 노집사의 호기심을 자극해, 그들이 더 많은 비밀을 이해할 수 있도록 유리하게 이끄는 게 나았다.

군구신이 답했다.

"신농곡 전설과 관련하여 본 왕과 왕비가 신농곡 밖에서 증거를 찾았습니다. 그러한 까닭에 전설을 좀 더 이해해 보고자 합니다."

"무슨 전설 말입니까?"

노집사의 물음에 비연이 웃으며 답했다.

"어르신, 신농곡에 신농정에 대한 전설 외에 또 다른 전설이 있나요? 그 전설은 대체 진실인가요, 거짓인가요? 곡지에 신농정에 대한 기록이 남아 있나요?"

노집사는 그들을 한참 동안 바라보다가 겨우 대답했다.

"두 분 설마…… 신농정을 찾으러 오신 건 아니겠지요?"

비연과 군구신은 노집사가 이리 물으리라고는 생각지 못했다. 비연이 다급하게 물었다.

"설마, 신농정이 정말로 존재하나요?"

노집사가 대답했다.

"그건 허망한 전설일 뿐입니다. 두 분처럼 영리하신 분들이 어찌 그런 전설을 믿으십니까?"

비연과 군구신은 이 말에 무척 실망했다. 비연은 더 설명하지 않고 그저 노집사에게 곡지를 보여 주기를 청했다. 그러나 노집사의 대답은 다시 그들을 실망시켰다.

"신농곡 곡지는 계속 곡주 어르신이 직접 편찬하시고 보관하셨습니다. 이 늙은이는 1년이 넘도록 곡주 어르신을 뵌 적 없습니다. 곡주 어르신께 곡지를 부탁하려면 아마…… 몇 년은 걸릴 겁니다."

비연이 다급하게 말했다.

"곡주 어르신께서는 북산에 계신 게 아닌가요? 어째서 몇 년이나 걸리나요? 우리가 가서 뵙겠습니다!"

노집사도 다급한 나머지 서둘러 몸을 일으켰다.

"왕비마마, 어찌 이 늙은이를 힘들게 하십니까? 곡주 어르신께서는 항상 북산에 은거하시며 손님을 맞지 않으십니다. 이 늙은이는 그분을 대신해 신농곡을 관리하고 있을 뿐 아니라 북산의 방어도 책임지고 있습니다. 일단 누군가가 북산에 들어가면 곡주 어르신께서는 제일 먼저 이 늙은이를 불러 물으실 겁니다."

비연은 긴장하기는커녕 오히려 기쁜 마음이 들었다. 그녀는 재빨리 노집사를 부축해 다시 자리에 앉혔다.

"노집사 어르신, 걱정하지 마세요. 일단 이 물건을 보시겠어요?"

그녀는 적령석을 하나 꺼내 노집사에게 내밀었다.

노집사는 적령석을 들여다보며 의아한 표정으로 물었다.

"이게 무엇입니까?"

비연이 자못 놀라며 물었다.

"적령석이에요. 모르시나요?"

노집사가 고개를 저었다.

"처음 듣습니다. 광석입니까?"

비연은 정말로 다시 한번 실망했다. 그러나 그녀는 포기하지 않고 계속 말했다.

"전설에 따르면 천 년 전 하늘이 신농곡에 큰불을 내려보냈지요. 그리고 한 약사가 제 몸을 희생해 신농정을 주조했고요. 이 적령석은 그때 신농정을 주조하고 남은 재료입니다. 저와 정왕 전하는 어제 신농곡 뒤편 골짜기에서 이 적령석 구덩이를 발견했어요. 그래서 저희는 전설이 사실이라 믿습니다! 천 년 전 신농곡은 이곳이 아니라 뒤쪽 작은 산골짜기에 있었어요. 그리고 그때 그 산골짜기는 신농곡이 아니라 약왕곡이라 불렸지요! 그렇기에 그때의 신농정이 약왕정이라고도 불리게 되었지요!"

노집사는 의심스러운 눈빛이었다. 그는 다시 적령석을 들고 유심히 살펴보더니 중얼거렸다.

"뒤쪽 그 산림은 안개가 심해 인적이 뜸한 곳입니다. 아주 위험한 곳이지요! 이 늙은이도 젊은 시절에는 그곳으로 약재를 채집하러 가곤 했지만, 나이를 먹고는 가지 않았습니다."

노집사의 이 반응을 보면 확실히 그 산림에 대해서는 전혀 익숙하지 않아 보였다.

비연은 잠시 생각하다가 다시 물었다.

"노집사 어르신, 신농정은 정말로 존재합니다. 다만 누구의 손에 떨어졌는지 모를 뿐이지요. 설마 곡주 어르신께서, 본래 신농곡에 속한 이 보물을 되돌려 받을 생각이 없으신 건 아니겠지요? 전설의 그 약왕정 안에는 공간이 있어 약초밭을 일굴 수 있고, 또 신화도 있어 셀 수 없이 많은 약방을 연마해 낼 수 있다고 하던데요. 약왕정 하나면 신농곡 전체를 대신할 수도 있을 겁니다. 이 보물이 나쁜 마음을 먹은 이의 손에 떨어진다면 그 결과는 상상조차 하기 어렵지 않을까요! 노집사 어르신, 이렇게 중요한 일이니 집사 되신 입장에서 곡주 어르신께 감추고만 계실 수는 없습니다!"

비연은 있는 힘을 다해 노집사에게 권했고, 군구신과 고운원은 곁에서 듣고만 있을 뿐 아무 말도 하지 않았다.

군구신의 시선이 때때로 고운원에게로 향했으나, 고운원이 그의 시선을 눈치챘는지는 알 수 없는 일이었다. 고운원은 계속 진지하고 엄숙한 표정으로 비연을 보고 있었다.

비연은 온갖 방법으로 권했으나 결국 노집사를 설득하지 못했다. 그래서 차라리 위협을 해 보기로 했다.

"어르신, 우리가 곡주 어르신을 뵙게 해 주시거나, 아니면 사흘 안에 곡지를 빌려 와 주세요. 그렇게 하지 않으시겠다면, 우리도 신농곡에서 진상을 알아낼 방법이 없으니 이 소문을 널리 퍼뜨릴 수밖에 없어요. 그러면 신농곡은 아마 어제 약왕제 때보다 훨씬 시끌벅적해질걸요!"

노집사는 다급한 나머지 신분도 잊고 말했다.

"너, 너 이 계집, 어찌 이리 시비를 가리지 못하고!"

그러나 비연은 적령석까지 꺼내 보인 이상, 목표에 도달하지 못하고 멈출 생각은 없었다.

"두 가지 중 어떤 방법이 좋을지, 어르신 스스로 선택하세요!"

노집사도 결국은 어쩔 줄 몰라 하며 대답했다.

"곡주 어르신을 뵙는 것은 절대로 불가능하다! 사흘 동안 내가 노력해 보겠다! 그러니 너…… 너는 스스로의 신분을 잊지 말고, 절대로 함부로 행동하지 말도록 해라!"

"그럼 저희는 좋은 소식을 기다리겠어요!"

비연이 몹시 기뻐하며 군구신을 바라보았다. 이때 마침 군구신도 그녀를 바라보고 있었다. 두 사람은 마음이 서로 통하기라도 한 것처럼 가장 중요한 점을 눈치챘다.

　노집사는 곡주를 만나는 게 불가능하다고 말했다. 그렇다면 그들은 더더욱 방법을 마련해 북산에 가 봐야만 했다!

　비연이 이야기한 사흘의 시간은 곡주가 북산에 있는지 알아보기 위한 것에 지나지 않았다. 노집사가 그녀에게 승낙했다는 것은 바로 곡주가 북산에 있다는 이야기였다!

　비연과 군구신이 서로를 바라보며 웃었다. 이 순간, 고운원은 생각에 잠긴 듯한 표정으로 그들을 바라보고 있었다……

네가 내 곁에 있게 해 줄 능력이 있다

노집사는 원래, 가까스로 비연을 만나게 되었으니 그녀와 약학과 관련한 문제를 토론할 생각이었다. 그러나 비연에게 위협을 받자, 차 한 잔 마실 시간도 지체하지 않고 경매장의 동 장주를 불러 비연을 접대하라 이른 후 바로 북산으로 향했다.

경매장의 동 장주는 바로 당정의 직속상관으로, 비연과 한번 만난 적이 있었다. 그는 원래 비연에 대한 인상이 좋았던 데다 노집사의 명도 있으니 무척 열정적이었다. 고운원이 은거 의원이라는 것을 알게 되자 더더욱 열정적이었다.

비연 일행이 아침을 먹은 지 얼마 되지도 않았건만, 동 장주는 신농곡에서 최근에 새로 만들어 낸 약선 요리를 가져오게 해 비연 등에게 맛보라고 권했다.

군구신이 명쾌한 목소리로 거절했다.

"본 왕의 몫은 준비할 필요 없다."

비연은 이유도 덧붙였다.

"아직 배가 부르니, 내 몫도 준비할 필요 없다."

고운원은 일단 동 장주에게 읍한 후 진지하게 설명하기 시작했다.

"저도 방금 아침 식사를 한지라 다시 음식을 먹기에는 마땅치 않습니다. 게다가 입추가 이미 지났고, 동지는 아직 오지 않았습니다. 지금은 보양을 위한 시기는 아닌 듯합니다. 동 장주의 아름다운 뜻은 제 마음으로 받아 두겠습니다."

동 장주는 이 말을 듣자 서둘러 약선의 처방을 이야기하기 시작했다. 이 처방은 가을에 복용하기에 적합하도록 특별히 배합한 것으로, 경력이 풍부한 약사 여럿이 함께 만든 것이라고 했다.

고운원은 그 말을 듣더니 겸허한 자세로 동 장주와 보양식에 대해 논하기 시작했고, 마침내 경매장에서 며칠 동안 약선 요리의 처방을 경매에 부친다는 이야기까지 나왔다.

비연과 군구신은 노집사를 상대로 한 고운원의 연극을 지켜볼 시간도 없었던 만큼, 동 장주를 상대로 연극을 하는 것은 더더욱 지켜볼 생각이 없었다. 그러나 동 장주가 고운원을 맡아 상대해 준다면 그들로서는 고마운 일이었다.

"연아, 진묵을 불러들여 고운원을 감시하게 해."

군구신이 고민하다가 나지막한 목소리로 말했다.

"진묵에게 계속 감시하게 하고, 우리는 지금 당장 북산으로 가서 살펴보는 게 좋겠어!"

그러자 비연이 잠시 생각하다가 말했다.

"안 돼. 얼굴 마비는 관심이 고픈 오라버니를 상대할 수 없다고!"

얼굴 마비? 관심이 고픈 오라버니?

군구신이 의아해하는 걸 보고 비연이 재빨리 설명했다.

"전다다가 붙인 별명이야. 진묵이 얼굴 마비고, 내 사부……."

'사부'라는 단어가 입 밖으로 나오는 순간 비연이 재빨리 말을 고쳤다.

"고운원이 관심이 고픈 오라버니야! 어때, 딱 맞지 않아?"

군구신이 잠시 생각하다가 말했다.

"사람을 더 찾아서 진묵을 도우라 해야겠군."

비연이 답답해하며 진지하게 물었다.

"꼭 내가 함께 가야겠어?"

북산은 험준하고, 올라갈 수 있는 길은 하나뿐인 데다 경계가 삼엄했다. 하지만 군구신의 능력이라면 십중팔구 문제없이 잠입할 수 있을 터였다. 그러나 군구신이 그녀를 데려간다면 얼마간 위험이 있을 수밖에 없었다.

비연이 비록 검술을 비롯한 무술을 배우고 있다 하나, 그녀는 자신의 능력이 부족하다는 걸 인정해야 할 때는 인정하는 성격이었다. 그녀는 군구신과 함께 갈 생각이 없었다.

비연의 진지한 표정을 본 군구신의 입매에 미소가 떠올랐다.

"네가 꼭 나와 같이 가고 싶은 게 아니라고?"

"나, 나는……."

비연은 처음에는 어찌 반응해야 할지 알 수 없었다. 그러나 군구신의 미소를 보자, 그가 그녀를 놀리고 있다는 걸 알 수 있었다.

비연은 이야기에 빠져 있는 고운원과 동 장주를 흘깃 본 다음, 힘차게 군구신을 밀어 버리고는 속삭였다.

"좋아, 꽤 능력이 있는데? 감히 나에게 빈정거리다니!"

그러자 군구신의 입매가 더욱더 보기 좋게 호를 그렸다.

비연은 세세히 생각해 보기 시작했다. 기억을 되살려 보니, 정말 자신이 군구신과 떨어지지 않으려 했던 것 같기도 했다. 어릴 때는 더 말할 것도 없고…….

생각하면 생각할수록 찔리는 구석이 있었지만, 비연은 여전히 군구신을 노려보았다.

"흥!"

군구신의 눈빛에 다정함이 어렸다.

"능력이야 대단하지 않지만, 네가 나와 함께 있게 해 줄 능력 정도는 있지. 그러니 함께 북산에 가도록 하자. 진묵을 도와줄 사람은 내가 찾아볼 테니."

비연은 심장이 뛰기 시작했지만, 여전히 마음을 놓을 수 없었다.

"하지만 진묵은……."

군구신이 가까이 다가오더니 목소리를 낮춰 속삭였다.

"그는 너를 잘 이해하고 있으니, 너도 그렇게 계속 지켜볼 필요 없어. 하지만 진묵은 반드시 임무를 다할 거야. 진묵처럼 잡념 없이 명령에 따르는 사람이야말로 상대하기 가장 어렵지."

그의 말에 비연은 깨달았다. 진묵을 이해하지 못하는 사람은 알지 못하겠지만, 진묵을 이해하는 사람이라면 모두 알고 있었다. 진묵의 감정은 사실 매우 단순했다. 그는 어린 시절 속세와 단절되어 고묘에서 자랐고, 욕망과 감정도 거의 느끼지 못했다. 그러니 어찌 교활한 잔꾀 같은 것을 부릴까? 이런 사람이야말로 가장 단순한 동시에 그 마음을 짐작하기가 가장 어려울 것이다.

비연이 웃으며 말했다.

"정왕 전하, 그럼 제가 계속 전하께 찰싹 달라붙도록 하겠습니다!"

군구신 역시 웃었다.

"본 왕의 영광이다."

고운원이 동 장주와 토론하면서도 군구신과 비연을 곁눈질했다. 그는 두 사람이 무슨 이야기를 하는지는 들을 수 없었지만 웃으며 얘기하는 건 볼 수 있었다. 비연이 군구신을 밀어 버리는 장면을 보니, 연인 사이에 장난을 치는 모습처럼 보였다.

동 장주는 고운원과 대화하는 게 몹시 즐거웠지만, 감히 비연과 군구신을 너무 오래 내버려 둘 수는 없었다. 그는 시녀들에게 새로운 차를 가져오게 하며 말했다.

"오후에 100명이 참가하는 큰 경매가 있으니 더욱 시끌벅적할 것입니다. 흥미를 느끼신다면 제가 바로 자리를 안배해 드리지요."

비연과 군구신은 이미 경매장을 구실로 삼을 생각이었다.

비연이 재빨리 대답했다.

"당연히 흥미가 있지요. 고 의원, 우리 함께 경매 구경을 하러 가요."

고운원이 망설이는 듯한 표정으로 비연을 바라보며 물었다.

"왕비마마, 구하시고자 하는 환자는 급하지 않으십니까?"

비연이 고운원의 눈을 보며 아주 진지하게 말했다.

"아주 급하지요. 환자와 약속해 두었으니, 사흘 후에 바로 출발하기로 해요."

고운원이 어리둥절한 표정을 짓더니 곧 비연보다 더 진지한 눈빛으로 말했다.

"어떤 병세건 치료를 빨리 시작하는 것이 좋습니다."

비연은 고개를 끄덕이며 말했다.

"동 장주, 보세요. 환자는 조급해하지 않는데 의원이 이리 급하다고 합니다. 고 의원은 정말 부모 같은 마음을 지닌 의원입니다! 요즘 세상에 고 의원과 같은 의원은 정말 많지 않지요."

동 장주도 연신 고개를 끄덕이며 덧붙였다.

"그렇고말고요. 특히 고 의원같이 의술이 고명하신 분이 저러시는 것은 더욱 보기 드문 일입니다!"

비연이 가볍게 고운원의 어깨를 두드리며 웃었다.

"고 의원, 환자는 급하지 않으니 안심하세요. 가시죠. 가서 경매장 구경을 해요. 동 장주의 호의를 저버릴 생각일랑 하지 말고."

동 장주는 몹시 기뻐하며 직접 길을 안내했다.

고운원과 동 장주가 앞에서 걸어가고, 비연과 군구신은 뒤에서 걷기 시작했다. 비연은 슬쩍 등 뒤의 진묵을 불러 속삭였다.

"진묵, 나랑 전하는 북산에 다녀올 거야. 고운원을 감시하도록 해. 우리가 돌아올 때까지 저자가 잔꾀를 부리게 하면 안 돼."

진묵이 고개를 끄덕였다. 그러나 비연은 그가 말뜻을 이해하지 못했을까 봐 한마디 더 덧붙였다.

"계속 지켜보고 있어야 해."

어눌하고 냉담해 보이는 진묵의 얼굴은 가끔 아주 순종적으로 보이기도 했다. 진묵이 고개를 끄덕이며 말했다.

"응, 주인님 말을 들을게."

비연은 겨우 안심했다.

일행이 산기슭에 도착했을 때, 비연이 일부러 현기증이 온 척했다. 군구신이 재빨리 그녀를 부축했고, 동 장주와 고운원이 그 모습을 보고 바로 그들에게로 돌아왔다.

동 장주가 친절하게 물었다.

"왕비마마, 괜찮으십니까? 의원을 찾아올까요?"

군구신이 대답하려 했을 때, 비연이 먼저 힘없이 말했다.

"의원이라면…… 눈앞에도 한 명 있잖아요."

동 장주가 고운원을 바라보며 재빨리 말했다.

"고 의원, 어서, 어서 왕비마마를 봐 주십시오!"

동 장주는 말을 끝낸 다음에야 고운원이 쉽게 의술을 행하지 않는 은거 의원이며, 죽어 가는 자를 보더라도 구하지 않을 수 있다는 사실을 떠올렸다. 동 장주는 그만 난처해지고 말았다. 어쨌든 그는 방금 고운원을 칭찬했으니까!

조용한 미남자

비연은 분명 일부러 그러고 있었다.

그러나 동 장주만 난처해할 뿐, 고운원은 전혀 아무렇지 않아 보였다. 심지어 난감해하는 느낌이라고는 전혀 없어 보였다. 그는 엄숙한 태도로 말했다.

"동 장주, 어서 의원을 불러오시지요."

동 장주가 정신을 차리고 재빨리 의원을 부르러 보내려 했다. 그러나 비연이 제지했다.

"그럴 필요 없어요. 이건 내 고질병이라, 약을 좀 먹고 쉬면 금방 나을 거예요."

그제야 군구신도 입을 열었다.

"두 분, 실례하겠소. 진묵, 네가 본 왕과 왕비를 대신하여 고 의원을 모시고 다녀오너라."

진묵이 바로 몸을 일으켰다.

"명을 따르겠습니다!"

군구신과 진묵의 대화가 어찌나 빨리 진행됐는지, 고운원과 동 장주가 거절할 시간도 없을 정도였다.

동 장주는 일이 이상하게 돌아간다는 걸 눈치채지 못하고, 비연과 군구신을 전송한 후 고운원에게 웃으며 말했다.

"저 두 분이 지난번에 오셨을 때는 주인과 시녀였지요. 그런데 지금은 부부가 되어 오셨습니다! 정왕 전하가 저리도 왕비 마마를 아끼시는 걸 보십시오. 부부 사이의 금슬이 분명 아주 좋은 모양입니다."

고운원이 나지막한 목소리로 말했다.

"아마도 운명이겠지요."

동 장주는 제대로 듣지 못하고 다시 물었다.

"고 의원, 뭐라 하셨습니까?"

고운원이 그제야 큰 소리로 말했다.

"인연이라고 했습니다."

동 장주가 웃기 시작했다.

"그렇습니다! 그렇고말고요!"

고운원의 눈에 슬픈 빛이 떠올랐다. 그는 더 길게 이야기하지 않고 고개를 숙인 채 앞으로 걸어갔다.

얼마 지나지 않아 고운원이 다시 돌아보았으나, 비연과 군구신의 모습은 이미 멀리 사라지고 없었다. 대신 진묵이 세 걸음도 채 떨어지지 않은 거리에서 그의 뒤를 따르고 있었다.

고운원은 진묵을 향해 우아하고 겸손하게 미소 지어 보였다. 그러나 진묵은 계속 무표정한 얼굴이었다.

고운원이 계속 우호적으로 웃어 보였지만 진묵은 여전히 반응을 보이지 않았다. 고운원은 짐작 가는 바가 있는 듯 대수롭지 않게 웃어넘겼다.

이렇게 비연과 군구신은 몰래 북산 쪽으로 가고, 고운원과 동 장주는 경매장으로 향했다. 진묵은 철저하게 '오로지 명령을 듣는다'는 태도로 고운원에게서 시선을 떼지 않았다.

경매장에 도착하자, 군구신이 안배한 시위가 진묵에게 와서 함께 고운원을 살피기 시작했다.

고운원이 그 시위를 흘깃 보고는 마음에 짚이는 게 있는 듯 웃어넘겼다. 동 장주는 시위를 보고도 그저 진묵의 수하로만 여기고 신경 쓰지 않았다.

동 장주는 고운원과 진묵을 귀빈석에 앉게 했다. 고운원이 가운데였고, 진묵이 그 오른쪽, 동 장주가 왼쪽이었다. 새로 온 시위는 진묵의 옆자리였다.

진묵은 옷차림도 소박하고 신분도 낮았지만, 동 장주, 고운원과 함께 앉아 있으면도 분위기에서 절대로 밀리지 않았다. 보통 사람보다 잘생긴 얼굴 때문일까, 적지 않은 이들이 그를 높은 신분으로 여겼다.

물론 그 자리에 있는 이들 대부분은 동 장주만을 알아볼 뿐, 진묵과 고운원의 진짜 신분을 아는 이는 없었다.

경매는 시작부터 흥미진진했다. 동 장주는 흥분한 나머지 웃으며 고운원에게 말했다.

"고 의원, 이 약방문이 얼마까지 올라갈지 추측해 보시겠습니까?"

고운원이 겸손하게 말했다.

"저는 경매에 대해 들어만 보았을 뿐 오늘 처음 구경해 봅니다. 추측하기 어렵군요."

동 장주는 진묵을 냉대하지 않고 물었다.

"진 시위, 진 시위 생각은 어떠한가?"

진묵은 무표정한 얼굴을 돌리더니 평온한 어조로 말했다.

"모른다."

동 장주가 어찌 진묵의 성격을 알겠는가? 그는 조금 난처해하면서도 웃으며 더 묻지 않았다.

경매가 한참 계속되었다. 경매에 참여하던 사람들이 하나둘 물러나고, 마지막에는 한 남자와 한 여자만 남아 계속 경쟁했다. 동 장주가 다시 말했다.

"고 의원, 이제 방법을 아시겠습니까? 저 두 사람 중 약방문을 얻는 사람은 누구일까요?"

고운원이 진지하게 생각하는 듯하더니 여전히 겸손한 태도로 말했다.

"정말이지 저에게는 어렵습니다. 말하기 힘들군요!"

동 장주가 잠시 망설이다가 다시 진묵에게 물었다.

"진 시위, 진 시위에게 무슨 고견이라도 있는지?"

진묵은 이번에는 고개도 돌리지 않고 똑같이 평온한 말투로 답했다.

"모른다."

동 장주는 마침내 진묵이 뭔가 이상하다는 걸 깨달았다. 그러나 겉으로 드러내지 않고 그저 웃어넘겼다.

"이 늙은이도 모르겠으니, 우리 계속 지켜보지요!"

다시 한참이 흐른 후 고운원이 몸을 일으키며 속삭였다.

"동 장주님, 잠시 화장실에 다녀오겠습니다. 실례합니다."

동 장주가 고개를 끄덕이는 순간 진묵도 몸을 일으켰다. 그는 아무 말 없이 고운원을 쫓기 시작했다. 동 장주가 서둘러 물었다.

"진 시위, 자네……."

진묵이 고개를 돌리더니 평온하고도 냉담하게 답했다.

"화장실."

이 말을 들은 고운원의 발걸음이 살짝 굳었다. 그러나 그는 다시 웃어넘기고 재빨리 앞을 향해 걷기 시작했다.

이렇게 진묵은 고운원과 함께 화장실에 들어간 후 같이 나와 귀빈석으로 되돌아왔다.

오후 내내 그들은 경매를 구경했다. 고운원은 화장실에 세 번 갔고, 진묵도 매번 따라가 함께 들어갔다가 함께 나왔다.

동 장주는 영리한 사람이었다. 그는 곧 군구신이 고운원을 감시하기 위해 진묵을 보냈다는 사실을 알아차렸다.

동 장주는 은거 의원을 숭배하고 있었고 고운원에게 호감이 있었지만, 상황을 모르는 상태에서 쓸데없이 끼어들거나 연루되고 싶지 않았다. 그의 경매장에서 고운원과 진묵에게 무슨 일이라도 생긴다면 노집사에게 설명하기 곤란할 뿐 아니라 군구신과 비연에게는 더더욱 설명하기 어려울 터였다.

물론 그에게 사심이 없는 것은 아니었다. 그는 고운원과 진묵에게 일찍 돌아가자고 했다. 고운원에게 진묵의 감시에서 벗어날 기회를 마련해 주기 위해서였다.

그는 원래 비연과 군구신에게 사람을 보내 모두를 저녁 연회에 초청할 생각이었지만 결국 마음을 접었다. 경매가 끝난 후 그는 긴급한 공무가 있다는 핑계로 고운원과 진묵을 먼저 거처로 전송했다.

남산 정상에 도착하자 고운원이 진묵에게 읍하며 말했다.

"진 시위, 시간이 이르지 않습니다. 저는 이만 쉬어야겠습니다. 오늘 함께하시느라 고생하셨습니다."

진묵은 아무 말도 하지 않았다.

고운원이 웃으며 몸을 돌려 걷기 시작했다. 그런데 이게 웬일일까. 진묵과 시위가 바로 따라붙었다. 고운원이 바로 발걸음을 멈추고 물었다.

"진 시위, 무슨 일 있습니까?"

진묵은 무표정한 얼굴로 대답하지 않았다.

고운원은 온화한 태도로 말했다.

"진 시위, 무슨 일이 있으면 그저 말씀만 하십시오. 예의를 차리실 필요 없습니다."

진묵은 그를 바라보며 아무 말도 하지 않았다. 아주 조용한 미남자처럼.

고운원이 미간을 찌푸리며 진묵을 한번 살펴보고는 걱정스럽게 물었다.

"진 시위, 괜찮습니까?"

진묵은 아무 반응도 하지 않았다.

고운원도 더 묻지 않고 북산 쪽을 바라본 후 제 방을 향해 걷기 시작했다. 그는 여전히 진묵의 감시를 별일 아닌 일로 치부

할 생각이었다.

그러나 이게 웬일일까. 그가 방으로 돌아와 문을 닫으려 했을 때, 진묵이 갑자기 손을 뻗어 제지했다. 고운원이 마침내 화가 난 표정으로 질문했다.

"진 시위, 이게 뭐 하는 짓입니까? 당신 주인께서는 당신이 이렇게 무례한 걸 알고 있습니까?"

진묵은 무표정한 얼굴로 힘차게 문을 열었다. 고운원이 문을 막으며 노한 눈으로 그를 바라보았다.

"대체 뭐 하는 겁니까? 가지 않는다면 소리를 지르겠습니다!"

고운원은 정말 소리쳐 사람을 부를 심산이었으나 한 걸음 늦고 말았다. 그가 입을 열기도 전에 진묵이 불시에 그의 입을 막더니, 다른 손으로 그를 단단히 붙잡고 방 안으로 끌고 들어갔다. 그리고 함께 있던 시위에게 말했다.

"문을 닫아."

그의 목소리는 아무 일도 발생하지 않은 것처럼 평온했다.

고운원이 아무리 여러 가지를 생각했다 해도, 진묵이 이러리라고는 당연히 예상도 할 수 없었다. 그는 경악한 표정을 지었으나, 진묵의 이어진 행동은 그를 더욱 경악시켰다······.

정말로 오기를 잘했다.

문이 닫혔다.

진묵이 고운원을 침상 위로 밀어 버리더니 시위에게 말했다.

"천 뭉치. 노끈, 긴 거로."

그의 말투는 평온했고 표정은 더더욱 평온했다. 그러나 이 말을 들은 고운원은 눈을 휘둥그렇게 떴다.

고운원이 발버둥 치기 시작했으나, 아무리 발버둥을 친들 어찌 고수의 속박에서 벗어날 수 있겠는가? 그가 '문약'하기를 포기하지 않는 한은 불가능한 일이었다.

고운원은 마침내, 여전히 '문약'한 상태로 구속에서 벗어나지 못했다.

시위가 진묵의 분부대로 천 뭉치와 긴 노끈을 가져왔다. 진묵은 시위의 도움도 받지 않고 천 뭉치를 고운원의 입에 쑤셔 넣고, 다시 고운원을 꽁꽁 묶은 다음 침상 위에 눕혔다.

"읍! 으읍……."

고운원이 발버둥을 치며 진묵을 노려보았다. 그러나 진묵은 여전한 표정으로 본체만체했다. 그는 고운원을 머리끝부터 발끝까지 훑어보고는, 단단히 묶여 있음을 확인한 후 이불을 덮어 주었다.

고운원이 살기를 품은 눈으로 진묵을 노려보았으나 결국은 속수무책이었다.

진묵이 침착하게 물을 한 잔 마시고는 시위에게 말했다.

"문 앞에서 지키고 있어. 누가 오거나 하면 알아서 응대해."

시위가 명령을 듣고 밖으로 나갔다. 진묵은 의자를 침상 옆으로 끌고 와 앉은 다음 고운원을 응시했다. 고운원이 여전히 그를 노려보고 있었다.

진묵은 잠시 그와 마주 보다가, 이불을 잡아끌어 고운원의 얼굴까지 덮어 버렸다.

이 순간 고운원의 눈길은 상상조차 할 수 없을 정도였다. 그러나 진묵은 여전한 모습으로 자리에 앉더니 허리를 쭉 펴고 팔짱을 꼈다. 그리고 비연의 명령에 따라 잠시도 고운원에게서 시선을 떼지 않고, 밤을 새워서라도 지켜볼 준비를 했다.

이렇게 모든 것이 고요해졌다.

잠시 후, 고운원이 몸을 뒤척이기 시작했다. 처음에는 크지 않은 움직이었지만, 점점 더 동작이 커져 침상이 끼익 소리를 내며 흔들릴 지경이 되었다. 진묵은 그제야 이불을 걷어 보았다.

고운원의 눈에 분노가 사라져 있었다. 크게 뜬 그 눈을 대신 채우고 있는 것은 애걸이었다.

진묵이 물었다.

"무슨 일이지?"

고운원이 바로 턱을 세우더니 말을 하게 해 달라고 움찔거렸다. 그러나 진묵은 천 뭉치를 빼 주지 않고 물었다.

"화장실?"

328

고운원이 바로 고개를 끄덕였다.

진묵은 대답하는 대신 다시 자리로 돌아가 앉은 다음 문밖 시위에게 외쳤다.

"요강을 가져와!"

고운원은 말할 것도 없고 시위마저 경악스러운 표정을 지었다.

고운원이 다급하게 고개를 젓자 진묵이 물었다.

"필요 없어?"

고운원이 계속 고개를 젓자 진묵이 다시 물었다.

"화장실에 직접 가고 싶어?"

고운원이 재빨리 고개를 끄덕였다. 그러나 이게 웬일인가? 진묵이 말했다.

"이 자리에서 해결해. 그다음에 수습하면 되니까."

시위가 멍한 표정을 지었고, 고운원은 절망한 듯 천장만 바라보았다.

진묵이 파도가 지나갔다는 듯한 얼굴로 말했다.

"보아하니 별 필요가 없는 모양이야. 물러가."

시위가 나가자 방 안은 다시 조용해졌다. 얼마 지나지 않아 고운원이 눈을 감았다. 발버둥 치는 것을 철저히 포기한 모양이었다.

진묵이 이렇게 고운원을 지키고 있을 때, 비연과 군구신은 막 북산의 정상에 오른 참이었다.

신농곡의 북산은 정북쪽이 아니라 서북쪽에 있었다. 이 산은 신농곡에서뿐 아니라 천염국 내에서 가장 높은 산이기도 했다. 이 산은 독특하게도 하늘을 뚫을 듯한 기둥 형태로 생겼기 때문에 천주산이라고도 불렸다.

산 정상에는 겨우 방 두 칸에 작은 정원이 딸려 있는 집이 한 채 있었다. 집이 어찌나 작은지, 사람이 많으면 제대로 서 있기도 어려울 정도였다.

정상적인 상황이라면 반 시진이면 정상에 오를 수 있었을 것이다. 그러나 군구신은 비연을 지키며 시위를 피해야만 했기에 오후 시간을 다 써야만 했다. 산 위로 오르면 경계가 덜할 것으로 생각했지만, 오를수록 경계는 더 삼엄해졌다.

지금 두 사람은 절벽 위 바위를 잡고 기어오르는 중이었다. 두 사람의 발밑은 허공이었다. 비연은 두 손으로 바위를 잡고 있었고, 군구신은 한 손으로는 바위를 잡고 한 손으로는 비연의 허리를 안고 있었다. 그들 눈앞에 순찰 시위들이 보였다.

조용히 한참을 기다린 끝에 시위들이 마침내 떠났다. 비연이 안도의 한숨을 내쉬며 속삭였다.

"밤이라 다행이야. 아니면 우리 들켰을지도 몰라. 은거는 무슨, 내가 보기에 여기는 무슨 감옥 같은 느낌인걸!"

군구신이 고개를 끄덕였다. 그리고 등불이 켜진 집을 보면서도 바로 다가가지 않고 속삭였다.

"연아, 여기 오기를 잘한 건 같아. 네 말이 맞아. 곡주는 이곳에 은거하고 있는 게 아니라, 갇혀 있는 것 같아."

눈앞에 보이는 집에는 몸을 숨길 곳이 없어 보였다. 그 주위도 마찬가지였다. 게다가 시위들이 집을 둘러싼 채 계속 순찰하고 있었다.

군구신이 한참 동안 둘러보다 마침내 지붕을 바라보았다. 그의 속도라면 비연을 안고도 쉽게 시위의 눈을 피해 지붕 위에 착지할 수 있었다.

그가 나지막한 목소리로 말했다.

"연아, 잠시 후 지붕에 오르면 바로 엎드리도록 해."

비연이 진지하게 말했다.

"알겠어!"

그러나 그들이 몸을 움직이려는 찰나, 방문이 갑자기 열렸다. 봉두난발을 한 늙은이가 맨발로 뛰어나오더니, 정원의 야트막한 화단 속을 미친 듯이 뛰어다니며 꽃잎을 따기 시작했다. 늙은이는 꽃잎을 따더니 내버리고, 다시 따는 일을 반복했다.

저 늙은이는…….

비연과 군구신이 놀란 표정으로 서로의 얼굴을 바라보았다.

곧 노집사가 소리치며 쫓아 나왔다.

"곡주 어르신, 곡주 어르신, 냉정하십시오!"

비연과 군구신이 더욱 경악했다. 명성을 떨치고 있는 신농곡의 곡주가 미친 늙은이란 말인가? 너무나 예상 밖의 상황이었다!

노집사가 곡주 곁까지 따라오더니 달래듯 말하기 시작했다.

"곡주 어르신, 밤이 깊었습니다. 약은 내일 다시 캐도 늦지 않습니다. 밤은 춥고 이슬도 많아 약을 달이기에도 좋지 않아요. 어르신, 일단 주무십시다."

그러나 노인은 노집사의 말을 듣지 않고, 꽃이 약재라도 되는 것처럼 온 힘을 다해 따며 초조하게 말했다.

"시간이 없어! 늦었다고! 약은 의학의 근본인데 약이 없으면 어떡하지? 약이 없으면 죽게 되는 거야! 너는 그것도 모르느냐!"

"압니다! 알고말고요!"

노집사는 이런 경험이 많았던 것처럼, 노인에게 약재가 담긴 바구니를 하나 내밀며 다시 달래듯 말했다.

"곡주 어르신, 약은 충분합니다! 충분해요! 더 캐시면 낭비입니다! 약은 곧 목숨이니 낭비하면 안 됩니다! 어서 가서 약을 달이시지요. 아니면 약효에 영향을 주겠습니다."

이 말을 들은 노인이 바로 멈춰 서더니 중얼거렸다.

"약효?"

노집사가 고개를 끄덕였다.

"바로 그렇습니다!"

노인이 잠시 조용히 있는가 싶더니 갑자기 또 미친 듯이 등불이 켜지지 않은 다른 방으로 달려 들어갔다. 노집사가 바로 따라갔고, 얼마 안 돼 방 안에 등불이 켜졌다.

비연이 군구신을 바라보며 의아한 표정으로 말했다.

"미친 걸까? 이렇게 경계가 삼엄한 것도 이상한 일이 아니었어! 이 일이 밖으로 새어 나간다면 노집사로서는 도저히 가라앉힐 수 없겠지."

군구신이 고개를 끄덕였다.

"보아하니 약 때문에 미친 것 같아. 우리가 곡지를 찾아보는 수밖에 없겠어."

비연이 물었다.

"어떻게 하지? 가야 할까, 아니면 좀 더 지켜볼까?"

그들은 본래 상황을 살핀 후 직접 곡주를 만나 약왕곡에 관해 물어볼 생각이었다. 그러나 지금 상황을 보니, 뭘 물어본들 답이 나올 것 같지 않았다.

군구신은 여전히 신중하게 말했다.

"사람들이 온다. 일단 지켜보자. 조심하도록 해."

순찰 시위들이 사라지자, 군구신이 바로 비연을 안고 날아올랐다. 그리고 가장 빠른 속도로 지붕 위에 착지해 바로 엎드렸다.

발각되지 않았음을 확인한 후 군구신이 슬며시 지붕 위 벽돌을 하나 뽑았다.

그들은 과연 무엇을 보게 될까?

정말로 그를 난처하게 만들었다

방 안 긴 탁자 위에는 작은 도자기 병들이 **빽빽**했다. 노인이 큰 소리로 웃으며 탁자 주변을 빙글빙글 돌고 있었고, 노집사는 그에게 간청하고 있었다.

"곡주 어르신, 곡지를 제게 주십시오! 곡지를 주지 않으시면 제가 일을 할 수 없습니다! 곡주 어르신, 잘 생각해 보십시오. 곡지를 어디 두셨는지요?"

노집사가 애원해도 노인은 아무것도 듣지 못한 것처럼 미동도 하지 않았다. 비연과 군구신은 상당히 기꺼운 마음이 되어, 인내심을 발휘해 계속 기다리기로 했다.

노인이 탁자 주변을 몇 바퀴 돌더니 갑자기 멈춰 섰다. 그러고 도자기 병 하나를 골라 노집사에게 내밀더니 히히 웃으며 물었다.

"이거, 이것! 무슨 약인지 알겠느냐?"

노집사가 말했다.

"곡주 어르신, 일단 곡지를 어디 두셨는지 알려 주시면 제가 말씀드리지요."

이 말에 비연과 군구신이 귀를 쫑긋 세웠다.

노인은 고개를 갸웃하더니 노집사를 이리저리 뜯어보며 말했다.

334

"곡지? 그럼 이 늙은이가 생각 좀 해 볼까!"

노집사가 무척 기뻐했고, 지붕 위에 있던 비연과 군구신은 더욱 기뻐했다. 그러나 이게 웬일일까. 노인에게서는 엉뚱한 말이 나왔다.

"곡지가 무슨 약이지? 이 늙은이가 어찌 기억하지 못하는 것이냐?"

비연과 군구신은 할 말을 잃었다. 그러나 노집사는 인내심 있게 말했다.

"곡주 어르신, 곡지는 약이 아니라 책입니다. 책을 어디에 두셨습니까?"

"책?"

노인이 다시 히히 웃더니, 노집사를 가리키며 말했다.

"네놈, 내 약서를 훔치러 왔구나! 히히, 널 잡아야겠다!"

"저, 저는……. 곡주 어르신, 제발……."

노집사가 말을 끝내기도 전에 노인이 말을 잘랐다.

"약방을 맞히면 도둑이 아니지! 네가, 네가 맞히면 이 늙은이가 모든 약서를 침상 아래에 숨겨 둔 걸 말해 주마!"

이건……. 뜻밖에도 이렇게 자백해 버리다니! 확실히 미친 것이 분명했다!

노집사가 반응하기도 전에 비연이 먼저 입을 막았다. 그녀의 반응이 빨라 다행이었다. 하마터면 웃어 버릴 뻔한 것이다. 군구신도 새어 나오는 웃음을 어쩌지 못하고 소리 없이 미소 지었다.

노집사 역시 몹시 기뻐하고 있었다. 그러나 그가 방을 나가려 했을 때, 노인이 작은 약병을 건네며 그를 잡아끌었다.

"어서! 맞혀 봐! 맞히면 내가 말해 준다니까!"

노집사는 방에서 나가지 못하고 약병을 여는 수밖에 없었다. 작은 약병 안에는 잘 달인 탕약이 들어 있었다. 노집사는 냄새를 맡은 다음 진지하게 말했다.

"칡뿌리, 백작약의 뿌리, 목과, 강황, 감초!"

이 말을 들은 노인의 얼굴에서 웃음기가 가셨다. 그가 다시 탁자를 돌기 시작했다. 그러나 곧 멈추더니, 눈앞에 있는 작은 병을 들어 노집사에게 건넸다.

"이것도!"

노집사는 신농곡을 실제로 장악하고 있는 자로서 능력이 상당히 훌륭한 편이었다. 그는 병의 뚜껑을 열자 냄새를 제대로 맡지도 않고 말했다.

"황기, 상당인삼, 단삼, 홍화, 지렁이!"

노인은 어린애가 된 것처럼 코웃음을 치더니 계속 탁자 주위를 돌았다. 이렇게 노인은 노집사를 시험했고, 노집사는 몇 번이나 방에서 빠져나갈 기회를 놓치고 말았다.

노인이 건네는 약병 속의 약방은 처음에는 간단한 편이었지만 뒤로 갈수록 점점 더 복잡해졌다. 이제 약재가 스무 가지 이상 들어간 게 아니면 노인은 아예 집어 들지를 않았다.

이 장면을 지켜보던 비연은 웃음소리를 낼 수 없어 안타까울 정도로 즐거운 기분이었다. 그들은 한참을 기다린 후, 노집사가 당분간은 방에서 나오지 못할 걸 확신하게 되었다. 군구신이 안심하며 비연을 데리고 다른 방으로 옮겨 갔다.

군구신은 그 방 안으로 들어가기 전에 일단 지붕에서 잠시 훔쳐보았다. 방 안은 텅 비어 사람이라고는 없어 보였다.

군구신이 나지막한 목소리로 말했다.

"연아, 지붕에서 지켜보고 있어. 누가 오거든 방 안으로 아무 물건이나 떨어뜨리면 돼. 이곳이 곡주를 가두기 위한 곳이라면, 방 안에는 시위가 없는 게 정상이야. 저들이 경계하는 것은 외부인이 갑자기 찾아오는 것일 테니까."

비연은 곧 곡지를 볼 수 있다는 생각에 흥분하여 바로 고개를 끄덕였다.

"알았어!"

순찰 시위들이 멀어지자, 군구신이 방문 앞으로 착지한 후 소리 없이 문을 열고 들어갔다. 비연은 흥분하고 또 긴장한 상태로 지붕 위에서 방 안의 상황을 살피며 시위들이 오지 않나 살피고 있었다.

모든 것이 순조로웠다. 군구신은 침상 아래에 숨겨진 서랍을 열고 신농곡 곡지를 찾아냈다. 그는 무척 기뻐하며 지붕의 비연에게 손을 흔들고, 빠르게 한 장 한 장 훑어보기 시작했다.

비연은 점점 더 흥분되어, 당장이라도 군구신에게 무엇을 발견했는지 물을 수 없어 한스러울 정도였다. 그러나 바로 이때, 멀지 않은 곳의 방문이 열리더니 노인이 미친 듯이 뛰어나왔다.

"불가능해! 절대로 불가능하다고! 이 늙은이야말로 천하제일

이야! 너는 절대 이 늙은이에게 비할 수 없다고! 불가능해…….

불가능…….”

그는 정원으로 뛰어나오더니 제멋대로 활개를 치며 돌아다니기 시작했다. 노집사는 계속 그를 쫓으며 큰 소리로 달랬다.

“곡주 어르신, 어르신보다 대단한 사람은 없습니다. 저는 훨씬 많은 약방을 제대로 맞히지 못할 겁니다. 믿지 못하시겠다면 다시 시험해 보시지요! 이러지 마십시오!”

노인은 노집사가 달래는 것도 듣지 않고 정원을 뛰어다니더니, 갑자기 비연이 있는 쪽으로 달려오기 시작했다. 비연은 깜짝 놀라 식은땀을 흘리며, 알약 하나를 방 안으로 던졌다.

군구신도 이미 바깥의 동정을 듣고 있다가, 비연이 경고하자 바로 다른 창을 통해 빠져나왔다. 거의 동시에 노인이 방 안으로 들어갔고, 노집사도 그 뒤를 따랐다.

군구신이 환영처럼 움직여 곧 소리 없이 지붕 위로 올라왔다. 시위들이 순찰하는 것을 본 그는 바로 몸을 엎드렸다. 잠시 후, 두 사람은 안도의 한숨을 내쉬었다.

이때 방 안에서는 노인이 미친 듯이 침상 아래 숨긴 약서를 모두 끄집어냈다. 방금 군구신이 되돌려 놓은 곡지도 그중에 섞여 있었다.

노집사가 기뻐하며 곡지를 집어 들려 하자, 노인이 사납게 도로 빼앗더니 의분 강개하여 말했다.

“이 늙은이의 약서를 훔쳐 갈 생각일랑 꿈에도 꾸지 마라! 이 늙은이는 이 책을 불사를지언정, 절대로 너희 같은 소인배들에게는 주지 않을 것이다."

말을 마친 그는 곡지를 찢으려 했다.

비연이 깜짝 놀라 군구신에게 속삭였다.

"전부 다 읽었어?"

"전부 읽었어. 돌아가 다시 이야기하자."

노집사도 경악했음이 분명했다. 그가 노인에게 달려들어 곡지를 빼앗았다.

노인이 크게 노해 곡지를 다시 빼앗으려 했으나, 노집사는 곡지를 품에 안은 채 지키고 있었다.

"돌려줘! 내놓으란 말이다! 이 늙은이에게 돌려주지 않으면 너를 죽여 버릴 테다!"

노인은 몹시 사나웠다. 심지어 노집사의 손을 힘주어 떼어 내려고도 했다. 노집사는 감히 반항하지 못하면서도 곡지를 안은 손은 풀지 않았다.

노인은 곡지를 빼앗을 수 없다는 것을 알게 되자 주먹을 들어 힘차게 내려쳤다. 노집사의 몸이 아니라 노집사의 머리 위로!

노집사는 여전히 어떤 반응도 보이지 않고 죽어라 곡지를 지킬 뿐이었다. 그는 허리를 굽힌 채 계속 주먹을 피하려 했지만 결국 피하지 못하고 주먹질을 감내하는 수밖에 없었다.

노인이 계속 소리쳤고 노집사는 침묵을 지켰다. 비연은 이 장면에서 눈도 떼지 못하고 있었다. 마음이 몹시 답답해졌다. 그녀는 어떻게든 도와주고 싶었다. 노집사에게 곡지를 그렇게까지 지킬 필요가 없다고, 군구신이 이미 다 읽었노라고도 말해 주고 싶었다. 그러나 이 상황에서는 그리할 수 없으니 계속 조용히 있을 수밖에 없었다.

이런 노집사를 어떻게 의심할 수 있겠는가?

비연이 속삭였다.

"우리가 저분을 너무 괴롭힌 것 같아. 그저 신농곡의 체면을 지키고 싶으셨을 뿐인데."

군구신은 노인을 한 번 더 흘깃 보고는 별다른 의견은 말하지 않았다.

"일단 돌아가자. 곡지에 천 년 전 불길에 대해 적혀 있었어. 하지만 그건…… 하늘에서 내린 신화가 아니었어."

누군가가 가짜를

비연과 군구신은 다음 날 점심 무렵에 남산으로 돌아왔다. 오는 내내 시위를 피하느라 서로 대화를 나눌 여유가 없었다.

방 안에 들어서자마자 비연은 조급하게 곡지에 기록된 내용에 관해 물었다. 그러나 군구신은 일단 그녀를 자리에 앉힌 다음 따뜻한 물을 한 잔 따라 주며 물었다.

"배고프지? 뭐 먹고 싶어?"

비연이 그를 바라보며 잔을 받지 않았다.

군구신이 흘러내린 비연의 머리카락을 쓸어 올려 주며 재촉했다.

"어서 마셔. 일단 몸을 따뜻하게 하고, 한숨 돌린 다음에 이야기하자."

비연은 여전히 물을 받지 않았다. 무슨 말인가 하고 싶은 듯했으나 결국은 아무 말도 하지 않고, 대신 직접 따뜻한 물을 따라 군구신에게 건넸다.

군구신이 잠시 멈칫했으나 곧 따뜻하게 웃기 시작했다. 그 미소를 본 순간 비연도 그만 피식 웃고 말았다. 두 사람은 서로 잔을 교환해 조용히 마셨다.

비연은 따뜻한 물을 몇 모금 마신 후 새 옷을 가져와, 군구신에게 갈아입게 했다.

어젯밤과 새벽에 이슬이 무척 심했는데, 군구신이 계속 그녀를 감싸 안고 있다 보니 옷이 젖었다가 마르며 몹시도 차가운 상태였다.

그가 그녀에게 애정을 준 것처럼, 그녀도 그에게 돌려주고 싶었다.

비연은 군구신이 옷을 갈아입기를 기다리며 그 앞에 쪼그려 앉았다. 군구신이 미간을 찌푸리며 물었다.

"연아, 뭘 하려는 거지?"

비연이 달콤하게 미소 지으며 바로 그의 신발을 벗기기 시작했다.

"부군의 족욕 시중을 들 생각이지. 한기를 내몰 수 있도록."

그녀가 이러는 걸 군구신이 어찌 견딜 수 있을까? 그가 재빨리 그녀를 잡아끌었다.

"어서 일어나!"

비연은 그의 말에 따르지 않았을 뿐 아니라, 오히려 그가 일어나지 못하도록 눌렀다. 그러고는 명령하듯 진지하게 말했다.

"앉아! 움직이지 말고!"

말을 마친 그녀가 그를 노려보며 한마디 덧붙였다.

"다시 함부로 움직이면 나, 화낼 거야!"

비연이 정말로 화를 내기 시작하면 군구신은 감히 대적할 수 없었다. 그는 순순히 앉았지만 저도 모르게 입매가 살짝 올라가고 있었다. 마치 웃는 듯, 어쩔 수 없다는 듯.

비연은 그의 신발이며 버선을 벗긴 후, 뜨거운 물이 담긴 대야를 가져와 약가루를 풀었다. 그러고는 수온을 재 본 후 군구신에게 발을 담그게 했다.

"이건 나만의 비법이야. 당신만 쓸 수 있는 거라고!"

비연이 몸을 일으키더니 손뼉을 치며 달콤하게 웃었다. 군구신은 말없이 제 옆자리를 두드렸다. 그러나 비연은 자리에 앉지 않고 말했다.

"뭐 먹고 싶어? 하인에게 만들어 오게 할게."

비연은 지금 자신이 얼마나 다정한지 깨닫지 못하고 있었다.

군구신이 말없이 그녀를 끌어당겨 자리에 앉게 한 후, 몸을 굽혀 그녀의 신발과 버선을 벗겨 주었다. 비연은 그제야 그가 무엇을 하려는지 눈치챘다. 그녀는 잠시 머뭇거리다가 그가 하는 대로 내버려 두었다. 그녀의 입가에도 살며시 미소가 떠올랐다.

신발과 버선을 벗기니 비연의 보드랍고 새하얀 발이 나왔다. 마치 옥과 같은 그녀의 발은 특히 섬세하고 가녀린 복사뼈가 유혹적이었다!

비연은 군구신의 표정을 볼 수 없었지만, 그가 움직이지 않자 바로 두 손을 높이 들어 그를 놀렸다.

군구신은 그녀의 발을 잡은 채 망설이듯, 참아 내듯 잠시 멈춰 있다가 그녀의 두 발을 약탕 안에 담갔다. 비연이 그제야 물었다.

"방금 뭘 그리 보고 있었어? 내 발에 뭐라도 묻었어?"

군구신의 얼굴에 부끄러운 빛이 스쳐 갔다. 그는 일부러 들지 못한 척 비연의 어깨를 안고 화제를 돌려, 신농곡 곡지에 대해 이야기하기 시작했다.

보통 한 지역의 '지'라는 것은 그 지역의 과거부터 현재까지, 각 방면에 관해 기록한 것으로, 상당히 많은 내용을 포함하기 때문에 2, 3년에 한 번은 수정, 증보 작업을 거치기 마련이었다. 그러나 신농곡의 곡지는 천 년 전 대화재 때부터 시작하여 10년 전까지만 기록돼 있었다.

내용도 무척 간단하여 신농곡에서 벌어진 큰 사건들만 기록했는데, 대부분 약과 관련된 사건들이었다. 새로운 약재를 재배해 냈다거나, 새로운 약방을 만들어 냈다거나, 약재의 약성을 새로 발견했다거나, 무슨 약재가 자라는 습성 등을 발견했다는 이야기 등등, 한마디로 말해 약 이야기 위주였다.

군구신이 진지하게 말했다.

"곡지에는 하늘에서 내린 불에 대한 기록은 없어. 대신 인위적인 대화재 기록이 있더군. 바로 우리가 적령석을 찾은 그 산골짜기에서 일어난 화재야."

"인위적이라고? 대체 어떻게 된 일이지?"

긴장한 비연이 군구신에게 물었다.

"천 년 전, 어떤 약사가 외부인과 결탁하여 신농곡의 약재를 훔쳤다고 하더군. 약사는 뒷산의 그 오솔길을 통해 약을 운반했지. 당시 곡주가 그 사실을 알게 된 후 수하들과 함께 약사를 추격했어. 약사는 도망칠 수 없는 상황이 되자 그 산골짜기에서 약재 한 수레를 전부 불태웠어. 때는 마침 한겨울이었고, 초목도 마른 상태였지. 건조한 땅에 불이 붙으니 산골짜기 전체가 불타기 시작했고, 아무도 빠져나오지 못했다고 해. 곡주를 포함해서."

"어떻게 그럴 수가 있지?"

비연이 의아해하며 물었다.

"곡지에 거짓이 적혀 있는 건 아닐까?"

적령석을 발견하지 못했다면 그들도 그 산골짜기가 약왕곡과 아무 관련이 없는 보통 골짜기라고, 하늘이 불을 내린 곳은 빙해영경에 있다고 생각했을 것이다. 그러나 그 골짜기에 적령석이 있었다. 골짜기의 냄새며 생김도 비연의 기억 속 골짜기와 몹시 비슷했다. 이것은 어떻게 해석해야 하는가?

비연은 소위 곡지라는 것보다 자신의 추측을 믿을 수밖에 없었다!

그들이 곡지를 찾은 이유는 자신들의 추측이 옳았는지를 보기 위해서가 아니라, 그때의 상황을 좀 더 이해하기 위해서였다!

군구신 역시 전날 밤 북산에서 곡지를 읽은 후 그것이 가짜일 수 있다는 생각부터 떠올렸다. 그래서 그는 그 미친 노인을 좀 더 살펴보았다.

그가 막 입을 열려 했을 때 비연이 진지하게 물었다.

"이 곡지는 무엇 때문에 천 년 전부터 기록을 시작한 거지? 그리고 10년 전에 멈춘 이유는 뭘까? 그리고 가짜라면, 대체 누가 위조한 거지?"

군구신 역시 궁금해하던 문제였다.

"노집사가 어떻게 얘기하는지 들어 보자. 종이 질이며 먹의 흔적을 유심히 보았지만……. 그때 진묵도 함께 가서 보게 하자."

비연은 그제야 진묵이 고운원을 감시하고 있다는 걸 생각해 내고는 다급하게 말했다.

"가서 그들이 뭘 하고 있는지 봐야겠어!"

군구신이 그녀를 제지했다.

"아무도 보고하러 오지 않는 걸 보면 분명 계속 감시 중일 거야. 좀 더 감시하고 있게 하지 뭐. 그러다가 뭔가 알아내기라도 하면 좋고. 우리는 좀 쉬다가 가 봐도 괜찮을 거야."

비연이 들어 보니 옳은 말 같아, 군구신의 말에 따르기로 했다.

두 사람은 어깨를 나란히 하고 앉아 같은 대야에 두 발을 담그고 있었다. 비연은 가만히 있지 못하고 군구신의 발등을 밟았다. 군구신은 말없이 웃으며 팔을 뻗어 비연을 제 품에 안았다.

비연은 장난기가 올라 발가락으로 군구신의 발을 살짝 꼬집었다. 군구신은 처음에는 가만히 있었지만 얼마 지나지 않아 자신도 발가락으로 장난을 치기 시작했다. 두 사람이 그렇게 다투는 가운데 비연이 몇 번이나 이겼고, 즐거워하며 웃었다.

군구신이 힘으로 비연을 이기지 못할 리 없으니, 그는 분명 일부러 그녀에게 져 주면서 놀고 있었다. 그로서는 그녀가 이렇게 모든 것을 내려놓고 신나게 웃는 걸 보는 것도 참 오랜만이었다.

한참 후, 비연은 군구신의 품에 기댄 채 잠들었다. 군구신은 그녀를 살며시 침상 위에 눕히고 조심스럽게 발의 물기를 닦아 주었다. 그녀의 예쁜 발을 보며 무슨 생각을 했는지 그가 갑자기 웃었다. 군구신은 비연의 발등 위에 가볍게 입을 맞춘 다음에야 이불을 덮어 주었다. 그러고는 그녀 곁에 누워 속삭였다.

"연아, 모든 일을 다 끝내고 나면, 영주에 데려가 줄게."

영주는 운공대륙 남쪽에 있는 작고 조용한 성으로, 어린 시절 양모와 함께 지냈던 곳이었다. 그리고 그가 가장 좋아하는 곳이기도 했다.

하룻밤 내내 고생했기 때문에 군구신 역시 피로했고, 얼마 지나지 않아 잠이 들었다. 그리고 그의 생각대로 진묵은 여전히 고운원을 감시 중이었다. 다만 이 순간 고운원의 몸 상태는 그리 좋지 않았다…….

제가 중인입니다

방 안은 고요했다.

진묵은 팔짱을 낀 채 침상 옆에 앉아 있었다. 여전히 등을 펴고 허리를 세운 채 고운원을 감시 중이었다. 고운원의 동작 하나라도 놓치는 것을 허락하지 않겠다는 듯한 태도였다.

고운원 역시 꼿꼿한 자세로, 목까지 이불을 덮고 침상에 누워 있었다. 눈을 감은 그에게서는 평소의 융통성 없는 느낌이 전혀 들지 않았다. 얼굴은 무척 젊어 보였지만 미숙해 보이지는 않았다. 트집 잡을 곳 없이 완벽하게 잘생긴 얼굴이 그야말로 하늘도 사람도 놀라게 할 정도였다.

고운원은 마치 잠이 든 것처럼 고요했다. 그러나 사실 지금 그의 상황은 매우 좋지 않았다. 이불 아래에서, 그는 아까부터 두 주먹을 꽉 쥔 채 온몸에 열이 오르는 것을 억지로 참고 있었다.

아직 불이 일지는 않았지만 그의 손바닥에는 이미 환영 같은 불꽃이 나타나 있었다. 그리고 바로 이 불꽃이 그의 몸을 불더미 속에 빠트린 것처럼 뜨겁게 달구며 집어삼키고 있었다.

고운원은 불을 삼킨다는 의미의 '화서火噬'라 불리는 이 연옥 같은 고통에 이미 익숙해져 있었다. 다만 예전과 달리 최근 10년 동안 화서의 발작이 점점 더 잦아졌고, 그처럼 인내심 강한 사람도 견디기 어려울 정도로 고통스러웠다.

예전이었다면 조용히 받아들였을 것이다. 그러나 이 순간은 고통을 받아들이기보다는 대적하기 위해 노력하고 있었다. 예전처럼 완벽히 삼켜져 사라지지 않도록.

그는 스스로가 진묵을 너무 낮춰 보았다 해야 할지, 아니면 군구신과 비연을 낮춰 보았다 해야 할지 알 수 없었다. 군구신과 비연이 북산으로 가면서 뜻밖에도 눈 한 번 돌리지 않고 자신을 감시할 사람을 남겨 둘 줄이야. 그로서는 도저히 몸을 뺄 기회가 없었다.

그들은 분명 증거를 잡아 그의 신분을 증명하려 하는 것이다!

작열하는 고통이 온몸으로 퍼져 나갔고, 점점 더 견딜 수 없었다. 그래도 그는 어떻게든 버티며 얼굴에 고통을 드러내지 않았다.

얼마 지나지 않아 그의 몸이 갑자기 가벼워졌다. 일단 몸이 가벼워지면 화서는 육체뿐 아니라 그의 영혼으로 뻗어 올 것이다! 영혼이 불길에 타오르는 것보다 더 고통스러운 일이 있을까?

고운원이 결국 참지 못하고 미간을 찌푸렸다!

진묵의 눈은 예리했다. 고운원이 미간을 찌푸리는 순간, 진묵은 바로 이상한 점을 눈치채고 즉시 몸을 일으켜 고운원의 얼굴을 유심히 들여다보았다. 그는 고운원의 머리카락 사이로 땀이 배어 나오는 것을 발견하고, 계속 진지하게 지켜보며 물었다.

"더워?"

이 순간 고운원의 몸은 다리에서부터 점차 투명하게 변하고 있었다. 고운원은 이제 어쩔 수 없다는 것을, 이 재난에서 피할 수 없다는 것도 알고 있었다. 눈을 뜬 그는 고통을 강하게 참아내며 진묵에게 겸손한 미소를 보여다.

"예, 조금!"

진묵은 더 말하지 않고 바로 고운원이 덮은 이불을 걷었다. 그리고 항상 냉담하기만 하던 그의 얼굴에 마침내 표정이라 부를 만한 것이 생기고 말았다.

진묵은 경악하여 눈을 휘둥그렇게 뜬 채 절반 이상 투명해진 고운원의 몸을 들여다보았다. 곧 고운원의 상반신이며 목, 머리까지 점차 투명해졌고, 고운원은 이제 존재하지 않는 환영처럼 보였다. 언제라도 사라져 버릴 것 같은, 아니 연기처럼 흩어져 버릴 것 같은 환영.

이게 어찌 된 일인가?

"이, 이게……."

진묵은 이미 고운원의 표정을 분간할 수 없었고, 고운원이 자신의 말을 알아들었는지도 알 수 없었다. 진묵은 정신을 차리고 고함을 질렀다.

"이봐! 어서!"

문밖에서 교대 근무를 서던 시위가 제일 처음으로 들어왔다. 그러나 그가 침상 앞에 도착했을 때 침상 위는 이미 텅 비어 있었다. 시위는 진묵의 멍한 표정을 보며 다급하게 물었다.

"진 시위, 고 의원은요? 무슨 일이 있었습니까?"

진묵은 겨우 정신을 차리고 중얼거렸다.

"없어……. 주인님이 증거가 생겼어!"

시위는 도무지 영문을 알 수 없었다.

"증거라니요? 진 시위, 무슨 얘기를 하고 계신 겁니까? 고 의원은 대체 어디로 간 겁니까?"

시위는 매우 초조하게 사방을 돌아다니며 찾기 시작했다. 옷장이니 상자니 하는 것을 전부 뒤엎을 기세였다. 이 방은 매우 삼엄하게 경비 중이었는데, 고운원이 어째서 보이지 않는지 아무리 생각해도 이해할 수 없었다.

진묵이 설명 없이 밖으로 나가려 했다. 그와 동시에 비연과 군구신이 달려왔다. 두 방은 같은 정원을 사이에 둔 채 마주 보고 있었고, 진묵의 고함이 무척 커 어두운 곳에 숨어 있던 시위뿐 아니라 군구신도 잠에서 깨어난 것이다.

비연과 군구신이 방 안에 들어와 보니 고운원이 보이지 않았다. 이 순간 그들의 기분은 몹시 복잡해졌다. 진묵이 증거를 찾았기를 바라는 마음에, 고운원이 사라지지 않았기를 바라는 마음이 겹치고 있었다.

비연이 재빨리 물었다.

"진묵, 어찌 된 일이야? 그 사람은?"

진묵은 자신이 어떻게 고운원을 감시했는지, 그리고 방금 무슨 일이 있었는지 설명했다.

비연과 군구신은 진묵이 고운원의 이상한 점을 알아차리기를 희망했고, 동시에 고운원이 북산에서 그들의 걸림돌이 되는 일이 없기를 바랐다. 그러나 뜻밖에도 이런 일이 생길 줄이야!

군구신이 생각에 빠져 있는 동안 비연이 다급하게 말했다.

"설마…… 설마 무슨 일이라도 있는 건 아니겠지?"

고운원이 북산에 가서 그들을 막고 싶었던 것뿐이라면 진묵 앞에서 이런 식으로 사라질 이유가 없었다.

가능성은 단 하나, 고운원에게 무슨 일인가 생긴 것이다. 고운원 자신도 제어할 수 없는 무슨 일인가가.

진묵이 덧붙였다.

"이불을 덮고 있었는데, 매우 더워하고, 땀이 났어."

비연은 침상의 이불을 살펴보았다. 그렇게까지 두툼한 이불은 아니었다. 이미 가을이고 산속 공기가 서늘하니 이 정도 이불을 덮는다고 땀까지 날 것 같지는 않았다.

비연은 조급하게 소매에서 약왕정을 꺼내 응시하며 중얼거렸다.

"무슨 일이 생긴 거야. 분명히……."

그녀의 눈에 걱정이 가득했다. 그 누가 보아도 그녀가 초조해하는 걸 알 수 있었으나, 정작 그 자신은 깨닫지 못하고 있었다. 입으로 하는 말은 다른 사람을 속일 수 있고, 속으로 하는 말은 자신을 속일 수 있다. 그러나 눈에 담긴 마음은 그 누구도 속일 수 없는 법이다.

그 모습을 보고 진묵이 서슴없이 일깨웠다.

"주인님, 내가 증인이야. 다음에 만나면 내가 증언할 거야."

군구신이 말했다.

"다음에 다시 만나면 그가 또 무슨 말을 하는지 보자! 무슨 일이 있었던 건지도 그때 함께 알 수 있겠지."

이 말은 비연을 일깨우는 동시에 위로하고 있었다. 고운원은 지난번에도 사라졌지만, 다시 나타났잖아?

비연은 자신도 모르게 가볍게 탄식하며 고개를 끄덕였다.

군구신이 약왕정을 흘깃 보더니, 하려던 말을 삼키고 대신 진묵에게 명령했다.

"사람들을 연운간으로 보내 지켜보게 하도록. 그리고 산 뒤의 그 골짜기도."

진묵이 명령을 듣고 나갔다. 군구신은 비연을 데리고 방으로 돌아왔다.

비록 얼마 자지 못하고 깨어나 피곤한 상태였지만, 두 사람 모두 잠이 오지 않았다. 군구신은 검을 연습하러 나갔고, 비연은 약왕정을 끌어안은 채 제 의식을 약왕정 안 공간으로 들여보냈다.

예전에는 약왕정의 품이 낮았기에 그 안의 공간에도 한계가 있었다. 게다가 그녀가 약왕정 안으로 들어가는 것도 상당한 정신력을 소모해야 했고 시간도 오래 걸렸다.

현재 약왕정은 8품이 되어 있었고, 그 안의 공간도 넓어진 상태였다. 그녀의 의식은 힘들이지 않고 약왕정 안으로 들어갈 수 있었고, 장시간 머물 수도 있었다.

곧 약왕정 안 공간에 비연이 나타났다. 주변으로는 온통 약초밭이었다. 그곳에는 수백 가지 종류의 약재가 있었고, 공기에도 약재의 향이 배어 있었다.

그녀는 약왕정과 계약했으니, 이치대로라면 약왕정 안 모든 것을 느낄 수 있어야 했다. 백의 사부가 기령이라면 그녀를 주인으로 모셔야만 했다. 그러나 지금 그녀는 그저 아득하기만 했다.

비연은 이제 백의 사부가 약왕정의 계약과 관련해 그녀를 속인 건 아닌지 의심하고 있었다. 그녀와 약왕정은 어쩌면 계약 관계가 아닌지도 모른다!

당시 약왕곡 절벽 위에서 그녀는 약왕정을 받아 들고 말했다.

'한번 준 건 준 거니까, 후회하시기 없기예요!'

그리고 사부는 말했다.

'아가, 내가 네 사부가 된 것을 언제 후회한 적이 있었더냐?'

지금 생각해 보니 이 말에는 다른 의미가 숨어 있었다. 생각이 여기에 미치자 비연은 약초밭을 뛰어다니며 사부를 찾기 시작했다. 백의 사부가 기령이라면 무슨 일이 생겼건 약왕정 안으로 돌아와야 할 것이다.

지난번에는 비연이 그를 찾지 않았다. 그러나 이번에는 절대로 포기할 생각이 없었다. 그녀는 고함을 치기 시작했다.

"사부! 백의 사부……! 이 사기꾼 사부!"

우리가 다시 만나는 날

비연은 약왕정 안 약초밭을 온통 뛰어다녔다. 그러나 안타깝게도 백의 사부의 그림자조차 발견할 수 없었다. 그녀는 마침내 약초밭 끝에 멈춘 채 숨을 헐떡였다.

약초밭 끝은 칠흑과 같은 어둠이었다. 하늘도 땅도 어두워 아무것도 보이지 않아 약초밭의 푸른 하늘, 햇빛이며 미풍과는 선명한 대조를 이루었다. 마치 세상이 둘로 나뉜 것 같기도 했다. 한쪽은 햇빛이 밝은 대낮, 한쪽은 혼돈에 잠겨 있는 어두운 밤.

비연은 이 낮과 밤의 경계선에 서 있었다. 힘차게 냄새를 맡아 보았지만 약왕정 안 독특한 약 냄새 외에는 다른 냄새를 맡을 수 없었다.

그녀는 갈 수 없다는 걸 알면서도 앞으로 걸음을 옮겨 보았다. 곧 그녀는 벽에 부닥치기라도 한 것처럼 튕겨 나와 바닥에 나동그라지고 말았다. 그녀는 약초밭에 주저앉은 채 멍하니 어둠을 바라보았다.

백의 사부는 약왕정 안 어두운 공간은 아직 개발되지 않은 구역이라고 했다. 약왕정의 신화가 승급함에 따라 약초밭이 그 검은 구역까지 확장될까?

그러나 그녀는 지금 백의 사부가 자신을 속인 건 아닌지 의심하고 있었다.

이 어두운 곳은 아직 열리지 않은 곳이 아니라, 원래 존재하는 공간이 아닐까? 다만 그녀가 아직 일정한 품에 이르지 못했기에 그 안을 볼 수도, 들어갈 수 없는 것인지도 모른다!

어쩌면 백의 사부가 저 어둠 속에 숨어 있어, 그녀가 사부를 느낄 수 없는 건지도 모른다!

지금 약왕정은 8품에 도달해 있었다. 이것은 약왕정의 공간이 곧 전부 다 열릴 거라는 의미였다. 남아 있는 어두운 공간은 이미 얼마 되지 않았다. 약왕정을 계속 승급시켜 9품에 도달하면, 혹시 백의 사부의 은신처를 찾을 수 있지 않을까?

여기까지 생각한 비연은 곧 뭔가 이상하다는 생각이 들었다.

백의 사부가 몸을 숨길 생각이었다면, 무엇 때문에 그녀가 적령석을 찾아 약왕정을 승급시키도록 이끌었을까? 백의 사부는 그녀가 9품에 이르러, 자신의 은신처가 사라질 것이 두렵지 않았던 걸까?

아니면 여기에 그녀가 알지 못하는 무슨 이유라도 있는 걸까? 백의 사부가 자신을 드러내는 위험을 무릅쓰고라도 그녀에게 9품까지 수련하게 해야 하는 무슨 사연이라도?

수련?

수련해야 하는 걸까? 아니면 수련하지 말아야 하는 걸까?

비연은 원래의 결정을 고수하기로 했다. 모든 진상을 알기 전에는 절대로 수련하지 않을 것이다! 그녀는 꼭두각시가 될 마음이 없었다. 일거수일투족 타인에게 이끌려 가는 것은 질색이었다!

비연이 몸을 일으켰다. 그러나 바로 약왕정 밖으로 나가지 않고, 한 걸음 한 걸음 걸어 약초밭 안으로 들어갔다.

10년!

사부는 그녀를 10년 동안 속였다. 모든 것을 알면서도 그녀의 기억을 빼앗고, 아무것도 말해 주지 않았다. 그리고 약왕정을 그녀에게 준 후 바로 그녀를 원래의 몸으로 돌려보냈다.

그는 대체 무엇을 하고 싶었던 걸까? 어째서 8년, 9년이 아니라 10년이었을까? 그는 대체 무엇을 기다리고 있는 걸까? 아니면 어떤…… 시기를 기다리고 있는 걸까?

아무리 생각해도 이해할 수 없었다.

비연이 약왕정 안 공간이 쩌렁쩌렁 울리도록 소리쳤다.

"사기꾼! 완전히 사기꾼이야!"

비연의 뒷모습이 희미해질 즈음, 약초밭 끝 어둠 속에서 작은 화염이 떠올랐다. 끝없는 어둠 속에서 그 불꽃은 몹시도 기이하게 아름다웠다.

불꽃이 점차 빛을 발하더니 어둠을 몰아냈다. 그리고 그 빛 속에서 흰 그림자 하나가 점차 나타났다. 그렇다, 고운원이었다. 확실히 고운원이었다.

어둠, 불꽃, 백의. 너무나 아름다워 신성해 보이기까지 했다. 그러나 실제 그는 어둠 속에 선 채 온몸을 불사르며 고통을 참고 있었다.

안색이 조금 창백해진 것 외에는 고통을 드러내지 않고, 그는 언제나처럼 그렇게 담담한 표정을 짓고 있었다. 그는 비연의 뒷모습을 바라보며 잔잔한 미소를 지었다. 비연은 그를 감지할 수 없었지만 그는 그녀를 감지할 수 있었고, 그녀의 목소리도 들을 수 있었다.

그가 온몸이 불타오르는 채 앞으로 걸어가기 시작했다. 마치 그 어두운 밤과 밝은 대낮의 경계선을 넘으려는 듯이. 그러나 그는 결국 평온하게 경계선에서 발걸음을 멈췄다.

"사기꾼? 그래, 이 사부는 사기꾼이지……. 결국은 너희에게 꼬투리를 잡히고 말았구나. 우리 연아, 우리가 다시 만나는 날은 아마도……."

그는 본래 미소 짓고 싶었으나, 여기까지 말한 순간 그의 얼굴에서 웃음기가 사라지고 대신 낙담한 표정을 지었다.

비연의 뒷모습은 이미 보이지 않았지만 그는 계속 그곳에 서서 바라보았다. 그녀의 뒷모습을 찾으려는 듯, 혹은 약초밭을 조망하는 듯.

그의 몸을 태우던 불꽃이 점차 옅어졌다. 그러나 그는 오히려 고통스러운 표정을 지으며 잘생긴 미간을 찌푸렸다. 아무리 고통스러운 표정을 지어도 그 얼굴은 무척이나 아름다웠지만.

마침내 그는 더 견디지 못하고 한쪽 무릎을 꿇었다! 그리고 그 순간 불꽃이 갑자기 꺼지더니, 그의 몸이 순식간에 어둠 속으로 흔적 없이 사라지고 말았다.

약왕정 안 공간에서 빠져나온 비연은 피곤해 죽을 지경이었다. 그녀는 침상에 누운 채 깊이 잠들었고, 한밤중이 되도록 깨어나지 않았다.

그녀가 약왕정 안에 들어갔었다는 걸 눈치챈 군구신은 조용히 이불을 덮어 준 후 다시 검을 연습했다. 그는 이미 건명검술의 세 번째 경지인 '무아무검'의 검법을 익힌 상태로, 반복해서 연습하는 중이었다.

진묵은 파수를 보는 한편, 지붕 위에서 고씨 가문 선조의 초상을 펼쳐 놓고 달빛을 쪼이고 있었다. 이 그림은 먹을 흡수하는 종이를 사용했는데, 달빛을 흡수시켜야만 먹의 흔적이 다시 드러나게 되어 있었다.

이 그림은 원래 고씨 가문 선조의 초상이었으나, 후에 1대 장파가 자신의 얼굴로 고쳐 그렸다. 그러한 까닭에 먼저 그린 남자의 얼굴이 드러나고, 후에 고쳐 그린 여자의 얼굴이 드러나게 되어 있었다.

지금 그림에는 이미 완벽한 여자의 눈 한 쌍이 드러나 있었고, 코 역시 모호하게나마 윤곽이 보이는 상태였다.

비연 등은 이미 장파 고묘에서 1대 장파의 초상을 본 적이 있었다. 진묵이 계속 이 그림을 달빛에 쏘인 이유는 1대 장파의 온전한 얼굴이 보고 싶어서가 아니라, 이 초상 위에서 정보가 될 만한 낙관 같은 것을 더 발견할 수 있을까 해서였다.

약왕제의 제사가 몇 번에 걸쳐 계속된 후 끝났다. 신농곡의 밤은 평소의 고요함을 회복했다. 달빛이 물에 스며드니 물도 하늘에 잠긴 듯, 달빛 아래 푸른 물결이 일렁이고 있었다.

북산 정상 역시 지극히 고요했다. 미친 노인은 어디로 갔는지 보이지 않고, 노집사가 홀로 방 안에 앉아 있었다. 코에는 푸른 멍이 들어 있었고 창백한 얼굴도 잔뜩 부어 있었다. 그는 탁자 위에 곡지를 올려둔 채 거울에 자신을 비춰 보며 상처에 약을 바르고 있었다.

끼익…….

갑자기 문이 열렸다. 들어온 사람은 바로 고운원이었다. 그는 마치 아무 일도 없었다는 듯, 여전히 우아한 선비처럼 눈보다 흰 백의를 입고 있었다.

노집사는 그를 보고도 놀라지 않았을 뿐 아니라 오히려 기쁜 표정을 지었다. 노집사는 거울을 내려놓고 빠르게 달려와 읍하며 말했다.

"곡주 어르신, 마침내 오셨군요!"

곡주 어르신…….

천 년 동안 신농곡의 진정한 곡주는 계속 단 한 사람, 바로 고운원이었다. 다만 그는 거의 아무 일도 하지 않았고, 심지어 몸을 자주 드러내지도 않았다.

10년 전부터 그가 신농곡에 돌아오는 횟수가 잦아졌는데, 신농곡이 너무 쓸쓸하다며 노집사에게 경매장이며 약재시장을 떠들썩하게 열도록 했다.

노집사도 그에 대해 완벽하게 알고 있지는 못했다. 며칠 전 그를 보고는, 그가 자신이 비연에게 소개한 은거 의원이기도 하다는 사실을 알고 무척 놀랐을 정도였다.

노집사의 코에 멍이 든 걸 보고 고운원이 미소 지으며 물었다.

"이건 또 무슨 연극인가?"

노집사가 억울하다는 표정을 지었다.

"곡주 어르신, 저는 거짓으로 가장하고 있는 게 아닙니다. 이 모든 것이 진짜 상처니까요. 몸에도 상처가 몇 곳이나 있습니다."

전설에 맞춘 것

비연과 군구신이 노집사를 핍박해 북산에서 곡지를 가져올 것을 요구하며 겨우 사흘의 시간만을 주었다.

노집사는 비연과 군구신이 상황을 정탐하려 한다는 사실을 알아차렸다. 그는 고운원에게 대책을 물을 기회를 찾지 못했고, 고운원이 북산으로 오지도 않으니 어쩔 수 없이 곡주를 대신할 사람을 찾아 그런 연극을 펼칠 수밖에 없었다.

모든 것은 연극이었으나 얻어맞은 것은 정말이었다.

고운원이 노집사 얼굴의 상처를 슬쩍 만져 보더니 바로 미간을 찌푸리며 물었다.

"어찌 된 일이지?"

고운원은 물론 비연과 군구신이 북산에 가려 하는 걸 눈치챘었다.

그는 진묵에게서 빠져나갈 수 있으리라 자신했지만, 안타깝게도 원하는 대로 되지 않았다. 그가 몸을 회복하자마자 북산에 온 것도 물론 곡지에 관한 일을 묻기 위해서였다.

노집사는 즉시 자신이 어떻게 연극을 했는지, 어떻게 비연과 군구신을 속였는지 이야기했다. 고운원이 그를 바라보며 가볍게 탄식했다.

"정말로 욕봤군……."

노집사가 긴장하여 서둘러 물었다.

"이 늙은 몸이 부서진들, 정왕이 믿지 않으려 하면 저도 어찌할 도리가 없습니다!"

아무것도 없던 고운원의 손에 약병이 하나 나타났다. 그는 그것을 노집사에게 건넨 후 가볍게 탄식하며 자리에 앉았다.

노집사는 고운원의 약을 얻자 무척 기뻐하며 바로 약을 발랐다.

고운원이 곡지를 들고 한 장 한 장 넘기기 시작했다. 이 곡지는 임시로 꾸며 낸 게 아니라, 정말로 천 년에 걸쳐 내려온 것이었다. 다만 그가 천 년 전에 이미 위조해 두었을 뿐.

그는 천천히 곡지를 넘겼다. 한 장 넘길 때마다 마치 수십 년에 걸친 세월이 넘어가고 있는 것 같았다. 고운원이 다시 탄식했다.

"천 년이라……. 세월이 참 빠르군."

노집사는 아는 것이 많지 않았다. 천 년 전 신농곡에서 솥을 주조한 전설에 대해서는 특히 알지 못했다.

그는 계속 이 일에 호기심을 품고 있었고, 비연과 군구신에게서 신농곡 뒤에 신비한 골짜기가 있다는 이야기를 들었을 때는 의심마저 들었다.

감개무량해하는 고운원을 보고 노집사가 한참을 망설이다가, 겁먹은 목소리로 물었다.

"곡주 어르신, 그 두 아이가 제대로 추측해 낸 것입니까? 천 년 전 하늘에서 내린 불이 신농곡이 아니라, 뒤편 그 산골짜기에 떨어졌던 것인가요?"

고운원은 노집사의 말을 듣는 둥 마는 둥 여전히 곡지를 넘기고 있었다. 노집사는 좀 더 직접적으로 묻기로 했다.

"곡주 어르신, 곡지에 적힌 그 화재 말입니다. 진실을 숨기기 위해 거짓을 적어 두신 것인가요?"

노집사가 이렇게 추측하는 것도 어쩔 수 없었다. 신농곡의 곡주는 계속 단 한 사람이었으며, 이 곡지에 적힌 꽤 많은 일이 사실은 위조된 것이었으니까.

고운원이 갑자기 눈썹을 치켜세우며 노집사를 바라보았다. 그러나 그 눈빛에는 장난기가 살짝 서려 있었다.

노집사는 처음에는 담담했지만 점차 불편한 기분이 들었고, 심지어 마음이 켕기기도 했다. 그는 자신이 아무것도 묻지 않았다는 듯 고운원의 시선을 피했다.

고운원은 화를 내는 것이 아니었다. 그는 입매를 살짝 들어 올리더니, 노집사의 질문에는 대답하지 않고 가볍게 탄식했다.

"됐다. 어차피 그들이 읽었다니 그들에게 주면 그만이다. 본존 스스로 감추지 못했는데 너를 어찌 탓하겠나."

노집사는 도무지 이해할 수 없었다. 그는 미친 노인과 함께 진짜인 듯 연기했고, 이 곡지는 본래 날조한 것이었으니까. 그들은 아무것도 들키지 않았다!

노집사가 다급하게 말했다.

"곡주 어르신, 저는 잘 속여 넘겼습니다. 어르신께서 하시는 말씀을 알아듣지 못하겠습니다."

고운원이 몸을 일으키더니 담담하게 말했다.

"네가 이해하지 못하는 것을 그들이 알려 줄 것이다. 본존은 원래 그들과 며칠 더 있을 생각이었지만, 지금 떠나지 않을 수 없게 되었다!"

노집사는 고운원이 정체를 들켰다는 사실을 알지 못했기에 다급하게 물었다.

"곡주 어르신, 어디로 가실 생각입니까? 그들에게 작별은 하지 않으실 건가요?"

고운원은 그제야 자신이 들켰다는 이야기를 한 후 노집사에게 금침을 하나 주었다. 이 금침은 바로 며칠 전에 비연이 그에게 건넸던 그 금침이었다.

"이 금침을 연아에게 주도록 해라. 그리고……. 그래, 본존의 침상에서 찾았다고 하면 되겠지."

고운원은 진묵이 자신을 묶어 놓았기에 비밀을 드러낼 수밖에 없었다는 이야기까지는 하지 않았다.

노집사는 몹시 놀랐으나, 어쨌든 자신과 미친 노인이 실수한 것은 없다는 생각이 들었다. 그래서 더 묻지 않고 금침을 받으며 말했다.

"명을 받들겠습니다."

고운원은 문밖을 향해 걷기 시작했고, 노집사도 따라나섰다. 문가에 도착하자 노집사가 물었다.

"곡주 어르신, 어디로 가십니까? 여유가 되시면 신농곡에 자주 돌아오십시오."

고운원은 절벽에서 걸음을 멈추더니 신농곡 뒤 숲을 바라보며 말했다.

"그 아이가 계속 본존을 기다리고 있으니, 본존도 한번 만나러 가야겠지."

그 아이?

노집사는 도무지 이해할 수 없었다. 그러나 그가 더 물으려 했을 때, 고운원이 그에게 배웅하지 말 것을 명하고는 돌계단을 따라 내려가기 시작했다.

안개가 짙은 밤, 고운원은 점차 희미해지더니 마침내 어둠 속으로 사라지고 말았다.

노집사는 감히 바로 산에서 내려갈 엄두를 내지 못했다. 그는 비연과 약속한 사흘이 지난 후에야 곡지를 가지고 비연과 군구신을 찾아갔다. 그리고 산에서 구른 나머지 상처를 입었다고 변명했다.

비연과 군구신은 자신들이 아는 것을 드러내지 않았다. 그들은 이미 곡지의 내용을 알고 있었지만, 일부러 기뻐하는 척하며 곡지를 훑어보았다.

비연은 곡지를 다 훑어본 후 진묵을 불렀다.

"진묵, 먹과 종이를 좀 봐 줘."

진묵은 이미 설명을 들은 상황이었다. 그는 특히 화재와 관련한 기록을 유심하게 살펴본 후 말했다.

"천 년 전에 기록된 것 맞아. 틀림없어."

노집사는 진묵의 능력을 알지 못했기에 속으로 깜짝 놀랐지만, 일부러 화내는 척하며 말했다.

"대체 뭐 하는 겁니까? 설마 이 늙은이가 가짜를 가져와 속이기라도 하겠습니까? 이 곡지를 얻어 오느라 산에서 구르기까지 했는데! 흥!"

비연은 곡지가 가짜라 의심했을 뿐 노집사를 의심한 것은 아니었다. 그녀가 재빨리 변명했다.

"노집사님, 노집사님도 속으신 것 같아요. 우리는 신농곡 뒤편 산골짜기야말로 하늘에서 불이 내려온 그곳이라고 확신하고 있습니다. 그러나 이 곡지에는 그 산골짜기에 화재가 있었다고 적혀 있고, 또 천 년 전에 적힌 것이 확실하니…… 가능성은 단 하나뿐이지요. 천 년 전에 누군가가 곡지에 사실을 위조해 적은 것입니다. 심지어……."

비연은 노집사를 진지하게 바라보며 아무 말도 하지 않았다.

노집사는 마치 뭔가 깨달은 듯 경악한 표정을 지었다. 이때 군구신이 말했다.

"그때 하늘이 산골짜기에 불을 내렸다는 진실을 아는 사람은 없을 겁니다. 누군가가 하늘에서 내린 불과 관련한 진상을 덮으려고, 일부러 화재와 관련한 이야기를 만들어 내 세상 사람들을 속인 겁니다. 그러므로 곡지에 기록된 화재는 하늘이 내린 불이 아닙니다!"

노집사는 경악하여 말을 잇지 못했고, 비연이 군구신의 말을 받았다.

"하늘이 내린 불에 대한 모든 전설은, 그 불이 신농곡에 떨어졌고, 약사가 제 몸을 바쳐 신농정을 주조했다고 이야기하고 있어요. 그래서 신농곡이 바로 '신농'이라는 이름을 얻었고, 신농신상을 세우게 된 거죠."

비연은 노집사를 향해 시선을 돌렸다.

"곡지에 거짓으로 적힌 화재 이야기와 결합해 보면, 우리 추측으로는 신농곡의 역사는 천 년이 채 되지 않습니다. 신농정의 전설 역시 천 년에 이르지 못하고요. 그때 하늘에서 내려온 신화는 전설의 시작이 아니라, 이미 있던 전설에 맞춘 것일 뿐이에요!"

노집사가 그제야 정신을 차린 듯 중얼거렸다.

"그렇다면 두 분의 뜻은, 신농정의 전설은 진짜고, 하늘에서는 불을 뒷산에 내렸으며, 그 약사는 화재라는 거짓말로 사람들을 속이고 곡지를 위조했다는 것이군요!"

비연이 고개를 끄덕이며 말했다.

"그 약사는 계속 그 산골짜기에 살고 있었어요. 하늘에서 불을 내려 산골짜기 전체를 태워 버렸지요. 그리고 그는 전설에서처럼 그렇게 솥에 몸을 던졌어요."

여기까지 들은 노집사는 마침내 고운원이 무엇 때문에 들켰다고 했는지 깨닫게 되는 동시에, 진상 역시 깨닫게 되었다. 전설은 본래 존재했고, 곡주 어르신은 그저 천 년 전 전설에 끼워 맞춘 것에 지나지 않았다.

곡주 어르신의 목적에 대해서라면 그로서도 전혀 알 수 없었다. 어쨌든 이 순간, 그는 슬픈 마음이 드는 동시에 걱정되기도 했다. 그러나 그는 아무것도 몰랐던 것처럼 감탄하며 말했다.

"그렇다면 신농정은 정말로 존재하겠군요."

말을 마친 그는 일부러 궁금한 듯 물었다.

"맞아, 고 의원은 어디 갔습니까? 어째서 함께 계시지 않은 겁니까?"

당신 말을 듣겠다, 이번 한 번만

노집사가 고운원에 관해 묻자 군구신은 대답하지 않았다. 비연은 이야기가 밖으로 새어 나가지 않도록 일부러 꾸며서 대답했다.

"전날 동 장주의 초대를 받아 간 후로 소식이 없습니다. 분명 아직도 경매장에 있겠지요."

노집사는 일부러 고운원을 언급한 참이었다.

"고 의원은 의약계의 걸출한 존재니, 이 일에 대해서도 한번 물어보는 게 좋겠습니다. 혹시 아는 것이 있을지도 모르니까요."

비연은 이런 말이 오가는 것이 싫어 즉시 거절했다.

"됐어요. 이 일은 그만 이야기하죠."

그때 아이 하나가 총총히 뛰어왔다.

"노집사님, 고 의원님은 보이지 않습니다. 제가 방을 정리하다가 침상에서 금침 하나를 발견했습니다. 제가 조심했기에 망정이지, 하마터면 찔릴 뻔했습니다."

아이가 내놓은 금침은 바로 고운원이 노집사에게 맡긴 그 금침이었다. 비연은 한눈에 그 금침을 알아보고 속으로 중얼거렸다.

'갔으면 그만이지, 금침은 남겨 놓고 가서 뭘 한담? 내가 지금 정말로 도움을 청할 일이 있은들, 내 앞에 나타날 수나 있겠어?'

노집사가 서둘러 물었다.

"왕비마마, 무어라 하셨습니까?"

비연이 아이의 손에서 금침을 집어 들고 말했다.

"이 금침, 제가 대신 보관해 드리겠다고 했어요. 다음에 고 의원을 만나면 제가 전달하도록 할게요!"

노집사는 연신 고개를 끄덕였다.

"좋습니다. 고 의원은 은거 명의시니, 그분이 쓰시는 침도 절대 보통 물건이 아니겠지요. 하나라도 잃어버리면 아마 한 벌을 다 버려야 할지도 모릅니다. 왕비마마께서 잘 보관해 주십시오."

비연이 상당히 진지하게 말했다.

"절대로 잃어버리지 않겠어요. 안심하세요!"

이 말에는 두 가지 의미가 숨어 있었다. 군구신과 진묵은 바로 알아들었으나 노집사는 이해하지 못했다.

곡지도 보았고, 하늘에서 내린 불에 대한 진상도 알게 되었다. 물론 이번 행차에 있어 가장 크고 놀라운 수확은 진묵이 고운원의 비밀을 직접 봤다는 것이다. 다음에 다시 만난다면 고운원은 연극을 계속할 수 없을 것이다.

비연과 군구신은 본래 강평성으로 돌아갈 생각이었다. 그러나 강평성의 진상은 이미 명명백백하게 밝혀진 상태였고, 목청무와 용천묵이 약속한 이상 그들이 돌아가 시간을 낭비할 이유는 없었다.

흑삼림 쪽은, 아금 부녀와 목연이 신중하게 축운궁 부근을 몇 번 배회했을 뿐 깊이 들어가지는 못하고 있었다.

정역비는 멀리 운공대륙 당씨 가문에 구혼하러 가서 아직 돌아오지 않은 상태였다.

고북월과 헌원예는 여전히 운공대륙에서 홍수로 인한 재난을 수습하느라 바빴고, 고칠소는 운공대륙에서 백리 수군을 찾고 있었으나 별 진전이 없다고 했다.

또한 축운궁주와 백리명천은 지금도 큰 움직임을 보이지 않고 있었고, 혁소해도 한우아와 수희를 납치한 후 별다른 동정이 없었다.

이런 상황에서 군구신과 비연은 일단 진양성으로 돌아가기로 했다. 첫째로는 그들이 기존의 원칙을 고수하면서 사태의 변화에 대처하기로 마음먹었기 때문이었다. 그들은 축운궁주나 백리명천, 혹은 혁소해가 자신들을 찾아오기를 기다릴 생각이었다.

둘째로는 곧 중추절이기 때문이었다. 군구신은 이 기회에 대자사에 한번 다녀올 생각이었다.

노집사와 동 장주가 직접 비연과 군구신을 산 아래까지 배웅했다. 동 장주가 비연에게 당정에 관한 이야기를 건네는 사이, 군구신이 진묵에게 나지막한 목소리로 말했다.

"그 미친 곡주는 분명 무술에 능한 자였다. 전혀 약사 같지 않았어. 몇 명 남겨 북산을 감시하게 하고, 기회를 봐서 어찌 된 일인지 알아보도록 해라. 고운원을 보게 되면 그에게 본 왕이 단독으로 만나고 싶다고 말하고, 그가 어찌 답하는지 보도록."

진묵이 무표정한 얼굴로 말했다.

"왕비마마에게 숨기는 건 안 돼."

"이 일은 연아에게 숨기지 않으면 이루어지지 않을지도 모른다. 고운원에게 말하지 못할 고충이 있다면, 혹시 본 왕에게는 털어놓고 싶을지도 모르고."

그러나 진묵은 여전히 단호했다.

"안 돼."

군구신의 두 눈이 차가워졌다.

"본 왕이 진상을 알게 되는 것은 바로 연아에게 좋은 일이다!"

진묵이 잠시 생각하더니 마침내 고개를 끄덕였다.

"명령을 들을게."

그리고 다시 생각하더니, 평온하게 한마디 덧붙였다.

"이번 한 번만."

군구신이 눈썹을 치켜세운 채 그를 바라보며, 역시 평온한 어조로 말했다.

"이번이 마지막이다."

노집사와 동 장주와 작별한 후, 비연과 군구신은 마차에 올라 진양성으로 향했다.

신농곡에서 진양성까지는 이레에서 여드레 정도의 여정밖에는 되지 않았다. 이 계절에 북쪽으로 향하니 경치의 변화를 흠뻑 느낄 수 있었다. 신농곡을 떠날 적에는 길 양쪽으로 초목이 무성했으나, 진양성에 가까워지자 붉게 물든 단풍이며 노란 은행이 여기저기 보였다.

비연은 신농곡에 있을 때는 별 느낌이 없었다. 그러나 지금 진양성으로 돌아가고 있노라니 자신도 모르게 과거 군구신과 함께 신농곡, 진양성 사이를 왕래하던 기억이 떠올랐다.

그녀는 처음으로 군구신과 함께 신농곡에서 진양성으로 돌아가던 때를 떠올렸다.

때는 봄이었고, 길가에는 도화가 아름답게 피어 있었다. 그때 그녀는 그가 누구인지 몰랐을 뿐 아니라 자신이 누구인지도 알지 못했다. 그때 그녀는 그를 경모했고, 동시에 마음속으로 망할 얼음은 아무 가치도 없다고 생각했다.

비연은 창밖을 내다보며 이런저런 일을 떠올리다가 저도 모르게 피식 웃고 말았다. 군구신은 건명검법의 깊은 뜻을 고민하다가 그것을 보고 바로 물었다.

"왜 웃는 거야?"

비연이 대답하려 했을 때 마차가 갑자기 멈췄다. 곧 진묵이 서신 두 통을 가져왔다. 한 통은 강평성의 무 장군, 즉 목청무가 보낸 것이었고, 다른 한 통은 천염국 주둔군에게서 온 것이었다.

군구신은 이 서신 안에 무슨 내용이 적혀 있을지 대충 짐작하고 있었다. 그는 비연에게 한 통을 건네주며 웃었다.

"동시에 도착하다니, 재미있군."

두 사람은 서신을 펼쳤다.

그들이 생각한 대로 무 장군과 용천묵은 증인 왕이평을 데리고 강평성으로 갔다. 왕이평이 백리명천에 대해 자백했고, 용천묵도 건원 황제에 관해 이야기했다. 덕분에 강평성 백성들은 강간 사건이 건원 황제와 백리명천이 전쟁을 벌이기 위해 결탁하여 조작한 일이라는 걸 알게 됐고, 현재 이 소식은 번개보다도 빠른 속도로 백초국 각지로 퍼지는 중이었다.

강평성 백성들은 반란을 일으켰고, 주둔군 역시 반란을 일으켰다. 그들은 무 장군을 추대하며 건원 황제를 내몰자고 했다.

비연이 몹시 기뻐하며 말했다.

"무 장군의 위명 덕에, 우리 힘을 꽤 아끼게 된 것 같아."

군구신 역시 무척 기뻐했다.

"백초국의 황제와 황후가 내분을 일으킨 사이에 무 장군이 반란을 일으킨 셈이니, 우문 황족은 이미 대세가 기운 거나 마찬가지야."

비연은 잠시 생각하다가 진지하게 말했다.

"말은 그렇게 해도, 일단 세 세력이 싸우기 시작하면 황제와 황후는 분명 세력을 합쳐 외부에 대항할 거야. 1년 반 사이에 끝내지 못할 수도 있어. 우리는 원래 싸우지 않고 이기는 것을 목표로 잡았잖아. 두 나라 사이에 전쟁을 벌이지 않고, 백초국의 무고한 백성이 희생당하지 않도록."

비연은 손가락을 꼽으며 날짜를 셈해 보았다.

"태자에게는 시간이 얼마 남지 않았어. 내가 보기에는 역시 엽십삼을 무 장군에게 보내는 게 좋을 것 같아. 일단 태자가 발병하면 유 황후에게 남은 패는 엽십삼뿐이니까. 황후는 분명 무 장군에게 협력할 거야. 그렇게 되면 황제야말로 진정으로 대세를 잃게 되겠지. 그렇게 되면 불필요한 전쟁을 벌이지 않을 수 있어. 엽십삼이 조정에 나가고, 무 장군이 군대를 장악하면, 백초국은 우리 손에 떨어지는 거나 마찬가지야. 그것이야말로 진정으로 싸우지 않고 이기는 거지.”

군구신이 진지하게 고개를 끄덕이더니 놀리듯 말했다.

“애비는 역시 고명하시군!”

비연은 군구신에게 칭찬을 받을 때면 언제나 겸손하게 구는 법이 없었다.

“그야, 어릴 때부터 부황과 모후 곁에 있었으니까. 일부러 배우려 하지 않아도 보고 듣는 게 있었지.”

군구신이 계속 고개를 끄덕이며 농담 삼아 말했다.

“나는 너만 못함을 한탄해야겠고, 네 오라버니도 어쩌면 너와 승부를 가려 봐야 할지도 모르겠는걸!”

비연은 전혀 농담이 아니라는 듯 의기양양하다가 문득 가볍게 탄식했다.

“곧 중추절이야. 모두 보고 싶어.”

〈제왕연〉 15권에서 계속